AMOR INDOMÁVEL

M. LEIGHTON

AMOR INDOMÁVEL

SÉRIE WILD LIVRO UM

Tradução
Alice França

1ª edição
Rio de Janeiro-RJ / Campinas-SP, 2021

VERUS
EDITORA

Editora
Raïssa Castro

Coordenadora editorial
Ana Paula Gomes

Copidesque
Andréia Barboza

Revisão
Raquel Tersi

Diagramação
Beatriz Carvalho
Ana Luiza Gonzaga

Título original
The Wild Ones

ISBN: 978-85-7686-656-5

Verus Editora Ltda.
Rua Benedicto Aristides Ribeiro, 41, Jd. Santa Genebra II, Campinas/SP, 13084-753
Fone/Fax: (19) 3249-0001 | www.veruseditora.com.br

CIP-BRASIL. CATALOGAÇÃO NA FONTE
SINDICATO NACIONAL DOS EDITORES DE LIVROS, RJ

L539a

Leighton, M.
Amor indomável / M. Leighton ; tradução Alice França. - 1. ed. - Campinas [SP] : Verus, 2021.
280 p. (Wild ; 1)

Tradução de: The Wild Ones
ISBN 978-85-7686-656-5

1. Ficção americana. I. França, Alice. II. Título. III. Série.

20-68404 CDD: 813
CDU: 82-3(73)

Leandra Felix da Cruz Candido - Bibliotecária - CRB-7/6135

Revisado conforme o novo acordo ortográfico.

1

Cami

Enquanto tomo uma cerveja, observo a cena familiar. Se o estilo da música tocando alto nas caixas de som do teto não fosse o bastante, o mar de chapéus de caubói não deixaria dúvidas de que o local é um bar country. Sorrio ao ajeitar o chapéu preto na cabeça. Gosto de não ser reconhecida. Mesmo se, por acaso, alguém que eu conheço entrasse no bar cheio de fumaça, jamais acreditaria que eu estaria debaixo da aba do chapéu observando o ambiente.

Sinto um esbarrão — forte — na parte de trás do meu banco no exato momento em que eu levava o copo à boca. A cerveja gelada escorre pelo queixo e desce direto pelo decote da blusa. Respiro fundo.

— Foi mal — diz uma voz profunda no meu ouvido. Duas mãos agarram meus braços e me puxam para trás, impedindo que eu caia. Estou olhando para minha calça e camiseta encharcadas quando percebo que as mãos desapareceram. Meio segundo depois, um rosto aparece diante de mim. — Sinto muito mesmo. Você está bem?

Paro de tirar o tecido molhado do peito e meus olhos se fixam no rosto à minha frente. Com raiva, devo acrescentar. Então fico sem palavras. Literalmente. E isso é algo que nunca acontece comigo.

Os olhos mais maravilhosos que eu já vi retribuem o meu olhar. Eles são cinza-claro esverdeados, contornados por cílios negros e expressam preocupação.

Um cutucão na perna me faz voltar à realidade e respirar normalmente. Vejo a cabeça da minha melhor amiga, Jenna, surgir atrás do rosto misterioso. Sei que ela me chutou e que está tentando chamar a minha atenção, mas não consigo tirar o foco destes olhos.

Meu Deus, são lindos! Nunca vi olhos que me fizessem suspirar, querer dar risadinhas e fazer um striptease, tudo ao mesmo tempo. Mas estes conseguem.

Ele abaixa a cabeça, me dando tempo suficiente para voltar à razão. Poucas vezes vi olhos assim. Eles estão realmente dispersos. Quando volta a me fitar, seus olhos estão enrugados nos cantos. Ele está sorrindo. E, minha nossa, que sorriso!

— Eu seria uma pessoa ruim se dissesse que gosto mais da sua blusa deste jeito?

Verifico minha blusa. O sutiã rosa-escuro está completamente visível através do tecido fino e molhado da blusa rosa-claro. Assim como os mamilos intumescidos. Eu ruborizo, envergonhada.

Por que, por que eu fui usar uma blusa rosa-clara com sutiã rosa-escuro?

Porque não dá para ver seu sutiã quando a blusa está seca, sua idiota.

Um dedo roça a lateral direita do meu rosto.

— Caramba, que sexy — ele sussurra. Contra a minha vontade, meus olhos se voltam para o seu rosto. O sorriso deu lugar a uma expressão de choque na forma mais pura. — Nunca fiz uma mulher ruborizar antes.

Rio nervosa, me esforçando para recuperar a voz, recuperar a dignidade.

— Eu duvido — digo em tom delicado.

— Nossa! Cabelo de sereia, rosto de anjo e voz de operadora de telessexo. Realmente a mulher perfeita.

Para total humilhação, meu rosto fica ainda mais vermelho. Droga de pele clara!

O Estranho Sexy enfia a mão no bolso, pega algumas notas e as desliza sobre o balcão.

— Outra bebida que a... — Ele não conclui a frase, olhando para mim com uma expressão de dúvida e esperando que eu a complete.

— Cami — digo, tentando conter o sorriso.

Jeito delicado de descobrir meu nome. Ponto para o Estranho Sexy.

— Outra bebida que a *Cami* estava tomando. — Em seguida, se vira para mim com um brilho malicioso nos olhos claros. — Desculpe ter derramado sua bebida. Não posso dizer o mesmo sobre a blusa — ele admite.

Esforçando-me para não ruborizar de novo, inclino a cabeça.

— Os estranhos desastrados têm nome neste lugar? Ou são só chamados de Estabanados?

Seu sorriso torto surge novamente.

— Patrick, mas meus amigos me chamam de Trick.

— Trick? Como as crianças norte-americanas falam no Halloween, treat or trick? Algo do tipo: "me dê coisas gostosas ou faço travessuras"? É isso?

Ele ri, e meu estômago se revira. De verdade.

— Isso mesmo. Esse tipo de trick. — Ele fica sério e se aproxima de mim. — Cami, posso te pedir um favor?

Perco o fôlego outra vez. Ele está tão perto que posso contar cada fio da barba que contorna o rosto bronzeado. Por um segundo, seu aroma, bem masculino, supera o cheiro de fumaça de cigarro e cerveja envelhecida do bar.

Perco a voz — novamente — então aceno com a cabeça.

— Escolha as gostosuras. Por favor, pelo amor de Deus, fique com as gostosuras.

Como uma idiota, não digo nada. Não faço nada. Apenas o encaro. Como uma... uma... bem, como uma verdadeira idiota.

Ele faz um gesto de decepção com os lábios e começa a sacudir a cabeça.

— Que pena. Tornaria a noite mais agradável. Ele fica de pé, dá um passo para trás e sorri novamente. — Prazer em conhecê-la, Cami — diz antes de se virar e desaparecer na multidão.

— Terra para Cami!

Desviando o olhar dos ombros largos e quadris estreitos de Trick se afastando, me viro para Jenna.

— O quê?

— Só isso que você tem a dizer? "O quê?" — ela pergunta sorrindo.

— O que você queria que eu dissesse? — Ainda estou um pouco confusa. Ou seria atordoada?

— Humm... eu queria ouvir sobre seu plano de se levantar deste banco e ir até lá pegar aquele gato e fazer o que ele pediu!

— Você ouviu nossa conversa?

— Ele estava praticamente no meu colo enquanto vocês conversavam. O que você queria que eu fizesse?

— Humm, se afastar!

Jenna suspira. Não muito alto, mas, de qualquer maneira, o faz de forma sensual e feminina.

— E deixar de admirar aquela maravilha? Quase perdi os sentidos só de olhar para ele. O cara é gostoso pra caramba, Cam!

Dou uma risadinha.

— Olha o que você está dizendo! Esqueceu que tem namorado? Ou fez isso de propósito, já que estamos conhecendo pessoas aqui?

— Não me esqueci. E você?

Eu assinto para ela.

— Me pegou, amiga.

Na verdade, eu havia me esquecido. Desde que vi os olhos de Trick, não pensei em Brent em momento algum. E isso não deve ser um bom sinal. Brent nunca me fez sentir o que este cara fez em três minutos.

— Deixa pra lá — ela diz, mexendo a mão com desdém enquanto toma sua cerveja. — Não leve isso a sério. Olhar para ele é como encarar o sol. Você vê pontinhos coloridos e fica tonta durante algum tempo, mas depois passa.

Eu me pergunto se realmente queria que passasse. Não me lembro de nenhum cara ter me deixado daquele jeito.

Não consigo ficar sem olhar para a multidão. Observo o mar de chapéus até meu olhar se fixar em um cabelo escuro. Ele é um tanto longo e levemente ondulado. Mesmo sem ver o rosto, sei que é Trick. Parece natural que ele seja o único cara sem chapéu no lugar.

Quase como se pudesse sentir meu olhar ou os meus pensamentos, Trick se vira na minha direção. Ele me vê como se não houvesse um salão cheio de gente entre nós. Nos encaramos durante alguns segundos e então ele sorri lentamente.

Deus, ele tem covinhas! Adoro isso!

Nesse momento, eu ruborizo. Aqui vamos nós de novo.

Seu sorriso aumenta, e ele me dá uma piscadela. Posso apostar que meus pés estão paralisados. Eu o vejo se virar. Antes que seu rosto desapareça por completo, penso no que Jenna disse. Talvez eu devesse ir até lá e escolher as "coisas gostosas".

Eu me assusto quando sinto alguém tocar meu pescoço, colocando meu cabelo para trás.

— Está me procurando?

Reconheço a voz de imediato. É Brent. Dou um suspiro. Não é certo me sentir um pouco desapontada. Mas é assim que me sinto. O momento para ser imprudente se foi. A porta da oportunidade foi oficialmente fechada. Por Brent.

Eu me viro no banco e sorrio para Brent Thomason, meu namorado. Ele é tudo o que uma garota pode querer e, com certeza, tudo o que o meu pai quer para mim. Mas ele nunca virou o meu mundo de cabeça para baixo de verdade. E eu nunca me dei conta disso. Até agora.

Brent não é desleixado quando o assunto é aparência. O cabelo ruivo tem aquele jeito propositadamente despenteado e os olhos castanhos-escuros têm uma exótica inclinação que eu sempre achei muito atraente. Mas, mesmo que eu os encare, só consigo ver os olhos cinza-esverdeado.

— Estava me procurando? — ele pergunta novamente.

Eu evito a pergunta, empurrando seu peito de brincadeira.

— Você está atrasado!

— Não posso ser totalmente perfeito. Tenho que manter uma garota como você sempre alerta. — Ele beija a ponta do meu nariz e roça os lábios nos meus.

— Conseguiu fazer o Corvette funcionar? — pergunto, me inclinando para trás.

— Não. Por isso estou atrasado. Acabei de falar com o cara que ia dar uma olhada nele para mim. Como não consegui sequer trazer o carro até aqui, ele concordou em dar uma olhada amanhã à noite. Vou levá-lo nem que tenha que rebocá-lo — Brent resmunga determinado.

Como sempre, acho a paixão de Brent por seu carro um tanto irresistível. Uma das obsessões do meu pai é carro antigo. Temos uma garagem com vários, e eu sei o bastante sobre eles para falar com algum conhecimento.

— Levar aonde?

Ele dá de ombros.

— Ah, uma espécie de oficina rústica. Sabe como o pessoal do interior é.

Sinto a minha expressão de raiva, mas não consigo evitá-la. Sei que Brent realmente não teve a intenção de ofender com o comentário, mas ainda assim aquilo me incomoda. Diferentemente da maioria dos meus amigos, eu sei como é a vida sem dinheiro. Embora tenha se passado muito tempo, uma garota nunca se esquece de algumas coisas.

Os olhos sensuais voltam à minha mente...

— Quero fazer aquela coisa funcionar para passear com você e te exibir. Quer dizer, passear com ele e exibi-lo — ele se corrige, sorrindo para mim. Sorrio também. O mais triste é que acho que ele estava falando a verdade antes de mudar a frase.

2

Trick

Sinto o leve toque de mãos delicadas na pele das costas. Posso senti-lo ecoar na minha cabeça latejante.

— Huuuum — dou um grunhido com a cabeça no travesseiro.

Ouço uma risadinha.

— Você parece um monstro quando faz isso.

Dou outro grunhido, mais alto desta vez. Outra risadinha. Grace adora quando durmo aqui. Ela adora me acordar.

— Eu preciiiiiiiso comeeeeer — resmungo com a melhor voz de monstro. E então, tão rápido quanto consigo me mexer de manhã e com ressaca, me viro e envolvo meu braço em sua cintura fina, jogando-a na cama.

Agarro seu pé e começo a fazer cócegas sem dó. Ela pula e tenta escapar, rolando na cama e rindo o tempo todo.

— Para! Para! Para! Eu não aguento cócegas — ela grita sem fôlego.

— Você sabe que é isso que acontece quando se acorda o gigante adormecido.

— Desculpa! Desculpa! Não era o que eu queria!

Solto seus pés e jogo as pernas para o lado da cama.

— Vou parar desta vez, mas só porque se lembrou da palavra mágica.

— Desculpa? — ela pergunta ao se sentar e afastar a franja castanha da testa.

— Não, essa não é a palavra mágica. A palavra mágica é *hipopótamo.*

Ela sorri.

— Eu não disse *hipopótamo*, seu bobo.

— Não? Então... — Eu a ataco, e ela corre para a porta gritando sem parar.

Então eu me acomodo na cama com a cabeça latejando muito. *Não ter* uma irmã de dez anos em casa e *ter* uma porta no quarto que pode ser trancada eram duas das principais vantagens da faculdade.

Esquece. Já era.

Esforço-me para sair da cama, vou até o banheiro.

Pelo menos aqui tem uma fechadura que funciona. Graças a Deus!

Depois de jogar um pouco de água fria no rosto, a noite anterior volta rapidamente. Olhos lindos, quase violeta, vêm à mente e, logo depois, um rubor que me deixa excitado só de lembrar.

Cami. Ela era linda.

Caramba!

Não que isso faça diferença. Garotas como aquela *sempre* têm namorado. Na maioria das vezes possessivos, que sabem o que têm e estão dispostos a brigar por isso. Com certeza, eu brigaria. Ela é o tipo de garota pela qual eu brigaria até a morte.

Caramba.

— Anda logo, preguiçoso. O café da manhã está quase pronto.

Ouço os pezinhos de Grace se afastarem depressa da porta, com certeza achando que eu iria correr atrás dela. Sorrio diante do espelho acima da pia. Embora ela consiga me irritar muito, eu a amo. Cacete, eu praticamente a criei. Sou o único homem na sua vida, a única figura paterna que ela teve. Ou, pelo menos, a única de que ela consegue se lembrar.

Meus pensamentos se tornam amargos e raivosos. Então jogo um pouco mais de água fria no rosto antes de ir para a cozinha. Café da manhã caprichado, feito em casa é uma das vantagens de *não* estar na faculdade.

— Bom dia, filho — minha mãe diz com um sorriso largo.

— Bom dia — respondo, retribuindo o cumprimento e me sentando no lugar que ela reservou para mim, o lugar que era do meu pai. — Já disse que você não precisa fazer isso, mãe. Posso preparar o meu café da manhã.

— Não deste jeito.

Sorrio.

—Tem razão.

Seu sorriso desvanece quando ela se senta e coloca o prato na mesa. Ela me olha com o canto do olho.

—Você andou bebendo de novo ontem à noite?

Dou um suspiro.

— Sim. Por quê?

— Não estou fazendo tempestade em copo d'água. Mas parece que você tem feito muito isso desde que precisou voltar para casa.

— Mãe, eu não precisei voltar para casa. Eu *decidi* voltar.

Nós dois olhamos para Grace, que finge não estar prestando atenção.

— Eu sei que não é o que você queria, e eu me sinto...

— Bem, não sinta nada. Não se sinta assim. Eu *quis* fazer isso, mãe. Você e Grace são tudo que eu tenho. Foi uma decisão sensata.

Ela volta a sorrir.

— Eu sempre soube que você cresceria para ser esse tipo de homem. Tenho tanto orgulho de você, Patrick. Eu só queria...

— Mãe, a faculdade não vai desaparecer. Posso terminar depois. Agora, isso aqui é mais importante.

Seu sorriso se torna triste, e ela concorda com a cabeça. Sei que se sente culpada, como se tivesse arruinado a minha vida dizendo que o dinheiro do seguro havia acabado. Nos primeiros seis meses do ano passado, eu me senti assim também. Mas eu falei sério. Ela e Grace são a única família que tenho. Se eu não cuidar delas, quem vai cuidar?

— Só me prometa que, se o peso for demais, você vai falar. Não quero te ver beber...

— Mãe! — interrompo em um tom áspero. Depois suavizo minha reação com um sorriso. — Estou bem. Sério. Só estou me divertindo um pouco com os amigos. Nada de mais. Não há o que fazer por aqui, concorda?

Ela dá de ombros e usa a mesma frase que usei alguns minutos atrás.

—Tem razão.

3

Cami

O cheiro de bacon me faz despertar do sonho imediatamente. Meu primeiro pensamento é: *Onde estou?* Quando me dou conta de que o teto acima da cama é o mesmo desde a minha infância, o segundo pensamento toma conta de mim. *Drogheda está fazendo meu café da manhã.*

Então sorrio. Uma das melhores coisas sobre passar o verão em casa é Drogheda, a governanta e minha confidente mais antiga, e sua comida maravilhosa.

Enquanto estou na cama, curtindo o cheiro inconfundível da comida, meu terceiro pensamento me vem à mente, perturbando a paz da manhã. Ele vem na forma de uma visão — olhos cinza-esverdeados brilhantes e um sorriso sexy.

Trick.

Eu *não* deveria estar pensando nele. Ainda. Mas, de alguma forma, me senti atraída por aquele cara. E muito!

Escolha as gostosuras. Por favor, pelo amor de Deus, fique com as gostosuras.

Só de lembrar aquelas palavras já fico enlouquecida. O que ele tem de tão especial, afinal de contas?

Ouço um ruído metálico vindo da cozinha. Sorrio. Sempre que durmo mais que deveria, Drogheda derruba coisas "acidentalmente". Muitas coisas.

E faz bastante barulho. Isso acaba me acordando e desço para tomar o café da manhã. Ela é esperta assim.

Saio de baixo das cobertas e me espreguiço antes de andar nas pontas dos pés pelo quarto e abrir a porta devagarzinho. Desde que eu tinha doze anos, Drogheda e eu brincamos de gato e rato no primeiro dia de férias da escola, antes de ela se acostumar com a minha volta para casa no verão. Eu faço questão de aparecer de repente e assustá-la em algum momento no primeiro dia.

Fizemos isso ao longo de todo o ensino médio e continuamos desde que entrei na faculdade. É uma daquelas tradições que, por mais que pareça infantil, sempre vou manter. E sempre vou valorizar.

Começo cedo essa manhã. Entro pela porta dos fundos da cozinha, caminhando sem fazer barulho pela copa. Dou uma espiada e vejo Drogheda diante do fogão, de costas para mim. Ela canta baixinho, como costuma fazer enquanto cozinha. Está segurando uma espátula em uma das mãos e virando panquecas.

Espero até ela virar a última das quatro e colocar a espátula de lado antes de aparecer. Com três passos longos, dou-lhe um abraço apertado.

— Drogheda! — grito, apertando-a e beijando seu rosto marrom-claro e arredondado.

Drogheda se vira para me dar uma palmada no bumbum. Ela diz uma série de palavras na sua língua materna antes de falar algo com o sotaque forte para que eu consiga entender.

— *Chica*, você quase matou uma velha de susto!

— Ah, você adora quando faço isso. — Eu me aproximo dela e pego um pedaço de bacon que está na toalha de papel. — Não está feliz em me ver?

Drogheda se vira para mim com uma das mãos na cintura e segurando a espátula com a outra.

— Claro que estou feliz. A casa fica tão vazia sem minha *picaro*, minha *poco diabla*.

Paro de mastigar e aponto a fatia de bacon na direção de Drogheda.

— Meu espanhol está um pouco enferrujado, mas você não acabou de me chamar de diabinha?

— Eu? — Drogheda pergunta, fingindo inocência. — Não, *chica*. Você deve ter entendido errado. Imagina! Eu jamais chamaria uma criança tão amável e inocente de algo assim.

Eu bufo. Ela pega o bacon da minha mão e o enfia na boca antes de apontar a espátula para mim e falar:

— Uma garota educada não faz isso.

Eu sorrio.

— Sim, senhora.

— Agora vá se sentar. O café da manhã está quase pronto.

Enquanto Drogheda se serve de uma xícara de café e a leva até a mesa para se sentar comigo enquanto eu como, me lembro da época em que minha mãe costumava fazer todas estas coisas — cozinhar para mim, conversar comigo, me ouvir, participar da minha vida. Desde que meu pai se tornou *o poderoso* Jack Hines, ela teve que se tornar Cherlynn Hines, a esposa *do poderoso* Jack Hines. E isso requer muito mais tempo no country clube do que tomando café da manhã comigo. Seria cruel da minha parte não sentir pena dela na maioria das vezes. Nem sempre é fácil ser parente próximo do meu pai.

— Afinal, quais são seus planos para o verão? — pergunta Drogheda.

— Além de participar de todas as festas num raio de cento e sessenta quilômetros e ficar bronzeada?

Ela me dá um tapinha.

— Ah, não! *Mi Camille* não vai ser uma daquelas mulheres ricas e fúteis. Diga o que *realmente* vai fazer.

Eu sorrio. Drogheda me conhece muito bem.

— Na verdade, eu gostaria de me inteirar mais sobre os negócios. Eu sempre gostei de cavalos, e alguém vai ter que assumir quando papai ficar velho demais para controlar tudo.

— Ah! — diz Drogheda com uma risada. — Seu *papi* nunca será velho demais. Primeiro você terá que provar a ele que pode ser sua *sócia*. Depois, talvez um dia...

— Este é um conselho extremamente sábio vindo de alguém tão jovem como você, Drogheda. Quando adquiriu tanta sabedoria?

Aos cinquenta e dois anos, embora não seja mais jovem, Drogheda definitivamente não aparenta a idade que tem. Sua pele marrom-clara ainda é lisa e macia.

— E aquele rapaz? Ainda sai com ele?

Eu sorrio.

— Drogheda, você sabe que o nome dele é Brent. Você é muito implicante!

Ela franze os lábios.

— Não me importo. Não confio naquele rapaz. Ele tem interesse em algo.

Sorrio com ar malicioso.

— Posso dizer exatamente no que ele está interessado.

O rosto de Drogheda fica sério, e ela aponta o dedo para mim.

— Não se atreva a permitir que ele te seduza, *chica*! Ele não vale a pena. Guarde isso para alguém que te ame.

É a minha vez de revirar os olhos.

— Eu sei, eu sei. Já ouvi isso mil vezes, Drogheda. Você sabe *muito* bem que eu não posso ser virgem para sempre, não é?

Ela me mataria se soubesse que esse era um assunto discutível.

— Não me refiro a ser virgem para sempre. Eu me refiro a esperar. Apenas esperar.

— Pelo quê?

— Não é pelo que, é por quem.

— Mas eu já disse. Brent me ama.

— Não, não ama. Não como deveria. Ele ama seu rosto lindo, seu corpo jovem e a empresa do seu pai.

— O que mais há para amar?

— Um dia, alguém vai te amar independentemente dessas coisas. Você só precisa encontrar essa pessoa. Você saberá quando for a hora certa, *mi Camille*, quando for *o rapaz* certo. E confie em uma mulher experiente, *esse* não é o rapaz certo.

4

Trick

Saio de baixo do capô do Hemi 'Cuda e pego uma garrafa de água.

— Cacete, como está quente lá embaixo!

— Seis meses no emprego novo e já está cheio de frescura — diz Jeff em tom de brincadeira.

— Cheio de frescura é o cacete! Estábulos são muito maiores e mais frios do que esta garagem caindo aos pedaços.

— Acho que da próxima vez que precisar consertar o seu Mustang vai ter que encontrar uma garagem sofisticada, não é?

— Tá de sacanagem? Aquele carro está completamente restaurado, cara! Não precisa de mais nada.

— *Parece* completamente restaurado, mas por acaso eu conheço o cara que o consertou. Ele é muito cheio de frescura. Do nada, aquele carro pode cair aos pedaços no meio da estrada.

— Mas não vai mesmo! Ouvi dizer que ele é excelente.

— Cheio de frescura e excelente?

— Sim.

— E muito humilde também. Pelo menos foi o que ouvi falar.

— Rusty. — Chamo o meu melhor amigo, Jeff Catron, de "Rusty" desde que suas sardas, que lembravam ferrugem, começaram a aparecer, por volta da terceira série. Embora ele tivesse se livrado delas há muito tempo, o apelido permaneceu. — Não sei se um sistema de injeção de combustível vai funcionar com este modelo. Não acredito que vai dar certo, cara.

Rusty resmunga e passa a mão no cabelo ruivo-escuro.

— Sério?

— Você é o profissional especializado. Deveria saber. Quer dizer, posso estar enganado, mas não vejo como dar certo.

Ele suspira.

— Pensei que valesse a tentativa. Mas acho que você tem razão. Sabia que, se alguém pudesse fazer funcionar, seria você.

— O cheio de frescura e excelente?

Rusty sorri.

— O cheio de frescura excelente e humilde. — Ele limpa as mãos em uma toalha e dá a volta para se inclinar na grade dianteira do Cuda. — Tenho que dar uma olhada no carro de um cara hoje à noite. Longe daqui. Quer ir?

Balanço a cabeça.

— Você não vai me convencer desta vez.

— Só estou perguntando, caso eu tenha dificuldade em consertá-lo. Seria bom se você estivesse lá. Eu não pediria se não precisasse de você, cara. Mas isto pode ser um grande lance para futuras restaurações. O dono do carro é cheio da grana. Ajudei um amigo dele e agora ele está disposto a me dar uma chance. Quem sabe não pode dar em algo?

Desde que éramos crianças, o sonho de Rusty sempre foi ser um profissional mundialmente conhecido em restauração de carros caros. Sei que a sua oficina faz um bom dinheiro, mais do que o suficiente para pagar as contas, mas ele tem sonhos maiores.

Como eu também tinha.

— Se eu deixar que você me convença a entrar nessa, você vai ficar me devendo, Rus. E muito.

Rusty assente.

— Combinado. Você é quem manda.

Solto um suspiro.

— Tudo bem. A que horas?

— Nove e meia.

— Encontro você lá.

Ele abre um enorme sorriso.

Como é que eu permiti que ele me convencesse a entrar nessa?

5

Cami

— Jenna, você realmente deveria levar isto adiante, principalmente se quiser ganhar um dinheirinho extra — digo quando ela gira diante de mim.

Ela para e me olha, confusa.

— Ganhar um dinheirinho extra? Como assim?

— Claro. Se eu tivesse dinheiro aqui comigo, estaria tentando colocar algumas notas na sua calcinha fio dental.

— Ha. Ha. Ha — ela diz em tom sarcástico, se virando em direção aos espelhos atrás dela. — Está tão ruim assim?

— Pelo amor de Deus, Jenna! Esta saia é tão curta que eu consigo ver Londres, Paris e França daqui.

Ela faz beicinho.

— Bem, e quanto à blusa?

— Blusa? É assim que você chama isso?

Embora eu realmente goste da cor rosa-claro e da borda verde, a parte de cima precisa de pelo menos mais cinco centímetros para *não* ser considerada a parte de cima de um biquíni.

— Meu Deus, desde quando você se tornou minha mãe?

— Quando começou a se vestir como uma stripper — digo com uma piscadela.

Jenna abaixa os ombros, frustrada.

— Está tão ruim assim?

Ela não acha graça na minha brincadeira, o que não é do seu feitio. Normalmente, ela leva numa boa e retribui o comentário no mesmo tom.

—Você sabe que eu só estava querendo te irritar. É só... diferente. Só isso. Adoro a cor e o modelo. E a saia é bem bonita. Só um pouco mais curta do que as que você costuma usar. Só isso. Afinal, quem está tentando impressionar?

Ela se aproxima e se senta na cadeira ao meu lado.

— Estou saindo com Trevor desde o primeiro ano do ensino médio. Sei que ele me ama, mas, ultimamente, sinto que o estou perdendo aos poucos.

— E é assim que planeja reconquistá-lo?

— Claro! Que norte-americano impetuoso não gosta de uma stripper?

— Por uma noite, talvez. Mas a longo prazo? — pergunto com olhar incrédulo.

— Então você acha que eu não devo tentar apimentar a relação?

— Apimentar?

— É. Sabe o que eu quero dizer, abrir mais um pouco as asas.

— Onde exatamente ficam suas asas? — pergunto em tom de brincadeira enquanto olho para a saia curta.

Ela me mostra o dedo do meio.

— Jenna, não é isso. Você sabe que, de todas as pessoas, eu sou a menos indicada para dar conselhos. Só estou dizendo que, se é uma coisa temporária, tudo bem. Mas, se você acha que o está perdendo de uma forma sentimental, não creio que isto vá ajudar. Pelo menos, não a longo prazo.

Ela faz careta e mostra a língua para mim. Isso equivale a ela dizer: *Cami, você tem razão.*

—Você é tão esperta que me tira do sério.

Em seguida bate o ombro no meu, daquele modo carinhoso que as amigas fazem.

—Você já conversou com Trevor sobre isso?

Jenna franze o nariz e sacode a cabeça.

— Mas deveria falar, sabia?

— Eu sei, mas não é tão fácil assim.

— Bem, arrume um jeito. Ele é um cara legal. Talvez vocês possam resolver as coisas.

— Espero que você esteja certa — ela diz, suspirando. Jenna fica na cadeira por alguns segundos, desapontada e parecendo o Bisonho da turma do ursinho Puff antes de se animar. Então olha para mim. — Você me convenceu, sabia?

— Eu percebi. E isso me assusta.

Ela sorri, o que sempre é um bom sinal.

— E aí, stripper ou não?

Eu rio.

— Talvez uma noite como stripper não prejudique ninguém.

— E poderia ser divertido. — Ela acrescenta, erguendo as sobrancelhas de forma engraçada.

— Tudo bem, tudo bem. Se acalme. Acho que estamos a ponto de entrar no território que me deixa tensa.

Tenho uma política rigorosa com relação a Jenna me encher de detalhes desnecessários.

— Você não deveria pensar nisso dessa forma, Cam. Deveria considerar a minha vida como o seu manual de o que não fazer. — Então se vira para mim com um sorriso malicioso. — Claro que muitas vezes ela serve como o manual de *o que fazer.*

Reviro os olhos enquanto ela volta para o closet toda pomposa.

— Está lindo — Jenna diz da beirada da minha cama enquanto me observa enrolar o cabelo. — Se continuar mexendo nele, vai acabar estragando.

Pego a ponta para soltar o último cacho, que cai em um leve espiral. O meu cabelo tem ondas naturais. Não tem aquele cacheado invejável e não é liso. É apenas ondulado do seu próprio estilo. Basicamente, tenho duas opções na vida: um modelador de cachos ou uma chapinha.

— Por que está tão preocupada com seu cabelo, afinal? Nunca se importa muito quando sai com Brent.

— O quê? Não posso apimentar a relação também?

— Desde quando seu relacionamento com Brent precisa ser apimentado?

— Não é que *precise* ser apimentado. Só achei que pudesse ter um pouco de... — Olhos cinza-esverdeado surgem na minha memória. Achei que pudesse ter *algo* especial, algo como Trick me fez sentir em menos de cinco minutos.

— Desde quando? — Jenna pergunta com ar perceptivo do outro lado do quarto. — A menos que isto não tenha nada a ver com Brent.

Desvio o olhar.

— Não sei do que você está falando.

Mas sei. Sei exatamente o que ela quer dizer. E ela está certa.

— Camille Elizabeth Hines, ainda está pensando naquele cara de ontem?

— Não! Que cara?

Jenna fica boquiaberta, demonstrando espanto.

— Está, sim! — Ela se levanta da cama e anda na minha direção, com as mãos na cintura. — Ainda está pensando naquele cara gostoso do bar.

— Você é louca. Eu tenho...

— Deixe de ser mentirosa! Te conheço muito bem, Cami. Diga a verdade.

Eu me viro para ela e deixo o orgulho de lado.

— Certo, e se eu estiver pensando nele? Não significa que um dia o verei de novo. Qual é o problema?

— O problema é que você finalmente encontrou um cara que te deixa assim. Caramba, espero por isso há anos. — Jenna cobre a boca com a mão e franze a testa. — Minha garotinha está crescendo.

Jogo a escova nela.

— Ah, pare com isso!

Ela fica séria.

— Preste atenção. Você é a minha melhor amiga e eu te adoro. Não estou dizendo que você tem que ir atrás de um cara que viu uma vez em uma boate. Mas deveria dar certa importância ao fato, Cami. Se Brent não faz você sentir tudo isso e um pouco mais, alguma coisa está errada. Só isso.

No fundo, sei que ela tem razão. Eu amo Brent, mas ele não mexe com meus sentimentos nem toma conta dos meus pensamentos noite e dia. Mas é um cara bacana, me trata bem e tem a aprovação do meu pai. E é gostoso. Quem não gosta de beijar um cara gostoso?

— Bem — começo, ajeitando a postura. — Nada disso afeta os nossos planos para hoje à noite. Como estou?

Jenna me analisa do topo dos meus cachos ruivos, passando pelo shortinho preto até as botas de caubói.

— Gostosa o bastante para aceitar as gostosuras de Trick — ela responde com uma piscadela.

6

Trick

Mesmo no escuro, com apenas o reflexo das luzes em volta do palco improvisado que era o piso de um celeiro, eu a vejo. No instante em que passa pela porta, ela atrai o meu olhar como mel atrai abelha.

Seu cabelo está jogado displicentemente em volta do rosto, o que me faz querer acariciá-lo. Ela está usando uma blusa justa e um shortinho que exibe as pernas mais longas que já vi. Não consigo deixar de pensar em como aquelas pernas ficariam em volta do meu corpo. E o melhor é que ela está acompanhada de uma amiga. A mesma garota que estava com ela no bar. Não está acompanhada de um cara.

— Ei, Leo — chamo o rapaz que está ligando o teclado. Ele toca para a banda cover que vai se apresentar no local esta noite. — Se Rusty aparecer me procurando, diga que eu volto logo.

Contorno a multidão e vou até onde Cami e sua amiga pararam para olhar a banda se preparar. Quando me aproximo à sua esquerda, ela se vira e olha para mim.

Bem, meu ego é como o de qualquer outro homem, mas também sei quando uma garota sente atração por mim. E essa sente.

Seus olhos se iluminam e os lábios se abrem no sorriso mais lindo que eu já vi em toda a minha vida.

— Você precisa parar de me seguir — digo com um sorriso.

— Parece que não consigo evitar — ela diz com um brilho no olhar.

— Não consigo fazer nada em relação a isso. É muito magnetismo e as garotas simplesmente perdem o controle.

Ela ri, um som profundo e rouco que me dá vontade de suspirar.

— E muita humildade também.

— É a segunda vez que ouço isso hoje. Não sei muito bem o que significa.

— Que conhece duas pessoas malucas?

— É provável.

Ela sorri. Faço o mesmo. Eu poderia ficar olhando para ela a noite inteira.

— O que te traz a uma festa country? Tenho certeza que me lembraria se já tivesse visto você aqui.

— É mesmo? Você costuma frequentar muitas festas dessas, não é?

Dou de ombros.

— Não como antigamente, mas, se tivesse visto você em uma delas, me lembraria. Pode acreditar.

As luzes do palco são suficientes para me permitir ver o seu rubor.

— Você vai ter que parar de fazer isso.

— Fazer o quê? — ela pergunta com ar tímido.

— Ficar vermelha assim.

— Posso garantir que, se eu pudesse evitar, eu o faria.

— Mas nesse caso minha missão seria fazê-la ruborizar. Por quaisquer meios necessários.

Seu sorriso vacila, e ela olha para a minha boca.

Deus me ajude!

— Então, o que disse que fazia aqui?

— Não disse nada.

— Mas ia dizer.

— Ah, ia?

— Bem, se não, ia dizer que aceita minha oferta.

Ouço seu suspiro, mesmo com o barulho das pessoas à nossa volta. Meu estômago revira e minhas mãos anseiam por tocar seu corpo.

Então ela limpa a garganta.

— Para falar a verdade, estou aqui com o meu namorado.

— Droga. Eu sabia que você era bonita demais para não ser comprometida. É uma pena que esteja namorando um idiota.

— Um idiota? Por quê?

— Só um louco a deixaria sozinha, mesmo que por um segundo, em uma festa.

— Não estou sozinha.

Ela se vira para a amiga, mas ela havia desaparecido.

— Quer dizer, eu não estava sozinha.

— Mas agora está.

Ela assente, mas não tenta dar qualquer desculpa para ir embora. Apenas olha para mim. E eu retribuo o olhar.

Esta pode ser a sua única oportunidade, Trick.

Chego mais perto. Ela não se afasta.

— Há uma coisa que eu deveria ter dito ontem — digo, dando mais um passo na sua direção. Estendo a mão para pegar um cacho longo e ruivo do seu cabelo e o levo à boca. Ele tem o toque de seda e o cheiro de morango.

— O quê? — ela pergunta, sem fôlego.

— Não me importo com uma pequena competição.

— Não?

— Não, mas odeio perder.

— E você costuma perder?

Abaixo a cabeça, meu rosto a poucos centímetros do seu. Então encaro aqueles olhos lindos à medida que eles se movem entre a minha boca e os meus olhos diversas vezes.

— Nunca — sussurro.

E então pressiono meus lábios nos seus. Eles são macios, quentes e tão gostosos como parecem. Continuo esperando que ela se afaste, mas ela não o faz.

Decidido a aproveitar ao máximo a minha oportunidade, passo a mão no seu cabelo farto e inclino sua cabeça para o lado. Seus lábios se abrem, e eu enfio a língua diretamente entre eles.

Sua boca tem gosto de açúcar e menta. Provoco a ponta da língua e ela retribui o gesto na minha. O que realmente me surpreende é quando sinto a sua mão na minha cintura. Seus dedos apertam minha camisa. Ela está se esforçando para se controlar.

Coloco o braço em volta da sua cintura fina e puxo o seu corpo para perto do meu. Sinto-a se entregar. É o bastante para não jogá-la sobre o ombro e carregá-la para o escuro. Mas um pigarrear atrás de mim acaba com a fantasia.

Ela fica tensa nos meus braços e, mesmo sem abrir os olhos, sei que é seu namorado. Então afasto o rosto, quebrando o contato com os seus lábios, sentindo falta deles imediatamente, e sorrio para ela.

— Isso valeu pelo que vai acontecer.

Eu me viro devagar para ficar de frente para o meu inimigo. O rosto dele está vermelho de raiva.

Eu me antecipo.

— Muito bem, você tem uma chance para vir me atacar. Faça bom uso dela.

Então coloco as mãos para trás e espero. O cara parece não saber o que fazer.

Cacete, se fosse a minha namorada, eu estaria te agredindo como um cão raivoso.

Finalmente, depois de olhar de mim para Cami, ele cerra o punho e faz uma tentativa razoável de dar um soco. O gesto é tão lento que viro a cabeça e sua mão passa ao lado do meu rosto. Provavelmente nem deixará uma marca.

—Tudo bem. Agora você segue o seu caminho e eu sigo o meu.

Tiro as mãos das costas e começo a caminhar. Pelo canto do olho, o vejo se lançar contra mim. Desvio, e ele quase perde o equilíbrio e cai de cara no chão. Quando se vira, me dou conta de que a questão agora é mais sobre orgulho, o que significa que ele está prestes a fazer algo estúpido.

— Olha, cara, eu te dei uma chance por ter beijado a sua namorada. Mas não force a barra.

Desta vez, o cara vem para cima de mim de forma violenta. Bloqueio o seu primeiro soco, me esquivo do segundo e coloco a mão no meio do seu pescoço. Ele ameaça se erguer, e eu me inclino para falar baixinho.

— Fica na sua. Ou as coisas não vão terminar bem para você.

Em seguida, aceno com a cabeça para seu amigo boquiaberto, dou uma piscadinha para Cami e me afasto na maior tranquilidade.

Cara esperto. Ficou na dele.

7

Cami

Levo um segundo para me recompor depois que Trick piscou para mim. E a situação piora quando ouço Jenna resmungar nas minhas costas.

— Caraca! Aquilo foi supersexy.

Finalmente recupero a razão e vou até Brent.

— Você está bem?

Coloco a mão sobre o seu braço, mas ele se afasta com um movimento brusco.

— O que pensa que estava fazendo?

Diante do furacão emocional que explode dentro de mim — culpa por pensar em Trick, culpa pelo desejo de ser beijada por ele, prazer por estar nos seus braços, decepção pelo fato de Brent não me fazer sentir isso, vergonha por trair meu namorado — me agarro à única defesa que consigo encontrar: indignação. Eu chamaria de indignação honrada, mas, como ainda estremeço depois do beijo de Trick, penso que *honrada* pode ser um exagero. *Indignação* já é suficiente.

— Você está puto *comigo* porque alguém me beijou? Eu não tenho culpa! Não fui eu que o procurei. Pelo visto, eu seria culpada se fosse atingida por um raio, não é?

E é mais ou menos o que senti, como se tivesse sido atingida por um raio. Um raio delicioso, excitante, arrepiante e sensual.

— Bem, não pareceu que você estava se esforçando para evitar.

— Em algum momento você considerou a hipótese de que eu posso ter sido surpreendida? Quer dizer, não vim até aqui esperando que um cara qualquer aparecesse e me beijasse.

Mas, se eu soubesse que Trick estaria aqui, com certeza desejaria isso.

— Desculpe — disse Brent, abaixando um pouco a cabeça. — Tem razão. Não sei o que deu em mim.

A culpa ataca a minha consciência novamente.

— Será que podemos esquecer tudo isso e curtir a banda?

Brent suspira.

— Tudo bem. Não quero que isso acabe com a sua noite.

— Ótimo — digo com um sorriso, segurando seu braço. — Vamos beber alguma coisa e assistir à banda.

— Onde está o Trevor? — Jenna pergunta quando nos viramos para pegar uma cerveja.

— Ainda está falando sobre carros com aquele cara lá fora. Logo estará de volta.

Alguns minutos depois, cada um de nós está com um copo vermelho cheio de cerveja e caminhamos em direção ao palco. A banda está se preparando para começar o show.

É um grupo local chamado Saltwater Creek. Conheço os integrantes, porque eles tocaram algumas vezes na faculdade. É uma banda de cover muito boa, com algumas canções originais não tão ruins.

O vocalista e guitarrista, Collin, vai até o microfone.

— Ok, ok — ele diz na sua mais perfeita reprodução da fala arrastada do ator Matthew McConaughey. — Um dos integrantes da banda não veio, mas acho que podemos ir em frente e começar, se todos vocês puderem me ajudar a convencer nosso amigo, Trick, a vir até aqui e substituí-lo em uma ou duas músicas. Vamos lá, Trick.

Todo mundo se vira em direção ao canto do palco. Trick está lá. Ele começa a sacudir a cabeça em um gesto negativo, se afastando e fazendo um sinal de *pare* com as mãos.

— Ah qual é, cara. Faça isso pelo público. Essa gente está aqui para dançar e curtir. Vamos dar o que elas querem.

Ele ainda está recusando o pedido com um gesto negativo de cabeça, embora várias pessoas à sua volta o empurrem em direção ao palco.

— Pessoal, vamos chamar o Trick! — grita Collin. — Trick! Trick! Trick!

O público começa a gritar seu nome, e Trick olha ao redor antes de lentamente abrir um sorriso. Por um momento apenas, seus olhos encontram os meus. Desvio o olhar antes que Brent perceba.

— É isso aí! — Collin grita quando todos começam a aplaudir.

Volto a olhar para a frente. Trick caminha em direção ao palco. Alguém entrega a ele uma guitarra e ele põe a alça do instrumento no pescoço. Em seguida, pega a palheta e começa a testar o som. A multidão fica em silêncio até ouvir os primeiros acordes familiares de "Cat Scratch Fever". Então todos se empolgam.

Caminhando para a frente do palco, Trick se apresenta com desenvoltura. Quando seu solo termina, o restante da banda começa a tocar, iniciando com a batida forte da bateria. As garotas gritam, os caras começam a soltar a voz, e eu não consigo evitar um sorriso.

Estou começando a me divertir quando, do outro lado da multidão, Trick olha para cima e nos encaramos. Fico tão tensa que não consigo raciocinar. É como se tivesse sido enfeitiçada pela serpente. Estou sem fôlego e hipnotizada.

E ele sorri.

No mesmo instante, percebo que sou dele. Quer ele saiba ou não.

8
Trick

— Quero Titan na sua melhor forma. O treinador de uma Associação de Criadores fora do Alabama vem no fim do mês para dar uma olhada nele. Fiquei sabendo que pagam um bom dinheiro por um puro-sangue, e Titan é o nosso melhor cavalo de raça com dois anos.

Olho para o meu chefe, Jack Hines. Seu cabelo castanho-escuro parece ter sido moldado com spray, as unhas estão limpas como se tivesse ido à manicure e sua expressão parece muito com a de um homem que consegue o que quer, não importa como.

Jack Hines. Um homem que venceu por esforço próprio. Milionário. Criador de cavalos de raça. Babaca.

— Sim, senhor — digo enquanto continuo massageando Revere.

— Eles pretendem dar uma olhada no Knight-Time. Acho que, se eles o virem com atenção, ficarão com ele. Talvez até o prefiram no lugar do Titan.

Aceno com a cabeça. Embora discorde totalmente, me limito a assentir.

— E o Highland Runner? Já considerou a hipótese...

Ele balança a cabeça uma vez. Faz apenas seis meses que trabalho aqui, mas sei o que isto significa. Trinco os dentes.

— Aquele cavalo ainda é muito selvagem. Se eu decidir correr, será com um dos meus reprodutores. Um cavalo nascido nesta fazenda, como o Knight--Time. Quer dizer, se ele não for vendido antes. Embora ache que o Highland Runner vai ficar aqui como garanhão. Ele tem boa linhagem, mas... Este é o tipo de coisa que você precisa aprender, Patrick, as sutis nuances deste negócio que lhe serão úteis se continuar nele.

O comentário atinge o objetivo. Ele me põe no meu devido lugar. Ele é o especialista, não eu. Eu me dou conta disso. Ele sabe quanto acredito no Runner. E pensa que sou louco.

Mas eu acho que *ele* está se deixando levar pelo dinheiro. Como Runner não foi muito caro, Jack acredita que ele não tem valor. E está totalmente enganado.

— Deixe-os prontos — ele ordena antes de se virar e se afastar daquele jeito arrogante. Antes de sair do estábulo, para e grita para mim. — Minha filha está de férias em casa. Ela gosta de cavalgar quase todos os dias. Tente ajudá-la caso ela precise. Mas só isso.

Como é que é?

— Sim, senhor.

Eu sou um empregado, isso significa que também sou um estuprador? A filha dele deve ter no máximo, o que, dezesseis anos e está no segundo grau ou algo assim? Com certeza é tão arrogante e antipática quanto ele. Até parece que eu me envolveria com ela!

Acabo de escovar o pelo de Revere e o levo de volta à sua baia. Quando passo pela baia de Runner, sinto-me ainda mais frustrado.

Merda!

— Sooty! — grito para o treinador. Ouço a sua voz cansada, vinda de algum lugar do outro lado do estábulo. — Vou levar o Runner para o lado de fora. — Ele diz mais alguma coisa. Não parece uma recusa, então pego a sela do cavalo.

Eu me identifiquei com Highland Runner desde a primeira vez que o vi. É um animal incrível. Bem, é um pouco selvagem e teimoso, mas melhorou muito desde que cheguei aqui. Só precisa de alguém firme e que não tenha medo de montá-lo. E eu sou exatamente essa pessoa.

Após colocar a sela nele, o levo para a arena para testá-lo. Reduzo a sua rotina normal para poder montá-lo no campo. A fazenda dos Hines tem muitos hectares de campos lisos, cobertos de grama e perfeitos para se montar os reprodutores de dois anos e deixá-los correrem soltos.

Atravesso o portão e vou até Runner. Seus músculos se contraem. Ele sabe o que está por vir. E está pronto.

Runner reage perfeitamente a mim, como sempre. Jack Hines nunca se dá ao trabalho de tirar um tempinho para observá-lo. Pelo menos com atenção. Ele já decidiu e pronto.

Mas eu sei. Conheço Runner. Sei do seu potencial. É uma intuição. E a minha intuição não costuma falhar.

Como não falhou em relação à Cami.

Cami.

Como aconteceu uma dúzia de vezes há um dia e meio, ela surge na minha mente. Acontece nos momentos mais estranhos.

Sorrio. Aquela garota...

É melhor o namorado dela vigiá-la. Se eu encontrar Cami novamente, sou capaz de raptá-la.

Sorrio mais uma vez. A verdade é que acho que de fato poderia fazer isso. Mas não é muito do meu feitio. Agora, se ela terminar com ele para ficar *comigo*... é outra história.

Só de pensar naqueles lábios viçosos e em seu corpo firme, a braguilha do meu jeans encolhe cerca de dois tamanhos. E isso não é nem um pouco confortável quando se está montado num cavalo.

Guio Runner de volta ao estábulo. Pelo canto do olho, percebo um brilho acobreado sob o raio de sol. Sinto o sorriso se abrir quando vejo ninguém menos do que o objeto dos meus sonhos andando em direção ao estábulo com sua amiga.

Como ela me encontrou?

Não importa. Ela me encontrou. Agora ela é quase minha.

Quando Runner chega ao portão do estábulo, pulo de cima dele e ando ao seu lado pelo resto do caminho. Paro em frente à sua baia para dar banho e escová-lo depois da corrida.

Tiro a camisa suada e passo a mão no cabelo úmido.

— Isto vai ser bom para nós dois, hein, Runner? — digo para o cavalo que bufa uma vez. Sempre acabo me molhando um pouco quando dou banho nos cavalos. Acho que sou um cara atrapalhado.

Deixo tudo pronto e, no instante em que estou começando a lavá-lo com a mangueira, ela entra no estábulo. Levanto a cabeça e vejo que ela está me olhando. Ela está radiante e muito gostosa com aquela calça jeans surrada, botas e blusa vermelha curtinha. O cabelo está preso em um coque frouxo no topo da cabeça. Posso imaginá-la soltando-o e sacudindo as mechas ruivas lentamente. Só de imaginar a cena me dá vontade de agarrá-la.

O mais estranho é que ela parece confusa. Como se estivesse surpresa em me ver.

Mas por que estaria surpresa se ela *veio aqui procurar por* mim?

9

Cami

Jenna resmunga exatamente o que estou pensando.

— Cacete! Olha!

Eu sei que estou encarando. De forma grosseira. E de novo. Mas não consigo evitar. Trick está do outro lado do estábulo. Sem camisa, sem chapéu e todo molhado. E eu tenho certeza de que nunca vi nada mais sensual.

Os braços são longos e musculosos, os ombros, largos. Quando vejo tudo isso, uma palavra me vem à mente: *gostoso*. Parece muito com os cavalos na forma como os músculos se movem e se agrupam sob a pele macia. E o peitoral! Meu Deus, aquele peitoral está me pedindo para apertá-lo.

A barriga completa o pacote perfeito da parte superior do corpo. É ondulada, como a superfície do lago quando se joga uma pedra, o abdome bem definido.

Sua pele é bronzeada, como se passasse muito tempo ao ar livre, sem camisa. E, levando-se em consideração as qualidades de que dispõe, acho que faz um favor ao mundo se fizer isso.

Observo suas mãos grandes enquanto ele esfrega um dos lados do corpo de Runner.

— O que ele está fazendo aqui? — Jenna sussurra, mais uma vez dando voz ao que se passa pela minha mente.

Ele está dando banho em um cavalo. Um dos cavalos do meu pai. *Que porra...?*

Estava me dirigindo à baia de Firewalker, mas agora me viro em direção a Trick e Runner. Conforme me aproximo, ele me encara com aqueles olhos acinzentados que me seduzem da cabeça aos pés. E sorri para mim. É um sorriso de canto e simplesmente a coisa mais sexy que eu já vi.

— Por que está sorrindo? — pergunto.

— Você é um sonho erótico que anda e fala com essa calça jeans. — Ruborizo na mesma hora. Claro. Seu sorriso se abre ainda mais. — Tem certeza de que é assim que quer começar esta conversa? Se lembra de como terminou na última vez? — Sinto meu rosto queimar, e eu sei que está bem vermelho. Ele ri. — Talvez eu só devesse ter dito "oi".

Ignoro seu comentário e refaço minha pergunta.

— O que você está fazendo aqui?

Seu sorriso vacila um pouco, e ele franze a testa.

— Você não esperava que eu estivesse aqui?

— Huum, não. Por que eu esperaria isso?

— Boa pergunta. Você veio até aqui à minha procura. Imaginei que teria uma razão para isso.

— Não, Jenna e eu saímos para um passeio. Por que eu procuraria por você aqui?

Fico fascinada pela série de emoções que surgem no seu rosto. No início, ele parece confuso, mas depois parece querer rir, como se aquilo fosse uma piada. Então parece mais confuso e sua expressão se transforma em descrença, como se, em sua cabeça, ele dissesse: *De jeito nenhum!* Mas então, para minha surpresa, ele parece aborrecido. É mais que isso. Ele parece muito zangado.

— Você é a filha do Jack.

É uma afirmação, não uma pergunta. E ele *não* está feliz com isso.

— Sim, sou a filha dele.

— Cacete! — Eu o ouço murmurar baixinho.

— Mas isso ainda não explica o que você está fazendo aqui.

Ele faz uma pausa, passando a mão pelo cabelo úmido.

— Eu trabalho aqui.

— Ah — digo, impassível.

Um silêncio longo e desconfortável se estende entre nós. A reação dele me diz tudo o que eu preciso saber sobre a sua posição em ficar com a filha do patrão. Queria saber se ele está tão desapontado quanto eu. Nem sei por que me sinto assim, mas é inevitável.

Você tem namorado, idiota! Por que isso importa?

— Bem, se precisar de alguma ajuda com o cavalo, é só me avisar — ele diz em tom de desdém. Em seguida, volta a lavar Runner como se Jenna e eu não estivéssemos a menos de um metro de distância.

Faço o possível para não me afastar demonstrando raiva, mas é difícil. Sinto vontade de fazer um escândalo que só uma criança de dois anos teria orgulho de fazer.

Jenna anda rápido ao meu lado. Ela olha para trás e logo sorri para mim.

— Ele está olhando você se afastar.

Por alguma razão, isso me faz sentir um pouco melhor.

10

Trick

— Cara, eu não vejo uma garota te deixar tão impressionado assim desde o segundo grau.

Olho para Rusty por cima da caneca.

— Tá de sacanagem? Ela não me deixou impressionado.

— Tá bom — ele diz com um sorriso.

Ignorando seu comentário, olho pelo ambiente à procura de qualquer rosto conhecido. O Lucky's é o único bar na área, e meus amigos e eu o frequentamos desde que conseguimos as primeiras carteiras de identidade falsas. Há alguns anos, quando a razoavelmente pequena cidade de Greenfield começou a crescer, passei a ver cada vez mais gente desconhecida no salão esfumaçado. Mas esta noite, não estou procurando um rosto desconhecido.

Fico paralisado quando avisto um cabelo loiro. Reconheço na mesma hora a garota de pé no bar, corpo curvilíneo visível em um shortinho e um top. É ReeAnn Taylor. Ela sempre foi afim de mim. É uma garota bonita e, o mais importante, não tem namorado ou um pai que possa me despedir.

— Não se atreva a pensar nisso, Trick.

— Pensar em quê?

— ReeAnn. Não vai conseguir tirar a garota rica da cabeça. Só uma coisa vai fazer isso.

Cami.

Digo em voz baixa ao tomar um gole de cerveja.

Por que ela tem que ser filha do cara?

— Encare as coisas desta forma: Você pode encontrar um emprego em outro lugar.

— Onde, por exemplo? A fazenda do Hines é a única que tem cavalos da raça puro-sangue num raio de cento e sessenta quilômetros ou mais.

— Bem, então trabalhe em algo diferente.

— Tipo o quê? Sem diploma não consigo um emprego que pague tão bem quanto Jack me paga. E nós precisamos do dinheiro. Eu não larguei a faculdade, voltei para casa e arrumei um emprego porque não tinha nada melhor para fazer. Você sabe que eu não tive escolha.

— Bem, talvez você pudesse...

— Esqueça, Rus — eu digo, interrompendo sua sugestão. — As coisas são assim e pronto. Vou permanecer longe dela e tudo vai ficar perfeito. Não é grande coisa. É só uma garota.

Na tentativa de comprovar meu argumento (tanto para mim quanto para Rusty), me levanto e me dirijo à ReeAnn. Quando paro ao seu lado, ela se vira, quase diretamente nos meus braços.

Em seguida, ela me encara com seus lindos olhos castanhos e sorri.

— Veio me chamar para dançar? — ela pergunta.

— Você aceitaria?

Ela assente e entrelaça os dedos nos meus. Eu a conduzo para a pista de dança no momento exato em que começa a tocar uma música lenta. Ela encosta o corpo no meu e põe os braços em volta do meu pescoço. Posso sentir seus seios roçarem meu peito e seu quadril balançar sugestivamente contra o meu.

Seria muito, muito fácil, não é?

Ignoro o fato de que não quero algo fácil e abraço a cintura de ReeAnn. Ela encosta o rosto no meu pescoço e se aconchega, ronronando como um gato satisfeito. Seu perfume é bom, mas é um pouco forte. Tento não notar que o cheiro não é nada parecido ao de morangos frescos.

Afasto esse pensamento no mesmo instante em que ele surge na minha cabeça e deslizo as mãos das costas de ReeAnn até o seu quadril. Sinto seus dedos alisarem meu cabelo e percebo o momento em que ela encosta em mim, esfregando o corpo no meu. Imagino que talvez eu possa ir em frente se ela continuar se insinuando.

O pensamento desaparece assim que ergo a cabeça e dou de cara com os olhos violeta que tenho visto com muita frequência. Cami e sua amiga, Jenna, estão a menos de três metros de distância, embaixo da placa do Lucky's. Elas devem ter acabado de chegar. Cami está me encarando como se eu tivesse duas cabeças.

Nesse exato momento, ReeAnn faz um pequeno movimento, como se tentasse me lembrar que eu deveria estar pensando nela, não em outra pessoa. Paro de olhar para Cami e me esforço para me concentrar na garota que está tentando entrar na minha camisa. Mas não adianta. De repente, o perfume de ReeAnn começa a me sufocar, seus braços magros me abafam e seus gemidos sensuais, como os de um gatinho, estão simplesmente começando a me irritar.

Com um suspiro, me afasto um pouco. Termino a dança com ReeAnn, mas não faço nada além disso. Tudo o que eu quero é me afastar dela, sair deste bar e entornar uma bela garrafa de tequila. Sei, por experiência, que no fundo da garrafa há uma forma especial de abstração, e é tudo o que eu preciso em uma noite como esta.

11

Cami

O sol entra pela janela bem na direção dos meus olhos. Normalmente, eu não me incomodaria em acordar assim, mas hoje... é diferente. Como lembranças indesejáveis da guerra, a cena com a qual me deparei ontem à noite não sai da minha cabeça. Mesmo quando fecho bem os olhos, não consigo deixar de ver Trick e aquela garota dançando agarradinhos.

Isso me deixa furiosa!

Eu me recuso a tentar descobrir por que isso me incomoda ou quanto deve ter parecido patético ir embora do Lucky's, menos de trinta minutos depois de chegar. Eu deveria saber que a noite seria uma merda. Pra começo de conversa, Jenna nem queria ir. Eu e minhas ideias brilhantes!

É isso que acontece quando você decide ir a um lugar daqueles quando tem namorado. Você queria encontrá-lo e teve o que pediu.

Então me viro e puxo o travesseiro sobre a cabeça. Ainda não estou pronta para enfrentar o dia.

— Cami! Cami! — É Drogheda sacudindo meu ombro. Deve haver algo errado para ela estar no meu quarto me acordando.

— O que foi? — pergunto ao me sentar na cama, assustada.

— Você está dormindo demais, *chica*. Estou fazendo barulho na cozinha há mais de uma hora e você não acorda de jeito nenhum.

— Desculpe. Não dormi muito ontem à noite e ainda estou cansada. — Devo ter cochilado depois que acordei a primeira vez, porque não ouvi nenhuma das habilidades maquiavélicas de Drogheda para irritar qualquer um.

— O que aconteceu, *mi Camille*?

Isto realmente me faz sorrir. Drogheda é a única pessoa no mundo que pode me chamar de Camille, e só porque soa de um jeito afetuoso em vez do nome que eu tanto odeio.

— Nada — respondo balançando a cabeça. Não olho em seus olhos. Drogheda tem uma espécie de sexto sentido apurado, e pode perceber quando estou mentindo. Aprendi que é melhor evitar o contato visual.

Ela me encara e mexe a cabeça ao mesmo tempo que mexo a minha até me forçar a olhar para ela.

— Pode começar a falar, mocinha! — Drogheda consegue ser muito firme e sensata quando a ocasião exige.

Eu suspiro.

— Não é nada. É só um cara. — Então me sento e ajeito o cabelo atrás da orelha. — E estou falando sério, eu tenho namorado, o que faz tudo isso parecer uma besteira.

— Tudo isso o quê? Conte desde o começo.

Eu obedeço. Conto a Drogheda todos os detalhes não tão imorais. Fico surpresa quando ela sorri. E, para Drogheda, é um sorriso bastante diabólico também.

— O que foi que eu disse? *Aquele rapaz* não é o homem certo para você. Eu não disse que você encontraria *o rapaz certo*?

— Drogheda, Brent é um cara maravilhoso. *Eu* já não *te* disse isso?

— Ai-ai-ai! Há anos que eu ouço essa história, mas *isto* é o que eu quero ouvir. Quero ouvir você falar de um rapaz que não sai da sua cabeça — ela diz, cutucando minha testa com o dedo — e do seu coração também. — Dessa vez, bate de leve no meu peito, acima do coração.

— Mas Brent...

— Shhh — ela diz com um aceno das mãos. — Não quero ouvir mais desculpas, *mi Camille*. Mantenha este rapaz por perto se for preciso, mas não descarte o outro. Você tem que dar chance ao amor. Quando for verdadeiro, vai haver um jeito.

Meu riso é breve e amargo.

— Pode haver um jeito com Jack Hines?

— Tenha fé, *chica*. O amor é capaz de arranjar um jeito até com seu pai.

O sorriso de Drogheda é doce e encorajador, o que eu precisava esta manhã, conscientemente ou não. De modo impulsivo, coloco os braços em volta do seu pescoço.

— O que eu faria sem você, Drogheda?

— Seria preguiçosa o dia todo, isto é o que faria. — Então ela levanta da cama e me bate de leve com o pano de prato que ainda tem nas mãos. — Agora venha tomar o seu café da manhã para que eu possa limpar a cozinha.

— Já vou, já vou! Me dê só um minuto — digo de forma educada.

Drogheda revira os olhos, irritada e se afasta, murmurando algo em espanhol que eu não consigo entender, mas parece extremamente carinhoso.

No caminho entre o meu quarto e a cozinha, decido ver meu pai, a única pessoa na qual consigo pensar que pode saber mais sobre Trick que eu, o que não é muita coisa. Para minha surpresa, passo pela minha mãe, que está saindo do escritório dele. Ela quase esbarra em mim.

— Aí está você, garotinha! Pensei que não a veria esta manhã — ela diz, inclinando-se para beijar meu rosto. Ela cheira a linho novo, como sempre. A única diferença é que agora o linho é mais caro.

— Por que ainda está aqui? — pergunto, observando os olhos tão parecidos com os meus quando ela se inclina para trás.

— É tão terrível querer ver minha filha por cinco minutos quando ela vem para casa passar o verão?

Eu sorrio.

— Claro que não. É que a esta hora você sempre está indo para o clube ou para algum tipo de reunião. Só estou surpresa. É isso. — Ela parece um pouco magoada, então me apresso em continuar. — Estou feliz que tenha ficado. Quer sair para almoçar mais tarde? Depois poderíamos ir ao salão para fazer as unhas e depois umas comprinhas?

— Eu adoraria, mas tenho muitas reuniões e compromissos hoje. Podemos deixar para outro dia?

Algumas coisas nunca mudam.

— Claro, mãe. Outro dia qualquer.

Ela sorri e olha para as mãos.

— Eu posso me arrepender de adiar isto. O que as mulheres irão pensar se me virem com as unhas lascadas? — Nós nos olhamos e caímos na gargalhada. Ela revira os olhos. Minha mãe desempenha bem seu papel, mas a essência da sua personalidade continua a mesma. Em algum lugar.

Quando ela se afasta, entro no escritório. Meu pai está sentado diante da escrivaninha. É a primeira vez que o vejo desde que cheguei em casa. Noto uns fios grisalhos nas suas têmporas que não existiam no Natal. Fora isso, ele parece o mesmo: cabelo escuro curto, pele bronzeada e olhos azuis perspicazes, que sacam minhas intenções quando levanta a cabeça.

Eu abro um sorriso largo.

— Bom dia, pai. — Me apoio na porta e bocejo.

— Eu já estava me perguntando se veria você em algum momento — ele diz com um sorriso, colocando a caneta de lado. Em seguida, se recosta na cadeira e apoia os dedos na mesa enquanto me observa.

— Desculpe. Tenho saído com a Jenna nos últimos dias e acho que você estava... o quê? Estava verificando novos cavalos?

Ele dá de ombros.

— Nada que você precise se envolver.

— E se eu quiser me envolver?

Ele franze a testa.

— Como assim?

Entro no escritório e me sento em uma das grandes poltronas de couro que ficam em frente à sua escrivaninha.

— Pai, estou pensando em passar o verão aprendendo mais sobre a parte comercial.

— Por quê?

É a minha vez de dar de ombros.

— Porque eu quero. Você sabe quanto adoro cavalos. Mas sempre gostei só de montá-los. Nunca vi realmente o lado dos negócios, e é algo no qual estou interessada.

Seu sorriso não é muito grande, mas é cheio de orgulho e prazer, o que faz com que eu me sinta bem. Talvez ele sempre tenha esperado por este dia. Quem sabe?

— Acho que podemos providenciar uma espécie de treinamento então.

Treinamento. Intimamente, reviro os olhos. Eu deveria saber que Jack Hines não iria impor nem um pouco de nepotismo a meu favor.

— Parece uma boa ideia. Pensei em, talvez, fazer algumas viagens com você este verão. Para verificar novos cavalos e conhecer alguns dos seus contatos.

Ele assente.

— Tenho uma viagem no mês vem que seria um bom lugar para começar.

— É só me avisar o dia.

Ele continua assentindo. Posso ver sua mente fazendo mil planos. E as expectativas aumentando.

— Você deveria dedicar algum tempo para começar a se inteirar sobre a genética dos puros-sangues. Investimento financeiro também. Precisa ter uma boa compreensão de ambos os aspectos antes de conhecer outros criadores.

— Tudo bem. — Há uma pausa longa, durante a qual sei que estou sendo avaliada, o que sempre me deixa desconfortável. — Por falar nisso, eu vi o novo funcionário ontem. Por que você o contratou? O que aconteceu com Ronnie?

— Descobri que ele estava envolvido em alguns... assuntos complicados. Então preferi demiti-lo.

— Onde achou alguém para substituí-lo?

— Alguns moradores o conheciam. Ele cresceu lidando com cavalos. Imaginei que trabalharia bem. Tem treinamento de veterinário. Pensei em dar uma oportunidade. É jovem. Vinte e três anos, eu acho. Se for esforçado, pode ter uma longa carreira conosco.

— Há quanto tempo está aqui?

— Uns seis meses, se não me engano.

— Como está se saindo?

Meu pai assente daquele jeito característico, que diz que pode estar um tanto impressionado. Deve estar.

— Está fazendo um bom trabalho por enquanto. Acho que tem muito para aprender, mas não vejo nenhum problema com sua capacidade em relação a isto. Em algum momento. — Olhos azuis perspicazes me observam e me fazem querer desviar o olhar. Aquela olhada sempre precede algo que eu não gosto. — Por que as vinte perguntas?

Dou de ombros e tento agir do modo mais natural possível, embora nada em relação a Trick me faça agir de forma natural.

— Só curiosidade sobre o novo funcionário. Nada especial.

— Aposto que Brent não gostaria de vê-la por aí com o empregado.

Sinto raiva. Que esnobe! Fico espantada que meu pai, tendo uma origem humilde, possa agir como se tivesse dinheiro durante a vida toda. Colocando barreiras entre nós e os empregados como se algum de nós tivesse nascido em berço de ouro.

Seguro a língua durante um minuto para não dizer algo defensivo que possa demonstrar o meu interesse em Trick.

— Não planejo andar por aí com o empregado, pai. Pelo menos, não mais do que faço normalmente. Mas você sabe que eu adoro cavalgar.

— Bem, pode fazer isso à tarde então. Entre desfrutar o seu verão e aprender um pouco sobre os negócios, seus dias serão bastante ocupados. Falando nisso, acho que Brent vem aqui com o pai hoje. Dia perfeito para nadar.

Lá se vão os meus planos! Cacete!

Sorrio. Espero que o gesto não esteja tão tenso como eu.

12

Trick

Por que bebi tanto ontem à noite?

Quatro comprimidos de Tylenol e quase um galão de água durante o dia e minha cabeça ainda dói. Já levei Titan para treinar e o escovei, exercitei Knight-Time e o escovei, e levei Revere a uma pastagem diferente durante algumas horas. Com certeza, isso equivale a um dia inteiro de trabalho em apenas umas quatro horas.

Enquanto levo Lonesome, a égua reprodutora, à pastagem norte ouço um barulho de algo caindo na água. Olho em direção à casa e vejo alguém de cabelos escuros mergulhar na piscina. Conforme ando, vejo a dona daqueles cabelos atravessar a piscina e logo se levantar no lado raso.

É Cami.

Molhado, seu cabelo é muito mais escuro. Como um marrom-acobreado forte. Quando ela se movimenta na água e seu corpo emerge, Lonesome e eu paramos na mesma hora.

Ela passa a mão no cabelo para retirar o excesso de água e sobe os degraus para sair da piscina. Então, nossa! Ela se vira na minha direção para ir até uma cadeira de praia, onde está sua toalha.

Meu estômago dói um pouco ao vê-la. Ela está usando um biquíni marrom, que parece ter sido feito especialmente para ela. A parte de baixo é bem cavada para exibir suas pernas longas e barriga chapada. A parte de cima não passa de dois triângulos bem pequenos que cobrem peitos perfeitos.

Cacete! Ela é ainda mais gostosa do que eu imaginava.

E aqui estou eu, um tanto encantado, observando-a retirar a água dos braços e pernas quando ela levanta a cabeça. O gesto é rápido, quase como se pudesse sentir o meu olhar. Eu bem que gostaria. Eu com certeza lhe daria alguma coisa que a fizesse sorrir.

Ela para de secar o corpo e para no mesmo lugar, com a toalha nas mãos e olhando para mim. Sinto que há uma conexão entre nós e, quanto mais ela permanece ali, mais forte fica a sensação. Como se me levasse em direção a ela. Não posso fazer isso, claro. Mas, nossa, como eu quero!

Então ela pula, como se algo a tivesse assustado e se vira em direção à casa. Vejo o seu namorado perto da piscina, caminhando em sua direção. Realmente não quero vê-los juntos, mas, por alguma razão, continuo no mesmo lugar.

Ele para diante de Cami e joga sua toalha na cadeira, onde estava a dela. Se aproxima lentamente e pega a toalha das mãos dela. Ele vai beijá-la. Eu sei. E cerro os dentes. Não sei por que eu me incomodo, mas não consigo evitar.

Ele põe a toalha dela de lado também, mas, em vez de beijá-la, se abaixa para jogá-la sobre o ombro e pular na piscina. Ouço seu gritinho antes de a água respingar pra todo canto, seguido da risada dos dois.

Dou a volta para o outro lado de Lonesome e puxo suas rédeas. As vozes alegres me acompanham até o segundo portão. Fico imaginando como o rosto de Cami fica quando ela ri, quando está tão feliz quanto parece.

Quase prefiro que ele a tivesse beijado.

Estou voltando ao estábulo depois de deixar Lonesome, fazendo o possível para não olhar na direção da piscina. O fato de que o local está silencioso demais me faz imaginar o que poderia estar acontecendo na água. Também me faz querer dar um soco na cara daquele babaca riquinho.

Sorrio com a ideia.

— O que você andou aprontando? — pergunta Sooty da entrada do estábulo assim que me vê.

— Nada. Por quê?

— Está parecendo o gato que comeu o passarinho. Por que seria?

Dou de ombros.

— Só estava pensando.

Sooty me observa com seus olhos azuis astutos. Sou capaz de apostar que eles não deixam passar nada. Aquela sagacidade, aquela atenção com os mínimos detalhes é parte do que faz dele um grande treinador. Ele não ignora nada em relação aos cavalos, assim como não ignora nada em relação às pessoas.

Finalmente, ele sorri. Seus dentes amarelados são uma prova irrefutável do vício por cigarros a vida toda.

— Não teria nada a ver com uma garota, não é? — Ele cospe no chão de terra e arrasta os pés na sujeira com a bota. É uma das poucas pessoas que conheço que masca tabaco entre um cigarro e outro. Eu me pergunto se ele consegue dormir.

— Teria, sim. Uma égua. Cujo nome é Lonesome. Acabei de levá-la ao campo norte.

Ele inclina a cabeça, é seu modo de dizer que respeita minha privacidade.

— Tudo bem. Fêmeas são fêmeas, não importa a espécie. Você vai perceber isso quando vir Lonesome cruzar, daqui a algumas semanas. Não importa quanto ela goste do garanhão, vai dar coices nele logo no início. É da sua natureza.

— Isso acontece com cavalos, mas as fêmeas não dão coices em mim, Sooty.

— Não se surpreenda se encontrar uma que faça isso. Significa apenas que ela merece um esforço extra.

De forma amigável, dou um soco no seu braço.

— Sooty, seu safado! Nunca te imaginei como um cara que gosta das coisas selvagens. Você não leva nenhum destes chicotes para casa, certo?

Sooty ri de forma um pouco dissimulada e sacode a cabeça.

— Garoto, você é maluco.

— Isso não é um pré-requisito para trabalhar aqui?

Ele dá uma breve gargalhada, que é como conseguir uma medalha de ouro em humor quando se trata de Sooty.

— É isso aí, Patrick. É isso aí.

Quando vai embora, ele cospe mais uma vez e se vira para mim.

— Mint Julep deve parir daqui a uma ou duas semanas. Se quiser, pode ficar por aqui durante a noite até chegar a hora. Há outro quarto no sótão. Você é quem sabe. Pode dizer ao Jack que eu permiti.

Faço um gesto afirmativo. O que ele está fazendo é muito importante. É o seu modo de dizer que está me aceitando, que me considera digno do seu tempo para me ensinar uma coisa ou outra, embora eu já tenha visto quase tudo o que há para se ver. Mas Sooty gosta das coisas feitas de um modo especial. O fato de estar disposto a me mostrar *o seu modo* significa que confia em mim.

—Valeu, Sooty.

Ele assente uma vez e vai embora. Acho que o convite de Sooty, mais o fato de ter visto Cami de biquíni faz com que hoje não tenha sido um dia tão ruim, afinal de contas.

13
Cami

Meu Deus, por que você não vai embora?

Em primeiro lugar, sei que não deveria me sentir assim por ter o meu namorado por perto. Mas hoje é assim que me sinto. Ele foi atencioso demais na piscina; estava cheio de mãos. Foi perfeito enquanto Trick estava olhando, mas depois... nem tanto. Sei que parece insano e ridiculamente infantil, mas é verdade. De um modo perverso, eu queria que Trick ficasse preso à minha imagem agarrada com outro, mais ou menos como eu fiquei ao vê-lo com aquela loira.

Espero que ele não consiga dormir!

Agora Brent está decidido a ficar e puxar o saco do meu pai. O pior é que meu pai *quer* tê-lo por perto. Brent é como o filho que ele nunca teve, o companheiro ideal para sua filha — independentemente da razão, se estivéssemos na Idade Média, eu estaria prometida a Brent. Sabe como é, alianças vantajosas e tudo mais. Que horror!

Não que Brent seja um cara ruim. Realmente não é. Na realidade, é um cara bacana. Inteligente, bonito, bem-educado, vem de uma boa família e me trata bem. E eu o amo. Mas falta alguma coisa, algo que eu nunca havia percebido até conhecer Trick.

Brent é como chocolate amargo. Se você experimentá-lo antes de provar outros tipos, vai adorar. E tudo bem. Você pode passar a vida inteira adorando chocolate amargo. Mas se um dia provar chocolate ao leite... já era! Daí em diante, chocolate amargo nunca vai ser tão bom. Você sempre vai querer chocolate ao leite.

De um modo geral, Brent era muito mais atraente *antes* de eu conhecer Trick. Agora sei que eu só não sabia o que faltava.

Mas Brent não merece isso. Merece alguém que o considere chocolate ao leite.

Eu o observo rir com meu pai e me sinto péssima por me sentar junto dele pensando em outro homem.

Talvez eu não tenha dado a Brent a chance de me deixar arrepiada. Talvez Trick só tenha me pegado desprevenida. Talvez eu só precise tentar com mais empenho fazer as coisas darem certo com Brent.

Entrelaço os dedos nos de Brent, que está com a mão apoiada no sofá entre nós. Ele olha para mim e sorri, e na mesma hora minha consciência fica menos pesada.

Ele volta a atenção para meu pai, comentando algo que ele tinha dito, e eu percebo que ele ficou surpreso ao ver que eu havia segurado sua mão.

Qual é o problema comigo? Por que não faço isso com mais frequência? Por que não me sinto como se não pudesse manter as mãos longe dele?

No fundo da minha mente, os olhos cinza-esverdeado riem de mim. Se fosse Trick aqui, meu coração estaria acelerado e eu não conseguiria parar de olhar para ele. Estaria pensando nele sem camisa e me lembrando do sabor dos seus lábios quando tocaram os meus.

— Não é, Cami?

A voz do meu pai me desperta da minha fantasia. Ele e Brent estão olhando para mim e esperando.

— Desculpe, do que vocês estavam falando?

Meu pai sacode a cabeça e sorri para Brent.

— É assim que ela fica sempre que vocês estão de mãos dadas?

Brent ri e olha para mim. Ele pisca e aperta a minha mão. Eu sorrio. *Quero* sentir algo, mas a única coisa que se destaca é a culpa por pensar em Trick novamente.

Caramba!

— Eu estava dizendo que seria bom se Brent ficasse para o jantar.

— Ah, claro. Eu adoraria. — Abro o sorriso mais alegre e afasto Trick dos pensamentos na mesma hora. Se eu conseguisse mantê-lo afastado...

— Por que não o leva para um passeio? Há tempo para isso.

Sinto meu sorriso oscilar.

— Claro, claro. Boa ideia.

— Melhor irem logo então — sugere meu pai, se recostando na cadeira. Seu sorriso parece terrivelmente presunçoso, o que me deixa desconfiada. Mas então me dou conta da razão. Primeiro ele me diz para cavalgar no fim da tarde, e esse é seu modo sutil de dizer "Fique longe do Trick", mas agora praticamente me empurra porta afora. A diferença? Agora estou com Brent.

Seu esperto diabólico! Ele quer *que Trick me veja com Brent para que ele perceba que sou comprometida.*

Se esse fosse um modo de mostrar que eu pertenço a Brent, meu pai provavelmente concordaria que ele fizesse xixi na minha perna para demarcar seu território.

Homens!

Dou uma desculpa para vestir uma calça jeans. Poucos minutos depois, Brent e eu estamos nos dirigindo ao estábulo. Por alguma razão, estou realmente nervosa. Animada também.

Contenho uma reação de frustração. Fico irritada pelo fato de Trick mexer comigo dessa maneira. Eu deveria me concentrar em Brent.

Brent, Brent, Brent!

É o meu mantra durante todo o caminho até os portões do estábulo. Sei que deveria estar segurando a sua mão, mas, por alguma razão, eu simplesmente não consigo fazê-lo. Isso também me irrita.

Sooty está na área do escritório, que fica logo na entrada.

— Olha só quem está aqui — diz ele quando nos vê. Ele se aproxima e oferece a mão para cumprimentar Brent. — Faz tempo que não o vejo por aqui, filho.

Brent sorri.

— Tenho andado ocupado com o trabalho, Sooty. Como você está?

— Continuo numa boa.

Um motor dá a partida atrás do estábulo. Nos viramos na direção do barulho a tempo de ver Trick se afastar em um Mustang clássico muito foda. Provavelmente algo como um Boss ou um Cobra. Não consigo ver o bastante, mas com certeza é algo que meu pai gostaria.

Quando ele passa pela lateral aberta da porta do estábulo, eu o vejo olhar para o interior. Seus olhos encontram os meus. Mesmo a distância, eu sinto a... turbulência. É o melhor modo de descrever o que sinto. Fico sem fôlego por alguns segundos.

Quando ele se afasta, me viro para Sooty, torcendo para que Brent não tenha reconhecido Trick. Sooty me observa atentamente. Muito atentamente. Os cantos dos lábios finos se erguem de maneira discreta.

— Bem, bem, bem — ele diz.

Eu também desvio o olhar e me viro para Brent, que olha para mim e para Sooty.

— O que foi?

Sooty pigarreia.

— Bem, acho melhor colocar as selas nos cavalos para que vocês possam montar e sair, antes do jantar. Vocês vieram cavalgar, certo?

Sooty dá uma piscadela para mim.

Qual é a dele?

Sooty age de forma natural depois disso, me deixando na dúvida se o seu comportamento estranho foi apenas fruto da minha imaginação.

14
Trick

Se um carro pudesse ser a alma gêmea de alguém, meu Mustang seria a minha. É um Boss 429, e nada no mundo pode me acalmar mais do que dirigir a noventa quilômetros por hora em uma estrada cheia de curvas, com o vento entrando e a música saindo pela janela. Ela responde rapidamente ao meu mais leve toque — ajustei a direção quase à perfeição — e faz as curvas conforme seguimos o caminho tortuoso pelo campo.

Não tenho um destino em mente. Só quero dirigir durante algum tempo e espairecer. Não se trata de não conseguir ficar com a Cami. Não mesmo. Tenho certeza de que, se eu insistisse, conseguiria ficar com ela. Pelo menos, é o que eu acho.

Mas nenhuma garota compensa perder este emprego. Nenhuma! Você é a única coisa que protege sua mãe e Grace da falta de recursos. E elas já perderam muito. Todos nós já perdemos muito.

Após quase duas horas repetindo as minhas prioridades, que continuam se desviando quando Cami toma conta dos meus pensamentos, acabo na garagem de Rusty. As luzes estão acesas, e seu carro está do lado de fora. Rusty está sempre trabalhando. Bem, para ele, isso é mais como uma curtição. Mais ou menos como me sinto trabalhando com cavalos. Quando você faz algo que gosta, não dá realmente para se considerar trabalho.

— E aí, cara? — ele pergunta, saindo de baixo de um T-bird ao me cumprimentar com um sorriso torto.

— Só... estava andando por aí. — Então me sento em uma cadeira que ele deve ter usado para descansar e beber uma cerveja em algum momento.

— Xiiii. Não quer ir para casa. Não consegue ficar no trabalho. Está sem-teto por enquanto. É isso?

Dou de ombros, embora Rusty já tenha entrado debaixo do carro. Ele sai novamente e franze a testa.

— O que faz aqui tão tarde? — pergunto.

— Um cara vai trazer um Corvette daqui uma meia hora.

— O cara da festa na fazenda?

— O próprio.

Eu assinto.

Rusty estreita os olhos.

— Tudo bem. Qual é o problema?

Me inclino para trás e suspiro. Rusty me conhece muito bem.

— Só estou me adaptando ao modo como as coisas são agora. Só isso.

— É sobre dinheiro?

Fecho os olhos. Parece que tudo gira em torno de dinheiro. A minha vida inteira se reduziu à simples busca por dinheiro, acima de qualquer coisa.

— Sua reação deve ser uma resposta afirmativa. E, mesmo assim, ela não te deixa vender o carro?

— Não. Sabe como ela é em relação a alguns pertences do meu pai. Acho que ela quer se agarrar às coisas dele quanto puder, embora a venda do carro resolvesse tudo.

— Bem, até certo ponto, você não pode culpá-la.

Na realidade, eu não a culpo nem um pouco. Não mesmo. O carro guarda muitas horas de lembranças e centenas de experiências que meu pai e eu montamos juntos por mais de dois anos. Certo, o carro era seu projeto, mas também era algo que ele queria me dar quando fiz dezesseis anos. Algo que eu poderia dar valor. Algo que tínhamos construído juntos.

E eu realmente o valorizo.

Porém...

— Sim, mas há um momento em que o sentimentalismo tem que dar lugar à prática.

— Perfeito! Parece um universitário falando.

Eu me pergunto se algum dia vou conseguir terminar a faculdade de veterinária.

Faltava tão pouco...

— Bem, as coisas são como são. Só preciso superar as dificuldades até o ano que vem e conseguir resolver algumas coisas. Talvez então...

— Assim espero, amigo — diz Rusty. Ficamos em silêncio por um minuto, algo que raramente deixa Rus confortável. Então, de forma natural, ele volta para debaixo do carro sem falar mais nada. Ele já ultrapassou seus limites no que diz respeito à conversa.

Como de costume, há música tocando enquanto ele trabalha. Fecho os olhos e me concentro durante alguns minutos antes que meus pensamentos voltem a me dominar. Eu simplesmente não sou do tipo que se entrega às divagações, a menos que sejam sobre algum tipo de problema que eu possa solucionar. Neste momento, não há como solucioná-los. Esta é a solução.

Então me levanto e tiro a camiseta. Não vale a pena correr o risco de ficar com mais uma camisa manchada de graxa.

— Como posso ajudar, cara? Estou cansado de pensar.

— Por que não vai para debaixo do capô e solta os parafusos daqueles suportes?

Pego um jogo de ferramentas da bancada, vou imediatamente para debaixo do capô e começo a trabalhar.

Depois de uns cinco minutos, Rus e eu já estamos falando sobre carros e minha cabeça se ocupa de forma apropriada. As portas dos fundos da garagem estão abertas e o ar da noite, um pouco mais fresco, entra no ambiente. Ainda estamos ouvindo música e as minhas preocupações estão bem longe por enquanto.

Até a brisa trazer para o interior da garagem o aroma suave de morangos. Saio de baixo do capô e lá, na entrada de garagem, está Cami.

15

Cami

Não consigo decidir se estou empolgada ou frustrada quando entro na garagem com Brent e vejo Trick sair de baixo do capô do carro que está consertando. Eu *me* sinto um pouco frustrada; o fato de vê-lo constantemente torna mais difícil me concentrar em Brent. E, com certeza, não me ajuda a *não* pensar em Trick, que é o que preciso fazer. Mas, de um modo geral, estou empolgada. E animada. Odeio admitir, mas é assim que me sinto.

Ele está sem camisa. De novo. Não está suado, sujo ou algo assim. Só está com o peito nu, exibindo músculos bem definidos. E é muito sexy a forma como a sua calça jeans se ajusta ao quadril. Posso até ver aquelas entradas que formam um V na parte de baixo da sua barriga. Para ser franca, tudo o que eu quero é ir direto até ele e tocá-las. Com a língua.

Um estímulo para ficar vermelha.

Sinto o calor subir do pescoço até o meu rosto.

Sua idiota! O que você acha que iria acontecer pensando em coisas assim?

Mas não foi intencional. Foi algo quase involuntário. A maioria das minhas reações a Trick são involuntárias. É como se algo mais forte que eu assumisse o controle, e eu me sinto incapaz de parar.

Vejo seus olhos brilharem, e ele abre um sorriso torto. É assim que eu sei que ele notou o meu rubor.

Então me viro e olho para Jenna. Ela é sempre a salva-vidas em situações como esta. Só que Jenna não está prestando nenhuma atenção a mim. Parece atordoada também.

Volto a olhar em direção a Trick e vejo que outro cara havia saído de baixo do carro. Foi *isso* que chamou a atenção de Jenna. Ou, melhor, *quem* chamou a sua atenção. E, minha nossa, dá para entender!

— O que ele está fazendo aqui? — Brent pergunta ao amigo de Trick de forma arrogante.

— É um amigo meu. E entende muito de carros. Algum problema?

Tenho a impressão de ver Trick recuar um pouco. É óbvio que o cara da oficina não sabe sobre a implicância de Trick com Brent.

Brent não responde logo de cara. Posso quase vê-lo pesar suas opções, pesar o seu orgulho.

— Acho que não, desde que ele mantenha as mãos e os comentários para si mesmo.

— Não será problema.

Brent assente.

— Trevor quis trazer o carro para que você desse uma olhada. Ele vai nos levar de volta.

Brent tinha falado com o amigo de Trick (acho que o nome dele é Rusty) sobre o conserto do Corvette. Ele ficou sabendo que o cara era um dos melhores mecânicos da região quando o assunto é carro antigo. Então Trevor, o namorado da minha amiga, falou com ele para consertar o seu carro. Quando Jenna ligou me chamando para ir com Brent e depois voltarmos com ela e Trevor, eu concordei. Não queria pensar muito para decidir. Além disso, tenho que passar mais tempo com Brent se tiver que me apaixonar por ele. Então aceitei.

Bem, esse plano foi pro espaço!

Insisto em não olhar para Trick e fico um pouco distante.

Tento fingir que não o conheço, que ele não trabalha para o meu pai e que não fiquei pensando nele desde aquela noite.

Mas fiquei! Nossa, praticamente só penso nele! É ridículo.

Procuro imediatamente outra coisa em que me concentrar. Pensamentos assim só me farão ficar vermelha. E ele vai notar. E vai sorrir daquele jeito sexy. E Brent pode perceber. E isso não vai acabar bem para ninguém.

Me viro mais uma vez para Jenna. Ela está ao lado de Trevor, fazendo o máximo para não ficar de olho no dono da oficina. Então olho para ele outra vez.

Ele é um pouco alto e magro, e seu cabelo é castanho-avermelhado. Os olhos são azuis, e estão constantemente focando em Jenna. Pelo visto, ela não é a única interessada.

Quem não se interessaria por Jenna? Por sua descendência grega, ela chama atenção com o cabelo preto brilhante e pele bronzeada. Muito exótica. E a sua personalidade? Deixa pra lá!

Meu Deus! Você sabe que está fora de controle quando seus pensamentos parecem com os de um mafioso dos anos 60.

Trevor, Brent e o amigo de Trick saem da garagem para dar uma olhada no carro de Trevor. Ao passarem por mim e Jenna, o proprietário para e estende a mão, que está surpreendentemente limpa considerando-se o que fazia quando chegamos.

— Jeff Catron — ele se apresenta, dirigindo-se a mim com um gesto de cabeça. Sua voz é bonita. Profunda e rouca. Retribuo o cumprimento. Noto que seus olhos já se dirigiram à Jenna muito antes de estender a mão para cumprimentá-la. E ele permanece olhando na direção dela. — Meus amigos me chamam de Rusty. — Ele aperta a mão dela também, mantendo o gesto um pouco mais do que deveria, mas não tempo o bastante para deixar Trevor desconfiado. Acho que isso não faz diferença. Na minha opinião, só um *idiota* deixaria de notar o clima que estava rolando!

— Sou Jenna. E esta é Cami. — Ele lança um sorriso rápido na minha direção e logo volta todo aquele interesse para Jenna.

Acho que devo ficar longe disso! Caraca!

Levanto os olhos e entre eles, Trick está me observando. Com aquela intensidade, da qual sei que devo me manter longe.

Rusty se afasta e os três homens saem da garagem, deixando Jenna e eu sozinhas com Trick. Ele vai até a porta, com certeza para fazer Brent se sentir melhor por estar lá fora enquanto ele está aqui comigo.

Trick fica olhando os rapazes do lado de fora. Posso apostar que Jenna está louca para ir até lá e olhá-los também. Quer dizer, olhar Rusty. Ele é o único no qual ela está interessada no momento.

E eu fico ali... em silêncio e sem saber o que fazer.

Caminho até o carro que Trick estava consertando quando entramos. Embora meu pai agora colecione os mesmos carros antigos caríssimos, as coisas nem sempre foram assim. Posso me lembrar de quando tudo começou a mudar, quando o dinheiro ficou mais abundante e meu pai passou a comprar, na maioria das vezes, carros antigos restaurados para consertá-los. Os primeiros foram os Mustang Mach One, Camaro e GTO parcialmente restaurados e evoluiu para os Shelby, Jaguar e Ferrari totalmente restaurados. E, sendo a garotinha do papai como eu era na época, aprendi alguns detalhes com ele. Por isso posso me aproximar de um carro como este e me sentir um pouco conhecedora do assunto.

Estou olhando sob o capô para o motor que eles estão consertando quando uma sombra surge do outro lado do carro.

— Esta é a parte que faz o carro funcionar — Trick diz em tom indiferente. Eu começo a me sentir irritada, até levantar a cabeça e ver seus olhos claros brilhando. Então sorrio.

— Só isso? Porque me parece um V-8 Thunderbird Special para este... — Então ando em volta do carro e recuo, avaliando-o da frente até a parte de trás. — O quê? T-Bird 57?

Olho de volta para ele. Sua expressão mostra quanto está incrédulo. Franzo a testa sem entender. Um sorriso lento surge nos seus lábios esculpidos.

Meu coração acelera quando ele se aproxima de mim e pega as minhas mãos. Ele segura meus dedos e os examina, esfregando os polegares nas minhas unhas.

— Eu nunca poderia imaginar que você entende de carros. Como aprendeu?

Tenho dificuldade em respirar com ele tão próximo. Nervosa, lanço um olhar para as portas da garagem atrás dele, sabendo que Brent está lá fora e eu não deveria sequer estar falando com Trick, muito menos... agindo assim.

Suavemente, ele abaixa as minhas mãos antes de soltá-las. Eu balanço os dedos. Ainda posso sentir seu toque.

— Meu pai. É colecionador. Há muito tempo. Eu gostava de ficar na garagem com ele enquanto consertava os carros.

Trick sorri.

— Toda feminina com um toque de menina levada. Justamente quando eu achei que não poderia ser ainda mais sensual. — Ele diz as palavras com calma, quase como se estivesse pensando. Vejo seus olhos se voltarem para os meus lábios.

Quero que ele me beije. Quero muito. Brent é a coisa mais distante na minha memória.

Mas com certeza não é a coisa mais distante na cabeça de Trick. Seu sorriso desaparece, e ele fecha a cara. Então se afasta de mim, pouco antes de ouvirmos a voz de Rusty se aproximando.

Trick volta à porta e eu me aproximo de Jenna de novo. Quando paro ao seu lado, ela se vira para olhar para mim. Sei que nós duas estamos pensando a mesma coisa.

16

Trick

— Nem preciso perguntar quem era aquela garota — diz Rusty conforme observamos Cami e seus amigos se afastarem. — Ela é bem gostosa.

Olho para ele com ar incrédulo.

— Bem gostosa?

Rusty dá de ombros.

— Sim. Bem gostosa. Mas a amiga... cacete!

— Tá bom, o que você quer dizer com isso? Dá para ser um pouco mais claro?

— Como assim? Eu mal olhei para ela!

— Cara, você estava precisando de um babador! Só faltou babar o corpo todo. Nem sei como o namorado dela não te deu um soco na cara.

Rus dá uma risada dissimulada.

— Até parece!

Rusty sempre foi brigão. Agora é um cara tranquilo, mas nem sempre foi assim. Mesmo antes, era o tipo de pessoa com quem ninguém quer arrumar encrenca. Simples assim. Ainda não é uma boa ideia. A menos que seja eu. Já saímos na porrada muitas vezes, completamente bêbados. Acho que ambos ganhamos umas e perdemos outras.

—Você está desviando o assunto.

— Eu saquei,Trick.Acalme-se. Puta que pariu!Você é pior que a minha mãe.

Então passo as mãos no cabelo.

— Desculpe, Rus. Não sei o que anda acontecendo comigo.

—Você se cobra demais, amigo.Tem uma espécie de complexo de herói e acha que tem que salvar todo mundo.

— Me sentir responsável pela minha família não significa que tenho complexo de herói.

— Mas é mais isso. É como se você pensasse que, salvando algumas pessoas, as coisas irão mudar. Ou vão te mudar. Que vai te fazer sentir menos culpado.

— Nada pode fazer com que eu me sinta menos culpado. Se eu não tivesse reclamado de ter que tomar conta de Grace, minha mãe poderia ter ido à farmácia e meu pai não teria se apressado para levar o remédio dela para casa. Eu fui um verdadeiro imbecil.

—Trick, não foi culpa sua! Acidentes em pistas escorregadias acontecem toda hora. Quantas vezes você tem que ouvir isso até entrar na sua cabeça?

Dou um riso amargo.

— Pelo visto, mais algumas, porque isso está me deixando louco.

—Você e seu temperamento. Por que aprendeu a escondê-lo de todo mundo menos de mim?

— Ninguém é tão bom saco de pancada quanto você.

—Ah, então é assim que vai ser.Topa um round, valentão?

Rusty começa a pular, como se lutasse contra um oponente imaginário, parecendo um pugilista profissional que acaba de entrar no ringue. Fica ainda melhor quando ele começa a cantarolar a música de *Rocky, um lutador.*

Não posso deixar de rir. Ele é quase sempre tudo de que preciso.

— Manda ver, valentão.

Então me levanto e ergo as mãos para lutar. Rusty bate em cada uma delas com golpes rápidos e depois bate na parte superior da minha cabeça.

— Beleza! — digo. — Pode curtir bem essa, porque vai ser a única vez que vai fazer isso.

Apesar do meu um metro e oitenta e oito centímetros, sou ágil. Sempre fui. Ágil leve. Dou alguns saltos em volta dele e, quando ele menos espera, *bum!* Dou um bofetão no lado direito do seu rosto.

Os olhos de Rusty soltam faíscas. Sua raiva aflora com muito mais facilidade do que a minha, mas desaparece rápido. Diferentemente da minha. Aprendi a controlar a ira, mas quando ela ganha força... Bem, vamos apenas dizer que o raio de explosão é sempre bem amplo e devastador.

Rusty tenta me atingir com a mão esquerda. Evito o golpe e bato nas suas costelas com as pontas dos dedos. Ele ataca com dois golpes muito rápidos à direita. Eu me viro para o lado e evito ambos, e então ergo o corpo e dou um soco leve no seu queixo.

— Pelo visto *rusty*, que significa enferrujado, é mais do que apenas um nome no seu caso — digo de forma sarcástica, sabendo que estou arriscando a sorte.

Para minha surpresa, Rusty para, abaixa as mãos e sorri.

— Você não vai me tirar do sério, Trick. Não desta vez. Prefiro abrir aquela garrafa de Patron ali e pensar na garota gostosa que acabei de conhecer.

Eu relaxo também.

— Isso *realmente* parece mais divertido, não é?

Eu me aproximo de Rusty e, quando estou chegando perto, ele me surpreende com um soco no estômago. Não é forte o bastante para machucar, mas é forte o bastante para me deixar sem ação por um segundo.

— Seu babaca — digo.

Com uma gargalhada, Rus me dá um tapa nas costas e me acompanha até o estoque da minha tequila favorita.

A porta range quando se abre. Eu faço um movimento com os olhos para dar uma olhada ao redor. Minha cabeça dói. Acho que, na verdade, ela está atordoada. E tentar distinguir um sonho ébrio de um despertar sóbrio não está ajudando.

Meus pensamentos clareiam um pouco e eu abro os olhos, para ver as horas no meu relógio de cabeceira.

Já são sete horas? Cacete!

Ouço passos leves quando Grace se aproxima furtivamente da cama. Acho que acordar antes de mim duas vezes na mesma semana é a maior felicidade para ela.

Embora eu preferisse voltar a dormir, na prática eu já deveria estar a caminho do trabalho. Apesar disso, espero paciente que ela se aproxime.

Quando vejo seus pés, estendo a mão e faço cócegas na sua barriga. Ela se alegra com o susto e aí sim dou um rugido alto para aumentar o efeito.

Ela grita feliz e se afasta.

Missão cumprida.

— Mamãe disse que o seu telefone tocou algumas vezes — ela diz perto da porta, a uma distância segura do meu alcance. Ela ainda está sorrindo.

Dou uma olhada na mesa de cabeceira e sou capaz de apostar que meu telefone não está lá.

Devo tê-lo deixado cair quando cheguei ontem à noite.

Eu me sento na cama e me dou conta de que a minha dor de cabeça está com dor de cabeça. Então dou um berro, agora pra valer, e Grace foge gritando. Com uma dor terrível, seu grito ecoa em toda minha cabeça.

Aviso: não a faça gritar depois de meia garrafa de Patron.

Antes mesmo de chegar ao banheiro, vejo um par de chinelos cor-de-rosa. Levanto a cabeça e cerro os olhos para enxergar minha mãe. Ela não parece feliz. Quase posso ver a bronca nos seus lábios franzidos.

Graças a Deus ela resolve deixar o sermão para depois.

— Seu chefe ligou. Quatro vezes. Surgiu um imprevisto. Ele quer que você se prepare para ficar no estábulo esta noite e talvez o resto da semana.

Que maravilha! Não é só um dia qualquer com ressaca, mas um dia *longo*. Trabalhar com cavalos. Cavalgar. Sou um idiota.

— Já ouvi. Estou levantando.

Ela faz um gesto negativo com a cabeça para mim.

— Filho, eu só...

— Eu sei, mãe. Estou bem. Só tive um dia ruim ontem.

— E a bebida não mudou nada, não é?

Ela tem razão.

Sem dizer mais nenhuma palavra, ela se vira e vai embora, me deixando sozinho para me preparar para o dia mais longo e mais desconfortável da minha vida. Imediatamente pego um Tylenol.

17

Cami

Embora tenha dito que queria fazer isso, estou entediada lendo os livros sobre a parte comercial e a linhagem dos nossos cavalos. Eu realmente quero aprender, mas hoje meu foco está em outro lugar.

Passei a tarde inteira nessa atividade, tentando ao máximo ficar longe dos estábulos. Não está sendo fácil. Em parte, porque sempre gostei dos meus passeios matinais, mas principalmente... bem...

De novo, não! Cacete, Trick! Por que você é tão... argh!

Não consigo terminar o pensamento. Na verdade, não sei como descrevê-lo. Sem dúvida, ele é sedutor. É engraçado e sagaz. E inteligente. Deve ser bom em lidar com cavalos. Parece dedicado ao trabalho. Aparenta ser um bom amigo. Com certeza, é bom de briga. Ou talvez tenha se envolvido em muitas. E é definitivamente gostoso. Caramba! Mais gostoso que chocolate ao leite.

Penso naqueles olhos arrebatadores e no sorriso sexy. Fico excitada e percebo que, de fato, estou vermelha só de *pensar* nele.

Que ridículo!

Mas nenhuma dessas palavras descreve Trick de forma adequada. Conheci alguns caras que possuem todas essas qualidades, e nenhum deles causou esse efeito em mim. Nenhum.

Recosto na cadeira do meu pai e coloco os pés na escrivaninha. Me rendo ao impulso de pensar em Trick. Por completo. Atentamente. Só por um minuto.

Trick é diferente. É difícil classificá-lo em uma categoria. E o que faz dele um cara tão especial não é uma característica evidente, irrefutável, como *gostoso* ou *engraçado*. É mais como um *jeito* só seu. Ele é atraente. Maravilhoso. Provocante.

Então encontro a palavra certa.

Viciante. Trick é viciante.

É isso! Totalmente! Quanto mais eu o vejo, mais quero *ver. Quanto mais penso nele, menos consigo* parar *de pensar.*

Sim, esta é exatamente a palavra que eu usaria para descrevê-lo: viciante.

Estou perdida em um devaneio quando uma batida na porta me assusta. Levanto a cabeça e dou de cara com o próprio objeto das minhas fantasias, na sala, bem do lado de fora do escritório.

Eu o encaro. Preciso de um minuto para vê-lo com clareza, uma vez que estava tão entretida pensando nele. Então ele sorri e tudo que *consigo* fazer é encará-lo. Posso apostar que pareço um animal indefeso diante dos faróis de um carro.

— Então é isso o que você faz o dia todo —Trick diz, apoiando o ombro no batente da porta de modo casual. Ele está vestindo uma calça jeans surrada, rasgada no joelho, botas e uma camiseta branca sem as mangas. Está segurando um boné de beisebol vermelho, e seu cabelo está despenteado, como se tivesse acabado de ajeitá-los com os dedos.

Tenho certeza que nunca vi nada mais gostoso.

— O quê? — Nossa, estou completamente atordoada.

Ele dá uma risada.

— Eu perguntei se é isso que você faz o dia todo.

— É... não. Eu só estava... é... dando uma olhada nos livros.

— É exatamente o que parece.

Deslizo os pés para fora da escrivaninha, sorrindo enquanto me esforço em busca de algo que faça sentido para falar.

—Trabalho melhor sem meus pés.

Ele ergue a sobrancelha escura em sinal de espanto.

— É... quer dizer, eu penso melhor com os pés para o alto.

Ele ergue a outra sobrancelha.

— O que estou querendo dizer é que eu... Eu estou...

Sinto o rubor aumentar no rosto conforme gaguejo. Não ajuda em nada ver Trick sorrir de forma tão divertida.

Puta merda, como ele é gostoso!

— Eu sei o que você quis dizer — ele comenta calmamente.

Meu rosto fica ainda mais vermelho.

— Por favor, não faça isso.

— Fazer o quê? — pergunto.

— Ruborizar. Você não imagina quanto isso torna as coisas mais difíceis.

— Que coisas?

Ele não responde imediatamente. Apenas inclina a cabeça e me observa antes de falar.

— Ficar longe de você.

Olho para baixo, para o livro-caixa que tenho nas mãos e mordo o lábio para evitar que o sorriso de prazer apareça.

Você não deveria estar feliz com esse comentário, sua idiota!

Mas estou.

— Meu Deus, isto também não ajuda.

Levanto a cabeça. Ele endireita a postura, passa as mãos no cabelo e se curva para me olhar.

— O que eu fiz agora?

— Está mordendo o lábio e... Nossa! Isso me deixa imaginando como deve ser o seu sabor. — Ele parece quase transtornado. E eu tenho a sensação de que, se ele pudesse me tocar, me beijaria.

Algo sensual e excitante se forma dentro de mim.

Sei que não deveria perguntar. Ele trabalha para o meu pai. E eu tenho namorado. Mas nada disso parece importar. Não consigo me conter.

— Por que está tão decidido a ficar longe de mim?

— Sou empregado da fazenda. Seu pai não gostaria disso. E eu preciso deste emprego.

Não estou bem certa de como me sinto em relação a este argumento. É forte, sim. Forte, responsável, respeitoso, todas essas coisas. Mas...

— E eu tenho namorado.

É perverso lembrá-lo disso.

Ele ri.

— Não estou preocupado com ele.

— Por que não?

— Porque, se esse fosse o único problema, minha missão seria fazer com que você o esquecesse. Para sempre.

— Simples assim?

— Simples assim — repete Trick. Em seguida, ele dá um passo para dentro do escritório. E mais um. Vejo sua expressão mudar e meu pulso acelera. — Você só pensaria em mim. Pensaria no meu sorriso todos os dias e nos meus lábios todas as noites.

Ele dá dois passos. Dois passos para mais perto de mim.

Estou realmente sem fôlego por causa da expectativa. O ar entre nós é denso, repleto de... alguma coisa.

E então vejo alguém surgir na entrada do escritório. Olho por cima do ombro de Trick e avisto o meu pai. Ele pigarreia para chamar atenção para sua presença.

Eu tenho que admitir que a atitude de Trick foi muito hábil. Ele não se abala. Sua expressão muda um pouco e dá uma esfriada em comparação ao calor de um segundo atrás, mas ele não fica acanhado como se fosse culpado de alguma coisa. Apenas me olha mais um segundo e se vira para ficar de frente para o meu pai.

— Senhor, eu estava exatamente à sua procura. Surgiu uma emergência de família, e Sooty ficará fora o resto do dia. Ele acha que pode voltar até amanhã à noite, mas não tem certeza.

Vejo a expressão do meu pai mudar. Não chega a ser uma expressão de raiva, mas está perto disso. Ele detesta surpresas.

— E o que planeja fazer em relação ao trabalho nesse meio-tempo?

— Ele pediu que eu ficasse e tomasse conta das coisas, e estou feliz por ajudar.

— E se Mint Julep entrar em trabalho de parto?

— Senhor, já assisti a dezenas de éguas em trabalho de parto, tive até que ajudar em alguns casos durante aulas práticas na faculdade. Eu *estava* entrando no último ano. Isso não será um problema.

— Sooty deixou algum telefone para contato?

Vejo Trick ficar um pouco tenso. Ele não gosta de ser desautorizado, mas não diz nada.

— Sim, Senhor. E eu também tenho o número de emergência do doutor Flannery.

— Tudo bem, mas eu gostaria de falar com o Sooty. Qual é o número? — ele pergunta ao entrar no escritório e caminha até a escrivaninha.

Trick fala apressadamente uma série de números. Meu pai anota todos e, em seguida, rasga o pedaço de papel.

— Vocês dois podem me dar licença, por favor?

Eu me levanto. Trick já está na porta. Está me esperando, mas não olha para mim. Está olhando para a parede à sua frente. Quando passo, ele fecha a porta.

Eu me viro para falar algo, embora não tenha ideia do que dizer, mas ele já está se afastando.

Merda!

18

Trick

Fique longe! Fique longe! Olhe para a frente, olhe para a frente!

Repito essas frases para mim mesmo conforme me afasto. Qualquer coisa que me ajude a não olhar para Cami e fazer o que tanto desejo.

Como uma mulher pode ser tão perturbadora a este ponto? Parece Kryptonita! Não consigo pensar direito quando estou perto dela e esqueço tudo que é importante. E essa porra não vai mudar!

Vou até o estábulo me repreendendo.Tenho que me concentrar em exercitar o restante dos cavalos e depois verificar a Mint Julep. Este trabalho é importante. Tem que ser *a coisa mais importante. Tem que ser!*

Mentalmente, planejo os afazeres da noite, uma noite que *não* inclui Cami Hines. Depois de dar uma olhada em Mint Julep, vou passar o resto da noite lendo o seu registro e me inteirando de tudo que é preciso saber sobre ela e sua condição. Se aquele babaca do meu chefe me perguntar qualquer coisa, quero ser capaz de responder imediatamente e sem hesitação.

Ainda estou pensando em qualquer coisa que não seja Cami quando coloco a sela em Highland Runner. Pelo modo como ele se contrai quando coloco a fivela, percebo que está tão inquieto quanto eu. Esse é o problema de passar muito tempo com um cavalo selvagem. Ele reage a mim e ao meu humor. E neste momento, ele está tão agitado quanto eu.

— Calma, amigo. Está tudo bem. Vou te levar para fora e espairecer um pouco. — Acaricio a lateral do seu pescoço musculoso e me preparo para conduzi-lo para fora do estábulo.

Eu me viro em direção à porta e lá está Cami, com a luz do sol brilhando ao seu redor. Não consigo ver seu rosto. Ela é uma silhueta escura, iluminada por um brilho deslumbrante. Há uma auréola à sua volta.

Como um anjo.

Eu paro. Ambos permanecemos em silêncio até ela começar a andar na minha direção. Posso sentir meu corpo reagir à medida que Cami se aproxima. Meu pulso acelera. Minha respiração fica um pouco irregular. Sinto uma necessidade inquietante ao pensar em encostá-la na parede e fazer com que ambos nos esqueçamos de todas as razões que me obrigam a não olhar para ela dessa forma.

Crio uma justificativa razoável para mim mesmo de que, de fato, isso faz sentido. Eu a quero muito porque não posso tê-la. É da natureza humana.

Eu me consolo com esse pensamento observando o balanço dos seus quadris enquanto ela caminha.

Cacete, mas ela é muito gostosa!

Ela para diante de mim, com as mãos nos bolsos traseiros da calça, fazendo aqueles peitos deliciosos realçarem sob o tecido da blusa.

— O que faz aqui? — pergunto.

Eu a observo respirar fundo antes de responder.

— Olhe, eu sei que você precisa deste emprego. E eu tenho namorado. Mas não podemos nos evitar totalmente o verão inteiro. Eu adoro cavalgar e estou tentando aprender mais sobre os negócios e os cavalos. E agora Sooty não está aqui e o deixou com trabalho extra. Pelo visto, deveríamos tentar, pelo menos, ser amigos para podermos ficar perto um do outro, certo?

Não sinto vontade de rasgar a roupa de nenhuma amiga!

Penso a esse respeito, mas não falo. Em vez disso, reflito sobre o que ela disse e no que está propondo. É um raciocínio lógico. Tenho que admitir. E, se ela pensa que vai ser tão fácil ficar perto de mim sem rolar um clima, não vou agir de forma diferente. Se quiser fingir que somos apenas amigos, eu farei o que ela está pedindo.

Até ela implorar por algo mais, minha cabeça decide de modo perverso. Eu me castigo mentalmente antes de responder.

— Apenas amigos? — Dou de ombros. — Claro. Só espero que seu pai não fique aborrecido.

— Não se preocupe com ele. Está tudo bem.

Duvido disso, mas, por outro lado, ela deve ser a Kryptonita dele também. Não imagino que ela tenha ouvido a palavra "não" muitas vezes na vida.

— Se você diz... — falo casualmente. — Você veio até aqui só para me dizer isso?

— Não, vim para ajudar. Posso matar dois coelhos com uma cajadada só. Posso te ajudar e posso cavalgar. Algo vantajoso para ambas as partes.

— E por que é tão importante que me ajude?

Eu sei que não deveria incitá-la, mas não consigo evitar. E pago caro por isso quando vejo seu rosto enrubescer antes de se virar para acariciar o focinho de Highland Runner.

Ela e esse rubor!

Ela deve saber que está vermelha e que estou reagindo a isso, porque posso ver seus dentes, brancos como pérolas, morderem o lábio inferior. Contraio a boca, lutando contra o impulso de puxá-la para junto de mim e enfiar a língua entre seus lábios.

— Bem, porque me ajuda também. Posso conhecer melhor os cavalos. Sabe como é... os mais novos. Nos últimos dias, tenho montado bastante o Fire-Walker, então...

— Ahh — digo em tom evasivo. — Quer dizer que está me usando, é isso?

Ela vira a cabeça na minha direção e sua expressão é de arrependimento, como se de fato achasse que me magoou. Isso só a deixa ainda mais atraente.

— Não! Não é isso, de jeito nenhum!

Eu rio. Ela é adoravelmente ingênua também. Ocorre-me que, se Cami tem algum defeito, não consigo encontrá-lo.

— Minha Nossa, você é o diabo em pessoa — ela diz, tentando esconder a curva dos lábios.

— Já me disseram isso — rebato, com uma piscadela. Quando a vermelhidão sobe para seu rosto mais uma vez, controlo um suspiro. Realmente vou ter que parar de provocá-la, ou vamos acabar nos arrependendo.

Ela pigarreia, procurando mudar de assunto.

— Quais cavalos precisam de exercício? Posso levar um também.

Eu estava planejando montar o Titan no curral, mas cavalgar com Cami é bem mais interessante.

— Titan. Eu ia levar Runner e ele para as trilhas hoje.

— Tudo bem, então vou com o Titan.

— Tem certeza que pode controlá-lo?

Seus olhos brilham, e ela ergue o queixo com orgulho.

— Posso controlar qualquer cavalo neste estábulo.

— Qualquer cavalo, exceto Runner, você quis dizer.

— Qualquer cavalo *inclusive* o Runner.

— Sem querer ofender, mas você não vai montar o Runner. Ele ainda é muito arisco.

— Meu pai diz que ele nunca será domado.

— Então por que você acha que pode montá-lo?

— Eu vi você com ele outro dia. Ele pareceu muito bem.

— Ele está acostumado comigo, mas provavelmente vai levar alguns meses antes que outra pessoa possa montá-lo.

— Você acha?

— Tenho certeza — respondo, tentando não deixá-la me aborrecer. — Posso sentir isso nele. Ele está se aproximando.

— Acho que o tempo dirá quem tem razão sobre o Runner.

— Acho que sim.

Há uma pausa breve e um pouco desconfortável antes de Cami falar novamente.

— Vou montar o Titan então.

— Tudo bem — digo, como se ela tivesse outra escolha. Nem por decreto eu a deixaria chegar perto dos estribos de Runner. — Vou aprontá-lo para você.

— Posso fazer isso.

— Tenho certeza que pode, mas eu vou fazr enquanto você fala com ele.

Não quero acrescentar que a minha presença ajudará a acalmar Titan antes que ela o monte. Só uma pessoa com afinidade com cavalos como eu entenderia. Meu pai costumava falar sobre a minha conexão com esses animais o tempo todo. Dizia que eu nasci para trabalhar com cavalos.

Pelo visto, ele tinha razão.

Tomando o Runner pelas rédeas, aceno para Cami me seguir.

— Vamos.

Atravessamos o estábulo até o outro lado, onde fica a baia de Titan. Sua cabeça grande e preta está para fora, na parte superior de cima da porta da baia que está aberta. Paro para esfregar seu focinho e soprar de leve a sua cabeça antes de entregar as rédeas de Runner à Cami e ir pegar os arreios de Titan. Quando volto, Cami está alimentando Titan com um cubo de açúcar com a outra mão e sussurrando para ele. Eu mal consigo entender as palavras, mas o tom diz tudo que preciso ouvir. Seu amor por cavalos é claro em cada sílaba que ela sussurra.

Observo as orelhas de Titan. Embora ele não represente nenhum perigo à Cami, também não está exatamente à vontade com ela. Então eu acaricio o seu pescoço e peito enquanto me preparo para colocar as rédeas, esperando que ele se acalme.

— Bom garoto, Titan. Vamos deixá-lo pronto para Cami. Vamos sair para cavalgar um pouco. Você vai gostar, não é, garotão?

Todo o tempo que eu o acaricio, minha voz é calma e tranquilizadora. Ele relincha baixinho, e eu coloco o freio na sua boca. Seus músculos estremecem sob a pele brilhante, e eu quase posso sentir que ele acaba relaxando.

Eu o conduzo para fora da baia até um local onde eu possa selá-lo. Não paro de falar com ele nem um minuto. Titan é altamente treinado e acostumado à presença de pessoas, até pessoas pouco conhecidas para ele. Mas, quando se trata de Cami, não estou disposto a me arriscar. Eu quero que ele esteja calmo antes de sairmos do estábulo.

Quando ele já está selado e pronto para sair, conduzimos os cavalos para o lado de fora, onde eu pego as rédeas de Runner e passo Titan para Cami. Ela olha para mim com uma expressão esquisita. Não sei direito o que fazer.

— O que foi?

Ela estreita os olhos.

— Você é realmente bom com cavalos, não é?

Dou de ombros.

— Quem disse a você que eu sou bom com cavalos?

— Meu pai.

Não consigo esconder a surpresa. A única coisa que Jack Hines demonstrou até hoje foi um leve desdém.

— Isso o surpreende? — ela pergunta.

— E muito.

— Por quê?

Dou de ombros novamente.

— Você nunca saberia disso falando com ele. Pelo menos, eu não.

— Talvez não, mas foi o que ele me disse.

— E por que vocês estavam falando de mim?

Minha calça fica um pouco mais apertada quando ela ruboriza e lambe os lábios, nervosa.

— Ele só estava me contando sobre a nova equipe, só isso.

Por que não acredito no que ela está dizendo?

— É mesmo?

Ela faz um gesto afirmativo com a cabeça.

— Então talvez nenhum de vocês se surpreenda quando Runner se tornar um dos melhores cavalos que este estábulo já teve.

— Você tem tanta certeza assim em relação a ele?

— Tenho, sim.

Não a conheço o bastante para afirmar, mas parece que isso a deixa um pouco impressionada. E, embora não devesse, sinto vontade de sorrir.

19

Cami

Talvez isto tenha sido um erro.

Não consigo deixar de duvidar de mim mesma, quando Trick e eu conduzimos os cavalos para fora do estábulo. Achei que poderia ser somente sua amiga, sobretudo quando ele decidiu me manter a distância para preservar seu emprego. Quer dizer, o seu interesse em mim obviamente não é tão forte, ou ele não estaria pensando no trabalho em primeiro lugar, certo?

Por alguma razão, isso o torna ainda mais atraente. E depois vendo-o com os cavalos...

Caraca, mulher! Pense em outra coisa!

Posso sentir meu rosto ficar quente. Mais uma vez. Acho que nunca ruborizei tanto durante a vida inteira, como tenho feito desde que conheci Trick. E isso só piora as coisas, porque eu sei que ele gosta. Por alguma razão, isso me excita. Eu *quero* que ele goste. *Quero* que ele goste de mim, *quero* que ele me queira. Não deveria. Mas quero.

Sem outra palavra, paramos bem do lado de fora das portas enormes dos estábulos, e montamos nossos cavalos. Trick olha para mim e sorri. Então para de sorrir e vejo seus olhos se voltarem à cabeça de Titan. Não sei se ele está preocupado que eu esteja afligindo o cavalo ou que eu esteja *cavalgando* um cavalo aflito. De qualquer maneira, ele parece satisfeito ao ver que a expressão e a linguagem corporal de Titan estão completamente destituídas de qualquer sinal de irritação.

— Então, aonde vamos?

— Pensei em levá-los até o mirante.

Eu fico impressionada com o fato de Trick conhecer a fazenda tão bem. Ele deve ter explorado bastante os caminhos para saber onde fica o mirante. Também fico um pouco animada com a ideia.

Embora não devesse. Você sabe muito bem que é uma péssima ideia.

— Ótima ideia — digo, ignorando a voz da razão.

Trick incita Runner a um trote lento em volta do campo para aquecê-lo. Titan e eu fazemos o mesmo. Trick tenta fingir que não está me observando, mas posso sentir seus olhos em mim. Sempre posso sentir seus olhos quando estão direcionados a mim.

Após alguns minutos, ele para e eu paro ao lado dele. Fico me perguntando o que ele tem em mente quando vejo seu sorriso torto e os olhos brilhando.

— Você acha que pode ir em frente e atravessar o campo aberto?

Sinto Titan mexer o corpo, seus músculos tensionam como se me dissesse que topa o desafio. Runner se empina de ansiedade também.

—Vamos nessa.

Sem dar a ele chance de responder, bato na lateral de Titan com os calcanhares, e ele corre. Faço o cavalo acelerar o ritmo para um galope. Rápido como um raio, abrimos caminho pela grama. O vento forte balança meu cabelo, o pôr do sol aquece meu rosto e a felicidade despreocupada explode no meu coração. Não questiono essa sensação; apenas me deixo levar.

A estrutura musculosa de Titan é puro poder. O animal me leva para longe do mundo, tendo apenas Trick ao meu lado. Olho para a esquerda e vejo que ele está me encarando. Ele sorri, de um jeito que poderia quase me derrubar e logo, para minha surpresa, passa à minha frente com facilidade.

Eu incito Titan a ir mais rápido, e ele obedece. Mas não o bastante. A cada segundo, Runner vai mais longe.

Quando chega à fileira de árvores, Trick puxa a rédea de Runner para fazê--lo parar e se vira para esperar por mim. Estou só alguns segundos atrás, mas ainda assim...

— Uau! — digo quando faço Titan parar. — Ele corre bem!

Trick se inclina e dá uma batidinha no pescoço de Runner, de forma carinhosa.

— Ele tem o necessário. Só precisa aparar um pouco as arestas, só isso.

A expressão de Trick faz com que eu me pergunte se é assim que ele se vê — alguém que tem o necessário, mas precisa aparar um pouco as arestas. Obviamente, as pessoas veem algo nele, caso contrário ele não estaria aqui. Meu pai é exigente em relação às pessoas que trabalham com seus cavalos. Mas também é uma daquelas pessoas que raramente alguém consegue satisfazer. É difícil, principalmente para aqueles que não o conhecem como eu.

— Ainda topa uma ida até o mirante?

— Estou disposta, se você quiser — respondo.

Trick sorri, aquele sorriso que me dá vontade de devorá-lo, embora eu mal o conheça.

— Ah, com certeza.

Ele cutuca Runner para seguir em direção à trilha, e eu o sigo. Quando o caminho se alarga, Trick se mantém à esquerda para que eu possa ficar ao seu lado.

Os cavalos estão gostando do trote lento. A floresta está silenciosa à nossa volta, mas sinto que cada ser vivo em um raio de quinze quilômetros consegue sentir a tensão entre Trick e eu. É praticamente tangível e completamente irresistível.

— Afinal, há quanto tempo mora por aqui? — Imagino que a pergunta seja bem despretensiosa e espero que seja o bastante para camuflar meu imenso interesse por ele.

— Toda a minha vida. Bem, exceto nos últimos anos.

— E onde esteve nesse período?

— Na faculdade de veterinária.

— É mesmo? Qual?

— Clemson.

— Qual é a sua especialização?

— Eu pretendia ser veterinário de animais de grande porte.

— Pretendia? Não vai terminar o curso?

Trick dá de ombros. O gesto mostra indiferença, mas seu rosto conta a verdadeira história. É um assunto delicado, algo sobre o qual ele não está muito feliz.

— Talvez um dia.

— Quanto tempo falta?

— Menos de um ano. Na verdade, só algumas aulas.

— Sério? Então por que não termina?

— Há coisas mais importantes. Um dia eu termino.

— O que pode ser tão importante que não possa esperar alguns meses, até você acabar a faculdade?

Ele se vira para mim com olhar indefinido.

— Família — ele diz em tom inexpressivo.

— Com certeza eles entendem. Quero dizer...

— Não se trata de entenderem. E sim de uma controvérsia a respeito do dinheiro do seguro do meu pai após todos esses anos. A empresa que cuida da apólice foi adquirida por um grupo maior, e eles estão revisando casos antigos que ainda estão ativos. Estão contestando as circunstâncias da morte dele e, enquanto não chegarem a uma conclusão, suspenderam o pagamento. Infelizmente, minha mãe não é capaz de se sustentar.

Eu me assusto um pouco diante do ressentimento na sua voz. Provavelmente, eu também me sentiria assim.

Algumas partes da personalidade de Trick começam a se juntar e fazer sentido. O pior é que, quanto mais fico perto dele, mais passo a conhecê-lo e mais fascinante e perfeita se torna a imagem completa.

— Então você resolveu adiar a própria vida e o seu futuro, voltando e trabalhando para ajudar sua mãe até...

— Exatamente.

Depois disso, ambos permanecemos em silêncio. Fico absorta nos meus pensamentos e posso apostar que Trick também fica. Embora me sinta triste por ele — ter necessidade de abrir mão do seu sonho quando estava tão perto de realizá-lo — eu o respeito por colocar a família em primeiro lugar. Poucas pessoas fariam isso, principalmente pessoas da sua idade.

Penso em Brent. Ele é um cara legal, mas será que consigo vê-lo fazendo algo tão abnegado? Infelizmente, não posso dizer com certeza que ele faria.

Enquanto reflito sobre a conversa por um instante, algo me ocorre.

— Quanto ao dinheiro do seguro de seu pai, o que aconteceu?

Trick não diz nada, apenas olha para mim. Seu rosto é bem inexpressivo. Não parece aborrecido. Nem triste. Nem irritado. Apenas... como se estivesse pensando. Imagino que esteja analisando quanto deve falar.

— Desculpe. Foi uma pergunta muito indiscreta, certo?

Seus lábios se movem em um sorriso torto.

— Tudo bem. Eu... Eu só... — Ele hesita, e o seu desconforto começa a me deixar desconfortável também. Entretanto, ele continua antes que eu possa mudar de assunto. — Não sei se você se lembra do nome, mas meu pai era Brad Henley. Ele morreu em um acidente de carro há quase dez anos. A companhia de seguro alega que ele se matou.

E ele respondeu na lata. Assim, sem mais nem menos.

20
Trick

Vejo Cami abrir e fechar a boca diversas vezes. Foi maldade fazer isso com ela. Eu sei como é difícil para algumas pessoas tentarem encontrar algo para dizer depois dessa revelação. Mas ela perguntou.

Não sei se eu quis que ela soubesse para afugentá-la ou porque não quero que ela pense que sou um fracassado. O problema com a segunda hipótese é que eu não deveria me preocupar com isso.

Mas me preocupo. E muito.

— Trick, eu... Eu estou... Eu realmente...

— Ouça — digo interrompendo-a na intenção de aliviá-la. — Isso foi há muito tempo. Não se preocupe. Faz parte da vida. Não muda o que está acontecendo agora.

— Coitada da sua mãe...

— É, ela passou por momentos difíceis. Grace também. Ainda bem que ela era bem pequena, então agora leva numa boa.

— Grace?

— Minha irmã mais nova.

— Quantos anos ela tem?

— Dez.

— E ela... Quero dizer...

— Não, ela está ótima. É superlevada, mas de um modo positivo, eu acho. — Eu rio, imaginando quanto ela fica animada só de me acordar. Isso prova como sentiu minha falta, que precisa de mim em casa. Pelo menos, durante mais tempo.

Posso ver que Cami ainda está desconfortável. Ela franze a testa como se tentasse, a todo custo, pensar em algo para dizer.

— E quanto a você? Onde estuda?

— Universidade da Geórgia. Vou me formar no ano que vem.

— Qual é a sua especialização?

— Eu fazia Direito, mas troquei para Administração de Empresas.

— Ahhh, está planejando assumir o controle dos negócios da família, não é?

Cami ri. Eu adoro o som da sua risada. É profundo e sensual. Sinto vontade de incentivá-la a rir só para ouvir o som.

— Conhecendo o meu pai...

— Então era *isso* o que estava fazendo mais cedo, revisando os livros.

Ela dá uma olhada rápida na minha direção com um discreto sorriso.

— Como sabe? Eu poderia estar de tocaia.

— Para enfeitiçar a primeira pessoa que aparecesse. É isso?

Seu sorriso aumenta, exibindo os dentes perfeitos.

— Funcionou?

— Sim, mas foi um esforço desperdiçado.

— Por quê?

— Você já tinha me enfeitiçado com aquela blusa molhada.

Ela dá risadinhas e desvia o olhar, mas não antes que eu consiga ver seu rosto enrubescer. Ah, meu Deus, como eu gostaria de tirá-la daquele cavalo e colocá-la no meu, com aquelas pernas longas em volta do meu corpo e...

Ajusto minha sela. Pensamentos assim não vão me fazer bem.

Ela limpa a garganta.

— Afinal, como é que você aprendeu tanto sobre cavalos?

— Meu pai lidava com eles.

Ela se vira rapidamente para mim.

— É mesmo?

Eu respondo com um gesto afirmativo de cabeça.

— Ele tinha um sócio financeiro, mas fazia todo o trabalho com os cavalos em uma fazenda alugada. Eu ia muito com ele, à noite e nos fins de semana. Ele sempre dizia que eu nasci para trabalhar com cavalos. Parece que ele estava certo. Aqui estou.

— E você gosta? Quer dizer, de trabalhar com cavalos aqui?

— Gosto de trabalhar com cavalos. É nisso que eu ia me especializar depois da faculdade. Sempre quis trabalhar com esses animais. Talvez, algum dia, até venha a ter alguns para correr e criar. Quanto a trabalhar aqui... — Faço uma pausa, só para ver a reação dela. Após alguns segundos, ela me lança um olhar disfarçado.

Ela simplesmente não consegue deixar de ser gostosa

— Descobri que tem seus... benefícios.

Ela sorri.

— É mesmo?

— Sim, senhora — digo no melhor sotaque do sul.

— E quais seriam?

Cacete, ela está me provocando!

— Em primeiro lugar, a vista aqui é muito bonita. Colinas arredondadas; vales abundantes; estradas levemente sinuosas; curvas... fortes e firmes. — Então dou uma olhada na direção dela com o canto do olho e sorrio. — E, às vezes, há um aroma de morango no ar. Me deixa com água na boca.

— Nossa, isso... meio que parece maravilhoso da forma que você coloca. Mas sei que é apenas um lugar familiar como outro qualquer.

— É aí que você se engana. Este lugar é especial. Eu vi logo de início. É o tipo de lugar que... afeta a pessoa e não a deixa em paz enquanto ela não se der por vencida.

— Mas você não quer se dar por vencido.

— Não foi isso que eu disse. Eu disse que *não posso* me dar por vencido. Há uma grande diferença.

Ela desvia o olhar. Vejo o seu peito inflar, como se tivesse suspirado.

— Acho que é o melhor a se fazer então.

— Veremos.

Se eu estivesse olhando para o caminho à minha frente ao invés de ficar olhando para Cami, teria visto a cobra a tempo de avisá-la. Mas não foi o que aconteceu.

Cami e eu estamos tranquilos nos nossos cavalos, nem um pouco preparados para uma reação de Titan. Mas ele reage. Acontece tão rápido que não consigo pará-lo.

Ouço Titan relinchar pouco antes de Runner desviar para a esquerda. Titan relincha novamente e empina nas patas traseiras, lançando Cami, que não havia percebido nada, ao chão antes de começar a andar para trás.

Meu coração vai parar na boca. É como se eu o observasse caminhando para trás em câmera lenta e em direção à Cami, que está no chão, atordoada.

Então estico o braço e dou um tapa no traseiro de Titan com toda força, mandando o cavalo correr para a frente. Uma pata bem grande esmaga o corpo da cobra. Duvido que ele possa fazer algo tão impressionante outra vez.

Eu pulo do lombo de Runner.

Cami está sentada, tentando respirar normalmente. Eu sei que uma queda como aquela a deixou sem fôlego.

Ela está ofegante quando eu me aproximo. Então me abaixo e puxo-a suavemente para meus braços.

—Você está bem? — pergunto enquanto massageio suas costas. Sua respiração torna-se mais profunda e regular conforme ela se acalma.

— Eu... eu n-nunca tinha sido jogada a-assim antes. Não sei o q-que aconteceu — ela gagueja, ainda um pouco ofegante.

—Você estava dominada pela minha perspicácia e carisma. É um defeito involuntário. Eu deveria ter te avisado.

Ela sorri, e eu vejo que está bem. Cami me deu um susto enorme, mas agora ela está bem e isso é o que importa.

—Você fez acrobacias chocantes. Fiquei impressionado.

— Sim. É o resultado de uma vida inteira trabalhando no Circo de So-Lame, uma versão desastrada do Cirque du Soleil.

Seu comentário me pega tão desprevenido que eu jogo a cabeça para trás e caio na gargalhada.

— Inteligente, linda e bem-humorada — a combinação perfeita em uma mulher!

— E, pelo visto, absurdamente boa com um cavalo — ela completa de maneira sarcástica ao tentar se levantar.

Eu a seguro para ajudá-la a se estabilizar. Ela perde um pouco o equilíbrio e se apoia em mim para se firmar. Como o cara que sou, não consigo deixar de aproveitar a oportunidade para pôr o braço em volta da sua cintura e puxá-la para mais perto.

— Deixa eu te ajudar.

— Obrigada — ela diz, segurando a mão que está ao seu lado e agarrando a outra.

— Não foi culpa sua, você sabe.

— Claro que foi. Já me aconteceu de um cavalo dar um pinote, mas eu nunca caí. Eu deveria ter escutado seu conselho.

—Você não estava prestando atenção. Eu é que não podia te deixar tão desatenta em um cavalo como Titan.

Cami olha para mim com aqueles olhos violeta brilhando no sol da tarde.

— Você deixa *qualquer* pessoa desatenta.

— Você ainda não me viu fazendo malabarismo.

— Malabarismo? Então você *está* familiarizado com o Circo de So-Lame.

— Uma coisa eu posso garantir, não há nada desastrado em relação a mim.

Quando paramos diante de Runner, que por sorte não seguiu Titan, Cami me olha com uma expressão bem séria.

— Esta é uma das coisas que eu mais admiro em você, sabia?

— O quê?

— A sua humildade — ela responde na maior cara de pau. Depois cai na gargalhada.

—Você quer *mesmo* que eu a jogue na sela e a faça cavalgar todo o caminho de volta com a bunda para cima? Porque é mais ou menos o que está merecendo.

—Você faria isso? — ela pergunta, se esforçando para ficar de olhos arregalados e com ar de inocente.

— Com certeza. E na maior satisfação.

Ela ri, mas posso ver que seu gesto tem um toque de nervosismo. Acho que ela realmente não sabe o que dizer. Por alguma razão, eu gosto de saber que a deixo desconcertada.

— Não seja tímido! Diga-me como realmente se sente — diz ela em tom sarcástico.

Fico atrás de Cami e ponho as mãos na sua cintura. Eu sei que não deveria dar em cima dela, mas, que Deus me ajude, não consigo evitar.

Em seguida me abaixo um pouco e sussurro no seu ouvido.

— Pode acreditar. Você não está pronta para ouvir.

Fico empolgado quando vejo o arrepio nos seus braços e pescoço. Ainda deve estar fazendo uns trinta graus, então sei que não pode ser efeito do tempo. Sou eu. Ela reage a mim da mesma forma que eu reajo a ela.

Mas não tenho certeza se isto é algo *realmente* bom.

Antes que ela possa falar, eu continuo.

— Deixa eu te ajudar a subir no Runner.

Seguro Cami com firmeza, conforme ela estende as pernas para colocar o pé no meu estribo, que é mais alto, e depois subir em Runner. Estou orgulhoso de mim mesmo por resistir à tentação de agarrar sua bunda sob o pretexto de ajudar. Afinal, eu preciso ser capaz de manter o meu emprego.

Então subo atrás dela e bato os calcanhares no corpo de Runner para incitá-lo a correr. Ao passarmos pela cobra, Cami estremece.

— Não gosta de cobras?

— Não muito — ela admite.

— Bem, aquela não vai mais causar problema.

Como se estivesse tentando contestar o meu comentário, a cobra sacode a cauda e seu corpo quebrado se contorce.

— Você não vai deixá-la assim, não é?

Na verdade eu ia. Após ela ter feito Cami cair de costas e quase ser pisoteada, eu teria deixado aquela cobra sofrendo tranquilamente. Mas agora não posso. Não só porque me faria *parecer* desumano, como realmente *seria* desumano. E desumano é algo que eu não sou.

Então puxo as rédeas de Runner para fazê-lo parar, pulo do seu lombo e procuro algo que possa usar para pôr fim ao sofrimento dela.

— Não olhe — digo à Cami sobre o ombro. Mesmo depois de acabar o que tinha que fazer e me sentar atrás dela mais uma vez, ela mantém a cabeça virada para o outro lado. — Vamos te levar para casa.

Cami se move para a frente na sela para me dar espaço, mas, quando relaxa, sua bunda esfrega em todos os lugares certos. Eu mordo o lábio para me impedir de pensar em coisas que façam... humm, certas partes do meu corpo subirem. Estou dividido entre desejar que a cavalgada dure mais e desejar que já estivéssemos de volta ao estábulo.

21

Cami

Com tantos momentos para ficar calado, por que Trick resolveu fazer isto justo agora?

É como... tipo, sem me concentrar na sedução das suas palavras, só consigo pensar no seu corpo atrás de mim. Na sensação de ter seus braços fortes em volta do meu corpo, em como seu peito se movimenta nos meus ombros, como as suas coxas e virilha roçam o meu bumbum. Seu cheiro simples de sabonete me envolve e, com o rosto tão perto do meu, não consigo deixar de pensar em virar a cabeça para beijar aquele queixo forte.

Minha Nossa! Esta é a cavalgada mais longa da minha vida!

Depois de uma boa distância, preciso falar alguma coisa.

— Obrigada — digo baixinho.

Foi a pior coisa que eu poderia fazer, porque ele praticamente precisa encostar o rosto no meu para me ouvir.

— Desculpe, o que você disse?

Embora saiba que não deveria, inclino um pouco a cabeça para trás e ne viro um pouco para falar mais perto do seu ouvido.

— Só disse "obrigada".

Ele se inclina um pouco mais para trás e observa meu rosto, seus lábios literalmente a poucos centímetros dos meus. Vejo seus olhos acinzentados encarando minha boca antes de Trick passar a língua nos lábios. Acho que poderia morrer.

— Sempre às ordens — ele diz baixinho.

Embora não queira, viro a cabeça. Mas não me inclino para a frente. Em vez disso, passo o resto do caminho de volta encostada nele, com a cabeça meio que aconchegada ao seu pescoço.

Ao deixarmos a trilha, Trick não acelera o passo para atravessarmos o campo. Não sei se é porque ele gosta de me ver aninhada a ele tanto quanto eu. Então suspiro, um pouco decepcionada quando avisto o estábulo.

Queria ficar assim para sempre.

Meus olhos estão fechados e é nisso que estou pensando quando Trick fica tenso, atrás de mim. Eu me aprumo e olho ao redor. E na mesma hora avisto o motivo que o leva a ficar subitamente ansioso. Dá para entender.

Meu pai está de pé na entrada do estábulo, segurando as rédeas de Titan. E de cara feia.

Não há outra evidência de que Trick esteja abalado por vê-lo a não ser os músculos tensionados. Ele guia Runner diretamente até meu pai, faz o cavalo parar e desmonta. Chega mesmo a ignorá-lo enquanto me ajuda a descer. Então, com muita calma, se vira para pegar as rédeas das mãos do meu pai.

— Vou ficar com isso, senhor.

— Que diabo está acontecendo aqui?

Eu me surpreendo por meu pai ter esperado tanto tempo para questioná--lo. Acho que ele também se sente um pouco confuso diante da conduta de Trick. A maioria das pessoas treme nas bases e puxam seu saco. Trick não faz nada disso.

Acho essa atitude um tesão!

— Cami foi gentil e me ajudou a exercitar os cavalos. Infelizmente, uma cascavel assustou o Titan e ele acabou jogando-a no chão. Eu só a trouxe de volta.

Em seguida, meu pai vira o rosto com uma expressão assassina na minha direção. Eu percebo sua raiva abrandar, mas muito pouco.

— Está tudo bem? Você se machucou?

— Não. Só fiquei sem fôlego por um minuto, mas estou bem.

Isto é tudo o que ele precisa ouvir. Então volta a ficar furioso e direciona a raiva para Trick.

— É desse jeito que você mostra que é responsável o bastante para cuidar das coisas na ausência de Sooty?

— Eu quis me assegurar de que Cami voltaria em segurança. Se não se incomoda, agora vou dar uma olhada em Titan — diz Trick, segurando as rédeas enquanto desliza as mãos pelas pernas musculosas do cavalo para se certificar de que ele está bem. Eu e meu pai observamos Trick acompanhar Titan em um círculo, observando atentamente o modo que ele se move à procura de sinais de ferimento. Quando se vira para meu pai, posso ver o alívio no seu rosto. Ele estava preocupado com Titan também.

— Senhor, os cavalos estão bem.

E por que minha filha estava cavalgando o Titan? Tanto ela quanto ele poderiam ter se ferido seriamente!

Meu pai me ama. Eu sei disso. Mas não sou tola o bastante para pensar que ele me ponha *tão* acima dos seus cavalos e do seu negócio. Em momentos assim, tenho vontade de estrangulá-lo.

Furiosa, eu me posiciono entre Trick e ele.

— Foi ideia minha. Insisti que era capaz de montar o Titan. Eu já disse que quero aprender mais sobre os negócios e sobre os cavalos. O senhor disse que não havia problema.

— Eu avisei a ele para ficar longe de você — meu pai reage de forma autoritária.

Eu fico revoltada.

— O senhor *o quê*?

Posso vê-lo recuar no instante em que o questiono.

— Quero dizer, eu só disse que...

— Vamos esclarecer as coisas, pai. Eu sou adulta. Posso fazer o que quiser, quando quiser, com quem quiser. A menos que o senhor queira que eu passe as férias de verão em outro lugar, é melhor parar de importunar o Trick. Ele não fez nada de errado. Fui eu quem disse que poderia montar qualquer cavalo neste estábulo.

— O pior de tudo foi você trazê-la no Runner depois de eu ter dito uma dúzia de vezes que ele é arisco demais — diz meu pai, direcionando a raiva para Trick novamente.

— Por que contratou Trick se não confia nele? Não confia na opinião dele? Eu passei algumas horas com ele, pai, e posso afirmar que é capacitado. Muito,

muito capacitado. E aquele cavalo o obedece perfeitamente. Agora pare de me tratar como criança e de atormentar Trick. — Me viro para Trick. — Obrigada por me deixar ajudar e por me trazer de volta. Desculpe ter causado tanto problema. — Em seguida, dou o braço ao meu pai. — Meu pai vai me levar para casa, mas posso garantir que estou bem.

Aparentando estar tranquilo, Trick assente para mim e, em seguida, repete o gesto para meu pai. Posso estar louca, mas acho que vejo certa admiração pela minha atitude nos seus olhos.

E embora não devesse acontecer, isso me deixa emocionada.

Quando me afasto, sinto vontade de olhar para trás e ver se ele está me observando. Acho que está, mas não tenho certeza. Me forço a olhar para a frente. Meu pai não precisa de mais motivos para se irritar.

— Prometa-me que não vai despedir Trick por causa disto.

Ele não diz nada. E, de fato, estou um pouco preocupada. Nunca me perdoarei se Trick perder o emprego porque eu não consegui ficar longe dele.

— Pai, ele realmente precisa deste emprego. E eu realmente quero aprender mais sobre este lugar. Apenas nos dê uma oportunidade.

Ele para e olha para mim. Sua expressão ainda é ameaçadora, e eu tenho que admitir que ele consegue meter medo em qualquer um. Ele tem um metro e noventa, cabelos escuros, pele morena e olhos azul-claros. É um homem bonito, com certeza, mas os olhos frios como gelo podem ser apavorantes. Principalmente quando sente que algo importante para ele está em risco. Por sorte, eu cresci com isso e aprendi a lidar com a situação.

Pelo menos, de alguma forma.

— Por favor, pai — eu peço para arrematar.

Enfim, vejo que consegui algum progresso.

— Não quero mais vê-la fazendo besteiras, mocinha. E estou falando sério.

— Sim, senhor.

Horas depois, estou na janela, olhando para baixo, para a luz que vem das janelas no estábulo. Quero muito ir até lá e ver o que Trick está fazendo. E só falar com ele um pouco mais. Porém há mil razões que fazem disso uma péssima ideia. Uma delas é que tenho namorado, um namorado em que pensei muito pouco o dia todo.

Vou ter que me policiar em relação a isso.

Suspiro, principalmente porque não consigo me segurar. Nos últimos dias, sinto como se estivesse acorrentada a Brent. Ou talvez como se Brent representasse correntes para mim. Ele tem milhões de qualidades: é de boa família, é inteligente, culto, bem-sucedido, bonito, carinhoso. Também é a escolha do meu pai, o que torna as coisas muito mais difíceis em alguns aspectos e mais fáceis em outros.

Mas, desde que conheci Trick, minha relação com ele parece... conflitante. E meu sentimento parece... insignificante. Especialmente em comparação ao modo com que Trick faz meu sangue ferver.

Trick passa em frente às janelas do estábulo, trazendo a minha atenção de [illegible]

Meu telefone toca, e eu me assusto. Por um segundo, espero que seja Trick. Mas então me repreendo. Primeiro, ele não sabe o meu número. Segundo, por que estaria me ligando se está a poucos metros de distância? Terceiro, eu não deveria querer isso.

Olho para o identificador de chamada; é Jenna. Ela nem me dá tempo de dizer alô. Começa a falar assim que eu clico em atender.

— Estou armando algo e preciso da sua inteligência diabólica para me ajudar a decidir uma coisa. Está ocupada?

— Acho que agora estou — respondo. Jenna é perfeita para afastar a minha mente de Trick. — O que é?

— Preciso que você faça aquele cara gostoso que trabalha no estábulo levar Rusty à sua casa. Será que dá para criar um "dia de trazer seu amigo gostoso ao trabalho" ou algo assim? Acho uma ótima ideia. E quem sabe? Pode se tornar popular. Poderia ser um grande sucesso e fazer você ganhar o Prêmio Nobel da Paz ou coisa parecida.

— Você andou bebendo?

— Não, mas posso dar um jeito nisso se precisar que eu leve "coisas gostosas". Precisa de companhia?

Olho pela janela de novo, para a luz acesa no estábulo como se ela fizesse um sinal para mim. Sim, mas a companhia dela não é exatamente o que tenho em mente.

— Não, estou um pouco cansada. Mas obrigada mesmo assim.

— Bem, você tem que concordar em me ajudar antes de desligar o telefone. Então fale logo, diga que está nessa.

—Jenna, o que eu vou dizer a ele? "Minha amiga louca quer que você traga Rusty aqui para seduzi-lo. Sim, ela tem namorado. Sim, ele trabalha com Rusty. Sim, isso pode causar uma tremenda confusão para todos nós, mas e daí? Vá em frente e o traga aqui."

Há silêncio do outro lado da linha durante alguns segundos.

—Você acha que poderia funcionar?

—Jenna!

— Estou brincando. Claro que você não diria isso. Só precisa dizer que eu gostaria de conhecer Rusty. Mais nada. Eu cuido do resto.

— E, se por acaso ele lembrar que você tem namorado, o que provavelmente vai acontecer?

— Pode falar a verdade. Eu e ele estamos saindo com outras pessoas.

— O quê? Desde quando?

— Há mais ou menos uma hora.

— E só agora resolveu me contar? O que...

— Era algo esperado. Eu te disse que achava que alguma coisa estava rolando, que ele estava se afastando. Acabou que eu tinha razão. Ele quer sair com outras.

— Quer dizer que você terminou?

— Não, eu só sugeri que ambos podíamos sair com outras pessoas, bem como um com o outro, e ver como as coisas vão rolar.

Eu faço uma pausa para pensar no que ela disse.

— E você concordou?

Isso não é do feitio de Jenna. Ela é muito possessiva.

— Com certeza!

— Isto tudo é por causa do Rusty?

— Com certeza! — ela repete.

—Você acha mesmo que é uma boa ideia envolvê-lo nisto?

— Não vou envolver ninguém. Você não viu o modo com que ele ficou olhando para mim?

Não posso argumentar. Porque eu realmente notei. Tenho quase certeza de que todo mundo notou.

— Isso não significa...

— Significa que se ele está interessado, falaremos sobre o assunto. Só isso. Caramba, Cam, não é como se eu pretendesse arruinar a vida do cara ou algo assim. Só quero conhecê-lo. Sem Trevor por perto. É isso. Inclusive terei uma dama de companhia mil vezes mais rigorosa do que qualquer pai.

— Ah, não sou!

— Pode ser.

— Bem, talvez eu não queira mais ser a dama de companhia. Talvez eu queira ser aquela que se arrisca e faz coisas loucas.

— Então fique à vontade, vá em frente! Te dou a maior força, amiga. Você sabe disso.

E eu sei mesmo. Jenna é como alguém da família. Família louca, mas família de qualquer maneira.

Ela faz uma pausa longa antes de dizer mais uma coisa

— Espere, há algo que você não me contou?

Sim! É o que eu quero dizer. Mas não digo nada. Pela primeira vez desde o segundo grau, não conto a Jenna absolutamente tudo que se passa na minha cabeça. Por alguma razão, o que está rolando parece algo que ela não entenderia. Que ninguém entenderia. Nem eu tenho certeza se entendo. Só parece diferente. E íntimo. E... verdadeiro. De um jeito que nunca aconteceu.

Antes de começar a surtar, mudo de assunto.

— Tudo bem. Vou falar com ele de manhã. Mas temos que ter cuidado. Sabe como meu pai é.

— Você vai dar um jeito. Confio em você.

— Obrigada. Por deixar toda a parte pesada para mim — acrescento em tom de brincadeira.

— Sempre às ordens, querida. Você sabe que eu te amo.

E ela tem razão. Eu sei.

22

Trick

Estou sentado em um fardo de feno, bebendo uma garrafa de água e olhando para o estábulo vazio, atento ao silêncio do fim da manhã. Isso me faz sentir saudade Sooty. Daria qualquer coisa por algo que desviasse meus pensamentos.

Depois que Cami foi embora ontem à noite, achei que escovar os dois cavalos seria o bastante para descarregar qualquer frustração, mas não foi. Nem de longe. Passei a maior parte da noite observando a casa, esperando que Cami decidisse que precisava de algum carinho noturno.

Com certeza, teria sido um desastre. Mas, às vezes, eu me pergunto se vale a pena não ficar com ela por causa deste emprego. Simplesmente porque... caramba! Ela é diferente.

Passei o resto da noite virando de um lado para o outro na cama estreita no sótão, a cama que Sooty tinha marcado como minha área quando foi embora. Ele tem um apartamento na parte de trás do estábulo, mas eu não tenho permissão para ficar lá. E eu não me incomodo. Realmente não quero invadir seu espaço. Acho que o maior problema é que faltava alguma coisa na minha cama. Não exatamente *alguma coisa*, mas *alguém*. Alguém que seja delicada, sensual e provocante. Alguém com perfume de morango.

Mesmo agora, sinto o sinal revelador na minha calça jeans só de pensar no que faria com Cami se algum dia ela viesse me visitar.

Uma sombra passa pela luz difusa nas portas das baias dos estábulos. Como se os meus pensamentos a intimassem, Cami está na entrada, mais uma vez envolta pela luz do sol.

Ela está usando short — jeans bem curto com uma bainha desfiada que exibe suas pernas longas, bem longas — e botas de caubói. Isso somado ao top, que delineia perfeitamente cada curva da parte superior do seu corpo, me faz lutar contra o impulso de parar de me preocupar e me arriscar.

Ela caminha até perto de onde estou e para, sorrindo.

— Bom dia.

— Bom dia — eu digo, retribuindo o cumprimento.

— Desculpe não ter ajudado você a cuidar dos cavalos ontem à noite.

— É o meu trabalho. Não se preocupe com isso. Como está se sentindo hoje?

Eu a observo revirar os olhos e testar os músculos das costas e ombros, mexendo o corpo para verificar partes doloridas.

— Estou ótima. Só alguns pontos sensíveis. Mas vou sobreviver.

— Que bom. Dormiu bem?

Ela dá de ombros.

— Acho que sim. E você?

— Mal pra cacete — digo com franqueza.

Ela franze a testa mostrando preocupação.

— É mesmo? Foi a cama? Porque eu posso falar com meu pai...

— Não tem problema nenhum com a cama. Ela só estava... vazia — digo com uma piscadela enquanto tomo um gole de água. Quando ela ruboriza, lembro a mim mesmo que estou brincando com fogo. Provocá-la só torna a minha vida ainda mais complicada. Então, se isso é algo tão estúpido, por que eu insisto?

Só que eu não consigo parar. Ela está no meu sangue. E me tira do sério.

Cacete!

Ela tenta disfarçar, olhando para as botas.

— Eu... na verdade, vim para ver se você gostaria de almoçar. Drogheda está fazendo tortilhas. Pedi a ela para fazer uma quantidade maior. São deliciosas. Ela cozinha muito bem.

Para falar a verdade, Sooty não havia deixado muita comida na geladeira, portanto o convite poderia ser uma boa ideia, mesmo se não tivesse nada a ver com Cami. Mas só de vê-la me servindo, de preferência com a bandeja em sua barriga chapada, faria daquela a melhor refeição que já tive na vida, mesmo se a comida fosse horrível. Mas esta parte é irrelevante.

— Valeu. Só preciso de um tempinho para me arrumar.

— Não se preocupe com isso. Eu trago aqui, se você quiser.

— Valeu — digo novamente antes de beber a água.

— Volto em meia hora então.

— Tudo bem.

Ela se vira como se fosse sair, mas para. Em seguida, olha para mim por cima do ombro. Ela sorri e está mais linda do que nunca.

Você é sempre assim, bem-humorado de manhã?

— Ah, eu posso ficar muito mais.

Com um sorriso largo, ela assente algumas vezes e vai embora. A maneira como balança o quadril me faz ficar imaginando se ela sabe que eu não paro de olhar a sua bunda.

Vou até o banheiro do lado de fora e lavo o rosto, passando as mãos úmidas pelo cabelo para ajeitá-lo. Bom, pelo menos o máximo que eu consigo. Ele está um pouco comprido e as ondas formam ângulos irregulares. Acho que, por sorte, este estilo está na moda.

Limpo a mesinha externa, ao lado da oficina enorme e pego uma bebida para nós dois na geladeira. Menos de dois minutos depois, ela volta, carregando uma cesta enorme em um dos braços.

— Minha Nossa, isso é para quantas pessoas?

— Eu não sabia se você estaria com muita fome. Ou o que tinha aqui, então trouxe pratos, bebidas e outras coisas também.

Ela olha para a mesa, para as cervejas que estão lá, para a condensação que se forma em volta do vidro escuro das garrafas.

— Vou guardar isso — digo, pegando as garrafas e colocando-as de volta na geladeira.

— Não é um pouco cedo para beber?

— Nunca é cedo demais.

Ela sorri, mas não é um sorriso que alcança seus olhos. Por um segundo, vejo a mesma expressão estranha que minha mãe usa constantemente, mas eu a ignoro como se fosse parte da minha imaginação.

Ela coloca a cesta na mesa, começa a retirar coisas e arrumá-las. O cheiro da comida me deixa com água na boca.

— Espero que você goste de chá com açúcar e limonada — ela diz enquanto pega uma garrafa térmica e dois copos da cesta.

— Está ótimo. Não sou chato com comida.

Quando a mesa está posta, com uma travessa de tortilhas que parecem estar deliciosas no centro, ela se prepara para sentar. Puxo uma cadeira para ela. Ela sorri para mim e fala com timidez:

— Obrigada.

Claro que isso me faz querer tirar tudo da mesa e jogar Cami em cima dela. Mas não o faço. Fico só na vontade.

Ela faz uma pequena oração antes de acenar com a cabeça em direção ao prato.

— Vá fundo!

— Primeiro as damas.

Ela sorri novamente. Eu me pergunto se este jogo delicado de gato e rato a encanta tanto quanto me deixa louco. Por alguma razão, acho que sim. E só me faz ter vontade de continuar.

Ela se serve de uma tortilha, e eu pego outra para mim. Tenho que admitir que a primeira mordida quase me faz revirar os olhos.

— Puta merda! Você não estava brincando! É delicioso.

Ela sorri, feliz.

— Que bom que gostou.

— Se algum dia eu estiver no corredor da morte e pedir a última refeição, vou pedir isso.

— Você pensa muito em prisão, não é?

— Ah... Não *esse* tipo de prisão. — Quero acrescentar que há vários tipos de prisões, mas não digo nada. — Então, o que planeja fazer hoje? Não vai cavalgar?

— Como você sabe?

Eu inclino a cabeça para o lado e olho para suas pernas lisinhas.

— Você está de short.

— Ah, sim. Não vou cavalgar hoje. Fiquei enfiada no escritório a manhã toda lendo sobre linhagem dos cavalos.

— Imagino como deve ser interessante.

— Você não faz ideia.

Ela diz aquilo de forma tão irônica que eu rio baixinho.

Seus olhos se movem rápidos na minha direção algumas vezes, e eu tenho a sensação de que ela tem algo em mente. Em vez de pressioná-la, apenas permaneço em silêncio e espero que ela faça alguma coisa.

— Ei... seu amigo, Rusty, qual é a dele? Ele tem namorada?

De todas as coisas que eu esperava que ela dissesse, aquilo não constava da lista. Para falar a verdade, estava anos-luz da coisa mais distante da minha mente. E eu achava o mesmo em relação a ela. Mas estava enganado.

Me incomoda perceber quanto sua pergunta me atormenta. Extremamente. Em algum lugar no fundo do meu peito.

— Não, ele não tem namorada. Por quê? Está afim dele?

Eu sorrio e tento parecer indiferente. Espero que seja mais convincente do que imagino.

Ela abre um pouco a boca e olha para mim com ar inexpressivo durante alguns segundos. Então arregala os olhos.

— O quê? Eu? De jeito nenhum!

— Ah — digo, mais aliviado do que gostaria de admitir. — Então quem está interessada nele?

— Minha amiga Jenna.

— Aquela cujo namorado pediu a Rus para consertar o carro?

Ela franze o nariz e se encolhe, envergonhada.

— Exatamente.

— Uau. Hummm, tudo bem.

— Não é o que você está pensando. Eles não têm um compromisso sério. Os dois combinaram de sair com outras pessoas.

— E como ele vai se sentir quando souber que uma dessas "outras pessoas" é o cara que está consertando seu carro?

Ela dá de ombros.

— Não sei. Estou apenas intermediando o assunto.

— Qual é o assunto?

— Ela quer que eu peça a você para trazê-lo aqui uma noite. Nós quatro nos encontraríamos, e ela poderia conhecê-lo.

Fale sobre oportunidade de ouro! Sobre as perigosas também. As bandeiras vermelhas começam a surgir por todas as partes, mas eu as ignoro por completo. A única coisa na minha cabeça é passar uma noite com Cami.

— O que você tinha em mente?

— Bem, eu pensei em talvez nos encontrarmos aqui. Tomar uma cerveja e jogar carta ou algo assim. Não sei. Nada muito...

— Muito o quê?

— Muito... íntimo ou, tipo, "ficável".

— Ficável? — pergunto, sorrindo. Às vezes, ela usa as palavras de forma tão atraente e adorável.

— Isso mesmo, ficável. Eu gosto de criar palavras. Tem algum problema? — ela pergunta em tom de provocação, simulando um desafio.

— Não, senhora — digo, erguendo as mãos em sinal de rendição.

— Bem, então, já sabe. Algo casual e divertido. É isso.

— E o que o seu pai vai achar? — pergunto, reclinando na cadeira e cruzando os braços sobre o peito.

— Bem, acontece o seguinte. Ele estará fora da cidade durante alguns dias. Vai para o norte verificar uns cavalos antes dos compradores virem aqui. Acho que podemos fazer isso nesse período. Ele nem precisa saber.

— Escondido do papai? Hummm, gostei. Parece algo obsceno. E proibido.

Isso me faz pensar em entrar furtivamente no seu quarto, na calada da noite, quando a casa está em silêncio e ela está dormindo. Acordá-la com um beijo e despi-la de qualquer roupa que use para dormir. A menos que durma nua...

Não pretendo gemer. Mas escapa mesmo assim.

— O que foi?

— Ah, ééé, nada. Desculpe. Só estava pensando. É... acho uma boa ideia. Tenho certeza que Rus vai gostar. Acho que só o namorado dela não percebeu que ele ficou babando quando viu sua amiga.

Ela ri.

— É, acho que sim. — Ficamos em silêncio e, finalmente, ela pigarreia e pergunta: — Que tal domingo à noite?

— Você sabe que até lá Sooty deve estar de volta, né?

— Bem, se estiver, ele estará em casa. A que horas ele costuma parar de trabalhar?

Dou de ombros.

— Não sei. Normalmente, não estou aqui à noite. Acho que ele tenta terminar o trabalho por volta das seis da tarde.

— Ótimo. Nós podemos vir por volta das oito.

— Ok, vamos fazer uma tentativa.

— Mas tem um detalhe. Você pode dizer a Rusty que só quer que ele venha para conversar? Jenna não quer que ele pense que está meio que armando algo.

— Tudo bem.

— Você acha que ele virá?

— Com cerveja de graça? Ah, com certeza. Rusty topa qualquer coisa.

— E você? Também é assim?

— Ainda mais. Sou conhecido por trabalhar em troca de beijos.

Ela se reclina na cadeira também. Então abre um leve sorriso.

— Sério?

Não, nunca trabalho em troca de beijos. Mas estou disposto a abrir uma exceção.

23

Cami

Eu sei por que estou tão nervosa. De alguma forma — e ainda não sei muito bem de onde vem essa força de vontade — consegui ficar longe do estábulo durante dois dias inteiros. Claro que isso me ajudou a perceber que eu tinha planos definitivos de ver Trick esta noite com Jenna e Rusty. Agora, a hora está chegando e eu não tenho certeza se consigo dar conta. Acho que, a esta altura, meu estômago deve ter se contorcido pelo menos uma dúzia de vezes.

Meu pai tem me mantido superocupada, então isso me ajudou a ficar quieta. Não tenho dúvida de que ele fez isso de propósito também. Mas agora ele está longe. Viajou hoje à tarde. Não há ninguém para ficar tomando conta de mim. Nem do estábulo.

Eu me viro do espelho quando ouço baterem à porta. Como eu imaginava, é Jenna. Seu short é bem curtinho, mas seu sorriso é enorme.

— Eu já te disse que você é maravilhosa? Se ainda não fiz isso, mereço um castigo.

Eu apoio o dedo no queixo, fingindo estar pensando muito.

— Acho que vou concordar com o castigo, já que não me lembro de te ouvir dizer muitas vezes que eu sou maravilhosa.

— Bem, isso vai ter que esperar. Talvez eu seja bastante castigada esta noite. Uma boa transa!

— Já vai sair dando em cima, não é?

— Se o clima estiver propício, por que não?

Reviro os olhos, em falsa indignação.

— Não fique revirando os olhos. Só vou fazer o que você tem medo de encarar.

— E o que é?

— Ir até lá e fazer o que eu quero.

— Tudo bem, mas só resolveu agir assim depois que Trevor topou um relacionamento aberto.

— Cam, deixe eu te dizer uma coisa. Acho que eu faria isso de qualquer maneira. Este cara... Não sei. Ele mexe comigo. Há alguns dias, estou sentindo como se me perguntasse: "Quem é esse tal de Trevor?"

— Tá bom.

— Estou falando sério. Há algo diferente nesse cara. Em como ele me faz sentir.

— E você soube disso depois de vê-lo uma vez por apenas alguns minutos?

— Não seja invejosa. Sei que parece loucura, mas você não consegue só deixar as coisas rolarem? Nossa, você é tão baixo-astral!

— Desculpe, Jen. Não foi minha intenção. Eu só...

— Eu sei. Sei exatamente o que você é. É louca por Trick e está agindo como uma idiota teimosa. E agora está na pior. É ou não é?

Olho para Jenna, que está bem no meio do meu quarto com seu shortinho curtíssimo, com a mão na cintura e um olhar presunçoso. Me dou conta de que nunca a amei tanto. Ela simplesmente vai direto ao assunto.

— Sabe de uma coisa? Você está certa. Mas a minha situação é um pouco mais complicada do que a sua. Pelo menos, concorde com isso.

— Problemas com pai não são exclusivamente seus, Cami.

— Não é só ele. Bem, não como você pensa. Trick realmente precisa deste emprego. Quer dizer, *precisa muito*. Imagina se eu estragar tudo?

— Ele é adulto. Talvez ache que você valha o risco. E, se ele não pensa dessa forma, então *ele* não vale o risco.

— Talvez eu não valha mesmo.

— Claro que vale! Olhe para você. — Jenna se aproxima de mim e põe as mãos nos meus ombros para me virar de frente para o espelho. Ela fica atrás, um pouco mais alta que eu. — Você é linda. É inteligente. É gentil. É engraçada. Tem pernas bem torneadas e uma bunda que eu daria tudo para ter igual. Qualquer homem, em sã consciência, arriscaria tudo por você!

— E eu posso apostar que você não é nem um pouco suspeita para falar tudo isso. Nem está sob efeito de cafeína.

— Um Red Bull não conta como "estar sob efeito de algo" — ela diz, me dando um olhar atravessado.

— Acho que devemos ir antes que as coisas esfriem.

Ela abre um sorriso largo.

— É melhor mesmo.

Sorrio de volta e deixo Jenna me arrastar para fora do quarto e pela escada. Assim que chegamos do lado de fora no pátio, meu estômago revira.

— Não fique nervosa — Jenna sussurra, acariciando a minha mão como uma velhinha.

— Não estou nervosa. Só estou...

— Eu sei. Está nervosa.

Eu rio. Não há como argumentar com Jenna.

Quando nos aproximamos do estábulo, ouço a música que sai pelas portas abertas das baias. Quando viramos e chegamos na parte iluminada, avistamos Trick e Rusty sentados em duas cadeiras dobráveis, bem do lado de fora da porta do escritório. Rusty está tocando uma guitarra imaginária, com uma cerveja na mão. Trick assiste, rindo e tocando uma bateria invisível.

— Chegamos a tempo de ver a banda — diz Jenna, fazendo os caras pararem de maneira súbita e engraçada. — Não parem por nossa causa. Eu sempre quis beijar um rock star.

Nossa! Ela é recatada e ousada, ao mesmo tempo! Como é que consegue isso?

Rusty sorri de orelha a orelha.

— Então, gata, você vai curtir a noite.

Jenna dá risadinhas sedutoras, e eu olho para Trick. Ele não está prestando atenção nos dois. Está prestando atenção em mim. Sinto o rosto queimar, e ele abre um leve sorriso. Trick vira a cabeça, estreita os olhos e me observa de canto, como se estivesse querendo comprovar se eu ruborizo de propósito. Dou de ombros, assegurando a ele que meu rubor está além do controle. Ele sacode a cabeça e abre um sorriso lento. Sem tirar os olhos dos meus, toma um gole longo da cerveja. Não consigo deixar de olhar sua boca, seus lábios pressionados na garrafa, e sua garganta conforme ele engole a bebida.

Tenho certeza de que meus joelhos enfraqueceram.

Trick se levanta.

— Venha, pode se sentar no meu lugar. Acho que tem mais cadeiras por aqui.

Jenna se dirige rapidamente à cadeira vazia de Trick e abre o sorriso mais brilhante para mim.

— Cam, você conhece este lugar de ponta a ponta. Por que não ajuda o Trick a encontrar umas cadeiras? Vou esperar aqui com Rusty.

Ela direciona o sorriso a Rusty, que fica totalmente deslumbrado. Mas há algo no seu olhar que me faz pensar que ele não vai ser tão dócil quanto Jenna está acostumada. Acho que ela não vai ter um minuto de sossego.

Abafo o riso com a mão. Bem feito pra ela! Toda devoradora de homens um dia encontra seu par.

— Vamos — diz Trick, inclinando a cabeça em direção à parte escura, do lado de fora. — Acho que deve haver algumas no depósito.

Faço um gesto afirmativo com a cabeça e me viro para Jenna.

— Voltamos já.

— Não se apresse — diz ela com um olhar expressivo.

Sorrio para Jeena e para Rusty, que está mais feliz que pinto no lixo. Eu me pergunto se Trick realmente não disse a ele que nós viríamos. Ele parece de fato surpreso. Entusiasmado, porém surpreso.

Acompanho Trick até o lado de fora e nos viramos para a lateral do estábulo, deixando o local iluminado pela porta às nossas costas. Fica cada vez mais escuro conforme atravessamos o pátio e nos dirigimos ao galpão, situado atrás do redondel.

A lua está enorme e brilhante, iluminando as pequenas flores brancas que salpicam a grama viçosa aos meus pés. Paro e apanho uma, girando-a nos dedos agitados. Um odor meio doce chega ao meu nariz. Inalo profundamente, deixando o aroma acalmar meus nervos.

— Você gosta de flores?

— De algumas. Por quê? — Ele acena em direção à minha mão. — Ah. Sim, Drogheda costumava trançar estas no meu cabelo quando eu era criança. Elas têm hastes longas que são perfeitas para isso. Não sei se eu gostava delas antes, mas sei que passei a gostar.

— Há quanto tempo ela trabalha com vocês?

— Desde que eu tinha onze ou doze anos, eu acho. Algo assim. Há muito tempo. Agora, ela é como se fosse da família.

— Vocês tinham uma funcionária antes dela?

— Não. Pelo que me lembre só tivemos quando os negócios meio que começaram a prosperar. Nossa vida mudou muito depois disso.

— Como assim?

— Bem, antes disso, nós vivíamos mais perto de Greenfield. Nossa casa era muito menor e só tínhamos um carro. Eu estudava em escola pública e brincava no playground. Meu pai ficava mais em casa e a minha mãe era mais... mais feliz, eu acho. Não sei. Parece que tudo mudou de repente. Não que tenha sido ruim. Não me entenda mal. Mas Drogheda foi uma das coisas boas que aconteceram em consequência de tudo isso.

— Então você está dizendo que era mais feliz quando era pobre?

Eu rio. Até para os meus ouvidos isso parece um pouco amargo.

— É muito estranho?

Trick dá de ombros.

— Talvez. O dinheiro resolve muitos problemas.

— Para adultos, provavelmente isso seja verdade. Mas, para crianças, às vezes só cria problemas. Eu não me incomodava por não termos muito dinheiro. Eu era feliz. E vou dizer uma coisa: há muito menos expectativas quando se é pobre também. Bom, não muito pobre. Apenas não... milionário.

— Pobre princesinha, é isso?

Me viro bruscamente para olhar para ele, fazendo objeção ao que ele está insinuando. Mas vejo seu sorriso sarcástico e a minha raiva desaparece. Então sorrio.

— É o que parece, não é? Que sou uma coitadinha?

— Não, você não é desse tipo. Percebi isso depois de falar com você por dois minutos.

— Sério? — Isto não deveria me agradar. Tento disfarçar meu sorriso largo.

— Sim. Na mesma hora, vi que era uma atendente de telessexo. E nunca conheci uma atendente de telessexo esnobe.

Eu rio.

— E quantas você conheceu?

Trick inclina a cabeça para trás e começa a contar com os dedos. Eu o vejo ir até dez e recomeçar.

— Huum. Uma — ele diz em tom de brincadeira e sorrindo. — Só você.

— Bom, odeio desapontá-lo, mas...

— Você nunca me desaponta. Acho que isso não faz parte da sua personalidade. Para ser sincero, eu poderia afirmar que você se esforça para *não* desapontar.

— Como assim?

— É só uma percepção, como se talvez seu pai tivesse tudo planejado para você e você se deixasse levar.

Quero argumentar, mas ele tocou em um assunto delicado e verdadeiro demais. Eu cogitei a mesma coisa mil vezes, principalmente nos últimos dias.

— Você também abriu mão do seu sonho. Não é a mesma coisa? Você também não vai atrás do que quer.

— Acho que é muito diferente. Minhas escolhas foram por necessidade e responsabilidade. E eu não abri mão de nada. Ainda vou ter o que quero da vida. Só preciso esperar mais um pouco.

— Algumas coisas não esperam.

— As coisas que valem a pena, sim.

Chegamos ao depósito, e Trick destranca e abre a porta antes de mover o interruptor de luz para a direita. Fico um pouco distante enquanto ele procura as cadeiras. O ar quente e abafado é sufocante, e minha pele adquire um leve brilho de umidade. Eu levanto o cabelo pesado do pescoço e abano o rosto.

Vejo Trick mover um grande pedaço de madeira compensada. Atrás disso, há uma pilha de seis ou sete cadeiras dobráveis com assentos acolchoados. Ele pega duas e volta para fechar e trancar a porta.

Quando se vira para mim, ele para. Apenas para e me olha. Apoia as cadeiras na parede do galpão e caminha na minha direção.

— Sabe o que tornaria esta situação perfeita?

— O quê? — pergunto, sem fôlego, esperando que ele me beije, embora eu saiba que isso é errado.

Ele pega a pequena flor branca da minha mão e a coloca atrás da minha orelha.

— Com seu cabelo preso no alto da cabeça desse jeito, uma flor é a única coisa necessária para ser uma bela dama do Sul.

Ele acaricia meu rosto e pescoço antes de afastar a mão. Sem pretensão, me aproximo dele, querendo prolongar o momento e a sensação do seu toque.

Solto o cabelo, e Trick me segura pelos braços com as mãos fortes para me firmar. Ele está tão perto que posso sentir sua respiração quente no meu rosto.

— Você está bem? O calor está te incomodando?

Minha Nossa, que pergunta difícil!

— Estou bem — consigo dizer.

Então permanecemos assim, nos encarando até Trick me soltar e desviar o olhar.

— Acho melhor voltarmos antes que as crianças arranjem encrenca — ele diz com um sorriso torto.

— É isso aí, não podemos deixar, não é?

Gostaria de conseguir me recuperar tão rápido quanto Trick. Meus joelhos ainda estão fracos, e me sinto muito desapontada por não haver outra tentativa de beijo desde a festa.

É melhor assim, é melhor assim, é melhor assim.

Este é o meu mantra durante todo o caminho de volta ao estábulo.

Quando chegamos, Jenna está sentada no colo de Rusty, que a está ajudando a colocar os dedos na posição certa no braço da guitarra.

Olho para Trick, que sorri para mim e sacode a cabeça.

— Crianças levadas — ele murmura. Eu rio. Às vezes, realmente me sinto a adulta em minha amizade com Jenna. Acho engraçado o fato de Trick sentir o mesmo em relação à sua amizade com Rusty, pelo menos em parte do tempo.

Jenna me vê.

— Você voltou! Rusty e eu estávamos conversando. Pensamos que um mergulho na piscina seria bom, já que ainda está tão quente.

Trick só de sunga? Hummm, sim! Por favor!

— Tudo bem.

— Oba! — grita Jenna. — Eu disse que ela toparia.

— Você se esqueceu de mencionar a melhor parte — diz Rusty, beliscando-a de leve e provocando risadinhas nela.

— Ah, sim. Para ser mais específica, Rusty e eu pensamos em nadar *sem roupa* na sua piscina.

Só de pensar em ver Trick nu, meu rosto queima e meu estômago treme de empolgação. Mas isso não vai acontecer esta noite.

— Jenna, não podemos. Esqueceu que Drogheda ainda está aqui?

— E daí? Você sabe que ela dorme feito pedra.

— Ela me mataria, Jenna. Não podemos correr esse risco.

Jenna suspira profundamente, como se estivesse muito contrariada.

— Tudo bem. Com roupa de baixo então. Eu não trouxe biquíni, nem Rusty trouxe sunga.

Fico surpresa. Isso é uma desculpa bastante conveniente. Então me viro para Trick, que se limita a erguer as mãos, como se dissesse "Por mim tudo bem".

— Não olhe para mim. Desde que seu pai não descubra, não me incomodo de jeito nenhum. Eu não tenho sunga mesmo!

Minha boca fica seca só de imaginar ver Trick, na beira da piscina, com a água pingando do seu corpo e a roupa de baixo colada. De certa forma, esse quadro é muito mais atraente, em parte porque realmente não consigo imaginá-lo totalmente nu. Mas tenho certeza de que é maravilhoso. Não que eu tenha olhado, mas seu jeans fica bem justo na virilha.

Volto a olhar para Jenna. Seus olhos estão brilhando de empolgação e ela assente várias vezes para me encorajar.

— Qual é, Cam? Viva um pouco.

— Tudo bem, mas não podemos fazer barulho. Nada de ficar jogando água, está bem? Só vamos nos refrescar um pouco e voltarmos logo para cá.

Todo mundo concorda e, embora eu me preocupe que Drogheda possa nos ver, sei que ela nunca faria nada para me magoar. Meus segredos sempre estão seguros com ela.

24
Trick

Não consigo evitar a preocupação de que meu pau esteja tomando decisões com as quais eu não deveria concordar. Mesmo quando estamos nos aproximando da casa, eu digo a mim mesmo que isto é um erro, que, se formos pegos, e Jack descobrir, vou levar um pontapé na bunda. E seria um desastre. Entretanto, sigo Cami pelo portão de ferro forjado que rodeia a piscina.

Ela anda em volta da piscina até a parte rasa e para. Permaneço ao seu lado, e esperamos Jenna e Rusty. Os dois ficaram dando risadinhas e sussurrando o caminho inteiro.

Com canto do olho, vejo Cami inquieta. No início, parece ser algo como tensão. Mas, quando olho em sua direção, ela me olha e sorri. É um sorriso brilhante. Brilhante e... animado, o que me faz pensar que não se trata de *nervosismo*. Na realidade, me faz contrair um pouco sob a calça, que nunca é uma coisa boa quando estou prestes a me despir na frente de outras pessoas.

Sem sequer uma pausa, Jenna tira a blusa e ajuda Rusty a se despir. Enquanto os dois estão ocupados, tirando a roupa um do outro, me viro na direção de Cami.

— Tem certeza que está pronta?

Ela respira profundamente e sorri.

— Estou. E você?

Faço um gesto afirmativo de cabeça.

— Eu também.

Ela pousa a mão pequena no meu braço e me encara.

— Não vai ter problema. Drogheda nunca diria nada, então não precisa se preocupar, certo?

Ela está preocupada com a *minha* preocupação? Agora me sinto mal por ter dito a ela quanto este emprego é importante.

— Não estou preocupado — asseguro a ela. — Confio em você.

Seu sorriso expressa meiguice e satisfação e me faz ter vontade de beijá-la. Porra, tudo que ela *faz* me dá vontade de beijá-la.

— Que bom. Você deve confiar em mim.

Como se estivesse reiterando o que disse, Cami dá alguns passos para trás e tira a blusa. O gesto é rápido. Em seguida, ela segura a peça sobre o peito e espera. Esta é a dica para que eu tire uma peça de roupa também.

Sob o brilho da lua cheia, posso ver seus olhos cintilarem cheios de malícia. Ela é tão recatada. Tão adoravelmente recatada.

Nossa! Seria tão gostoso tê-la todinha para mim, mesmo por uma noite. Só uma noite. Talvez isso fosse o bastante para tirá-la da cabeça.

— Muito bem, Sr. Barriga de Tanquinho, mostre seu físico — ela exige de forma sarcástica.

Não precisa pedir duas vezes! Puxo a camiseta. Mas jogo a *minha* em uma das cadeiras brancas em um gesto mais ousado que o seu. Ela observa meu peito e meu abdome. Meus músculos ficam enrijecidos. Vejo o seu olhar descer e logo voltar ao meu rosto. Ela é curiosa. Quer olhar, quer ver o que fica sob a minha calça, mas tenta não demonstrar. Controlo um gemido de prazer.

O que eu não daria para levá-la a algum lugar mais reservado...

Lentamente, ela solta os braços e segura a camisa com a ponta dos dedos. Então joga a roupa sobre uma cadeira. Eu me vejo obrigado a cerrar os dentes para não ficar boquiaberto ao ver a pequena peça de renda lilás que cobre a pele mais perfeitamente firme que já vi. Posso até ver o contorno dos seus mamilos. O fato de estarem retesados me faz sentir vontade de me contorcer.

Quando olho para seu rosto, ela não está mais sorrindo. Sua expressão *parece* com o que eu *sinto* — ansiosa e o mais próximo que eu já estive de arrancar a roupa de alguém.

Ela fica imóvel. Só me olha. Diretamente para mim. Seus olhos não deixam os meus. E há algo sobre a intensidade da sua expressão que me faz sentir como uma espécie de animal.

Só para provocá-la, me abaixo e tiro as botas, jogando-as para o lado. Em seguida tiro as meias. Vejo seus lábios se curvarem, e ela começa a tirar os sapatos e os empurra para longe. Então me olha novamente, bem séria e... ansiosa. É como se ambos soubéssemos que o momento decisivo está chegando. E isso me excita.

Alcanço o botão da minha calça e o abro de repente. Ela olha para as minhas mãos, e abro o zíper lentamente. Minha calça fica um pouco presa no quadril. Então, quando a solto, há um amontoado de tecido em volta dos meus tornozelos. Dou um passo para fora e ergo a cabeça para ver seus olhos atentos.

Seu olhar começa nos meus pés descalços e se move devagar pelas minhas pernas e coxas. Minhas bolas se retesam quando ela observa minha virilha. Ela olha essa parte do meu corpo por muito mais tempo do que deveria. Isso faz meu pulso acelerar.

Porra, isso é um tesão!

— Acho que foi uma boa ideia eu usar cueca hoje — digo de forma natural, qualquer coisa para quebrar a tensão. Não sei quanto tempo mais posso aguentar a tortura provocante de Cami e ainda agir como um adulto responsável.

Ela olha para meu rosto e fica de boca aberta.

— Normalmente não usa?

Faço um gesto negativo com a cabeça. Mesmo na luz prateada da lua, posso ver seu rosto ficar vermelho. Sei que ela ruborizou.

— Esta noite não é uma boa ideia fazer esse tipo de coisa.

— Que tipo de coisa? — ela pergunta um pouco ofegante, o que também me deixa excitado.

Cacete!

— Olhar para mim como se quisesse lamber cada centímetro do meu corpo e depois ruborizar. Isso tira toda a força de vontade que tenho e mais a que não tenho para não ir aí e te beijar.

— Mas você não quer fazer isso. — Não sei se é uma afirmação ou uma pergunta.

— Eu quero muito! Mas não posso. Não devo.

— Eu sei. E o admiro pelo seu... controle.

Antes de terminar a frase, ela morde o lábio e desce o zíper do short. Enfia os polegares sob o cós e mexe o quadril de um lado para outro. Mas faz isso lentamente, como se estivesse, de fato, fazendo um striptease. Minha boca fica seca enquanto observo o tecido descer pelas suas pernas longilíneas.

Quando o short fica em volta dos seus tornozelos, ela dá um passo à frente e o afasta com os pés. Noto que ela levanta o queixo, como se não estivesse acostumada a se exibir, mas está decidida a se manter calma. Isso torna o gesto ainda mais sexy.

O triângulo de renda entre as suas pernas combina com o sutiã. Realmente não me preocupo muito com isso. Para mim, tanto faz algodão branco ou lingerie sexy. Não presto muita atenção. Sou muito mais interessado no que está debaixo dessas peças.

Cami tem o corpo perfeito. No início, eu me surpreendo que com um corpo assim — pernas longas, barriga chapada, quadris arredondados, cintura fina e seios maravilhosos — não use roupas mais reveladoras. Mas então, quando penso na sua personalidade e em como ela é realmente, entendo. Eu diria que ela é seletiva em relação a quem a vê assim, e o fato de que ela se reserva para poucas pessoas faz com que eu a queira muito mais.

— Você tem noção de que é perfeita?

Ela olha para o próprio corpo, jogando o cabelo para a frente para esconder o rosto. Mas não antes que eu veja o sorriso de puro prazer nos seus lábios. Fico imaginando como as coisas rolam com aquele namorado dela. Será que ele não sabe como é sortudo por ter uma namorada assim? Tocá-la sempre que quiser e provavelmente com a bênção do pai dela?

Esses pensamentos trazem uma nuvem escura e indesejada para a noite, então eu os ignoro e me esforço para pegar leve. Para o nosso bem.

— E, então, você vai mergulhar ou vou ter que jogar você na água?

Ela parece confusa no início, mas logo vejo seu rosto se iluminar quando ela capta a malícia da noite.

Assim é bem melhor.

Embora isto funcione para aliviar a tensão, na minha cabeça sei que tudo que ela precisa fazer é se mexer do jeito errado, ou me tocar do jeito certo, e a minha força de vontade vai se esmigalhar como pão amanhecido.

25

Cami

Estamos nos divertindo na piscina há algum tempo. Por incrível que pareça, Jenna e Rusty se comportam de maneira natural, embora eu possa apostar que ambos prefeririam estar sozinhos.

Conversamos sobre carros antigos e sobre a oficina de Rusty. Falamos sobre cavalos e Rusty brinca, dizendo que Trick é o Encantador de Cavalos. Falamos sobre a banda e do fato de que Trick sabe cantar e tocar guitarra e bateria. Isso faz mais sentido agora, quando lembro que eu e Jenna pegamos os dois tocando instrumentos imaginários e Trick tocava bateria.

— Você contou a ela o seu maior sonho? — Rusty pergunta a Trick.

— Não sei por que eu insisto em contar algumas coisas para você.

— Por quê? Era segredo? Você precisa me avisar, cara! Como é que eu vou saber?

Trick revira os olhos, mas ainda sorri. Agora estou intrigada e tenho que perguntar:

— O que é? Pensei que você queria ser veterinário.

— Eu quero. E planejo fazer isso. O que Rusty está falando é uma etapa maior do que ser veterinário.

Ele não entra em detalhes, então eu o estimulo.

— O que é? Vou ter que implorar para você dizer?

Trick ergue a sobrancelha, e meu coração dispara. Eu me pergunto se ele sabe que eu estou prestes a chegar a esse ponto. Só que não tem nada a ver com o seu sonho e tudo a ver com ele me beijando.

— Esta noite, não — ele diz calmamente.

Ouço Jenna emitir um som que é um misto de suspiro e um risinho. Eu sei o que a está deixando louca. Nada a deixaria mais feliz do que ver eu me soltando com Trick. Começo a pensar que isso me faria feliz também.

Tem a ver com uma pequena manada de cavalos selvagens ao redor de Outer Banks.

— Cavalos selvagens?

— Sim, alguns são da linhagem original do Mustang espanhol. Seriam corredores incríveis se pudessem ser domados.

Entendo o que ele está querendo dizer.

—Você quer tentar *domar* um deles?

—Você não precisa ter tanta confiança em mim — ele diz em tom de brincadeira.

— Não é isso, é só... Quer dizer, isso já aconteceu alguma vez? Alguém já domou algum cavalo selvagem?

— Ouvi falar, mas não acho que alguém já tenha tentado correr em um deles.

— E você acha que pode fazê-lo?

Trick olha para mim com seu sorriso lento e confiante.

— Sim, acho. Alguns até dizem que os selvagens são os melhores.

Penso no quanto ele conseguiu ganhar a confiança de Highland Runner, que era selvagem demais até na opinião de Sooty. Ouvi falar de pessoas que têm um dom, uma conexão especial com cavalos, e que são capazes de montar e adestrar quase qualquer raça. Talvez Trick tenha... o que quer que seja. Se ele pudesse e se o cavalo corresse bem, ele se tornaria famoso no mundo do hipismo.

Retribuo o sorriso.

— Por mais louco que possa parecer, eu não duvido disso.

Seu sorriso se abre mais, e ele pisca para mim.

— Garota esperta. Nunca deve duvidar de mim.

— Isso é verdade, a menos que duvide que ele seria capaz de seduzi-la — Rusty diz com uma risada. — O cara é mais selvagem do que qualquer um daqueles malditos cavalos.

— Que mentiroso — diz Trick, batendo no braço de Rusty. O gesto é de brincadeira, mas vejo algo parecido com um aviso em seu olhar. Na minha cabeça, há um aviso na sua reação, e é devidamente notado. Trick se vira para mim. — Ele está exagerando. Ele exagera em *tudo*.

— O que você quer dizer com isso? — pergunta Rusty.

— Nada. Só quero que as garotas saibam interpretar ao contrário o que Rus fala. Ouçam tudo o que ele diz, dividam por dois e subtraiam dois centímetros. Assim fica mais exato.

Rusty se joga em direção ao amigo e ataca Trick, empurrando a cabeça dele para debaixo d'água. Ambos riem, bem como Jenna e eu, mas o desconforto ainda me perturba. Será que ele não passa mesmo de um mulherengo? Um cara interessado em apenas uma coisa?

Um pouco depois, saímos da água e nos dirigimos ao estábulo. Jenna ainda está zoando Rusty sobre os seus exageros.

— Você não acredita, mas, quando este cara tocava com a banda, as garotas ficavam enlouquecidas! Ele era como um astro do rock.

— Você é tão ridículo — Trick murmura com uma risada.

— Você sabe que é verdade, cara. Este homem pode escolher quem vai pegar. Mais do que naquela noite no campo, pode acreditar. Ele faz as garotas tirarem as calcinhas rapidinho.

Todos nós rimos. Trick olha para mim e revira os olhos.

— Não acredite em nenhuma palavra do que ele diz.

— Eu não estou brincando! Eu tenho a guitarra no porta-malas. Toque alguma coisa e veja se não vai ter calcinha voando. Menos essa — diz ele, apertando Jenna de brincadeira. — A dela, pode ser — completa sorrindo e piscando para mim.

Rusty é realmente gente boa. E bem gostoso também. Jenna tem bom gosto. O cabelo dele é ruivo escuro e seus olhos são azuis. Eles se sobressaem no seu rosto. Tem um corpo maravilhoso e o sorriso é contagiante. Mas, na minha opinião, sua melhor característica é a personalidade. Naturalmente, sou suspeita para falar.

Olho para Trick, que está me observando. Um sorriso discreto ainda permanece nos seus lábios perfeitos.

— Quer me ouvir tocar? Prometo que sua calcinha vai ficar no lugar.

Após todos os avisos serem imediatamente esquecidos, chego à conclusão de que não quero que a minha calcinha fique no lugar. Quero que ele a arranque. Com os dentes!

Só de pensar nisso eu fico vermelha. Seu sorriso aumenta mais uma vez.

—Você vai ter que parar de fazer isto.

—Tudo bem. Vou pegar a guitarra. Talvez eu consiga acelerar um pouco as coisas para vocês dois.

— Ignore-o — Trick diz rapidamente.

O mais engraçado é que Trick parece mais decidido a me manter a distância do que eu. E isso é tão ruim! Eu é quem deveria lembrar a nós dois que tenho namorado. Mas não é o que está acontecendo. Se ele dissesse que quer ficar comigo, que está decidido a ter um relacionamento, eu terminaria com Brent num piscar de olhos. Faria isso, porque nunca trairia o Brent. O problema é que, às vezes, o que sinto por Trick me faz ter a sensação de que já o estou traindo. E isso não combina comigo.

Tenho que fazer alguma coisa. Está errado demais! Eu realmente tenho que analisar meus sentimentos por Brent, compreender o que eles representam. E o caminho que irão tomar.

Rusty volta com a guitarra. Ele a retira do estojo e a entrega para Trick com uma palheta.

— Mostre a elas do que você é capaz, Trick. — Rusty se senta em uma das quatro cadeiras e puxa Jenna para o colo. —Vou manter essa junto de mim a título de prevenção.

Ele dá uma piscadela para Jenna, que ri. Ela está curtindo aquilo.

Trick pega uma cadeira, e eu me sento de frente para ele. Então põe a alça de couro no ombro e ajusta o instrumento ao corpo. Em seguida, dedilha as cordas algumas vezes para se assegurar de que está no tom certo. Faz alguns ajustes e começa a escolher uns acordes.

Meu pai adora rock clássico, então não demora muito para eu reconhecer o que ele está tocando. No início, ele cantarola enquanto toca, sua voz adicionando profundidade ao som acústico. E logo começa a cantar. Eu fico hipnotizada, exatamente como Rusty disse que aconteceria.

A música é "Wonderful Tonight", de Eric Clapton. A voz dele é perfeita para a canção — um pouco rasgada e rouca, extremamente suave e sexy.

Após as primeiras frases, ele levanta a cabeça e olha para mim, cantando cada palavra e tocando cada nota como se eu fosse a única pessoa no lugar. Seus olhos estão fixos nos meus.

Mal percebo quando Jenna e Rusty se levantam e se afastam. Meu único pensamento é: *Por favor não o deixe parar de tocar!*

Quando toca a última nota, ficamos nos encarando em um silêncio absoluto que parece uma eternidade. Seus lábios se curvam de leve, mas há algo tão triste e melancólico na sua expressão que eu sinto uma angústia no peito. Fico pensando no que poderia deixá-lo tão atormentado.

Ele não me deixa pensar muito tempo.

— Esta noite foi um erro.

De todas as coisas que eu não esperava ouvir, essa frase está perto do topo da lista. E eu fico confusa.

— Por quê? Acho que, pelo visto, eles estão se entendendo.

— Não me refiro a eles, e você sabe.

Acho que sei. Eu só não queria pensar no que havia por trás das suas palavras.

— Por quê? Não estamos fazendo nada de errado.

—Você não deveria nem estar aqui. Você tem namorado.

Na mesma hora, eu fico irritada. E na defensiva. E magoada.

— Eu? Bem, e você? Quem era aquela garota que você estava agarrando no Lucky's naquela noite? Com certeza não parecia só uma amiga!

Para minha total aflição, sinto lágrimas arderem nos meus olhos, como alfinetadas de humilhação.

Trick ri, um riso amargo e breve que praticamente diz: *Ah, fala sério!*

— Ela era... humm, nem de longe o suficiente.

— O suficiente para quê?

Os olhos de Trick penetram nos meus. No início, chego a pensar que ele não vai responder. E, quando responde, eu quase me arrependo de ter perguntado.

— O suficiente para me fazer deixar de pensar em você.

Não sei o que dizer com relação a isso, em parte porque é verdade. Eu *realmente* tenho namorado e *não deveria* estar aqui.

Mas eu quero. Mais do que gostaria de estar em qualquer outro lugar.

Como se por coincidência, como se de alguma forma ele escolhesse o pior (ou melhor) momento do mundo para me ligar, meu telefone toca. Pego o aparelho no bolso e vejo o rosto de Brent na tela.

Olho para Trick, que retribui meu olhar. Agora eu sei por que o seu sorriso pareceu triste e amargo.

— Pode ir — ele diz, inclinando a cabeça na direção da sede da fazenda.

Sem saber o que falar ou fazer, eu me levanto e vou embora, clicando o botão de atender.

26
Trick

Fico na pior. Nunca poderia imaginar que seria tão difícil ver Cami ir embora assim. Mas foi difícil. E muito!

Fiquei ali durante uns bons dez minutos depois que ela se foi, só para ter certeza de que não voltaria. Quando ficou óbvio que não iria voltar, deixei a guitarra de Rusty em uma das cadeiras e me dirigi para o estoque de sedativos de Sooty. Seus gostos são limitados e tudo que consegui encontrar foi uísque, mas funcionou. Tudo o que eu queria era tirar Cami dos meus pensamentos e sabia que qualquer tipo de álcool daria conta, se eu bebesse o bastante.

No ano passado, acho que o que eu tentava constantemente tirar da cabeça era o ressentimento por ter que largar a faculdade para trabalhar em um emprego sem futuro. Além disso, havia a raiva por meu pai nos deixar da maneira que deixou. Não sei se algum dia vou superar isso.

Mas as últimas vezes que busquei consolo no fundo de uma garrafa foi por causa de uma ruiva que parece concentrada e decidida a me torturar.

O lado negativo em relação ao uísque, pelo menos para mim, é que a ressaca é um verdadeiro inferno. Durante toda a manhã, minha cabeça sofreu com cada barulho dos cavalos, cada raio de luz solar e cada pensamento torturante em relação à Cami.

Ouço uma voz familiar e olho para a pequena colina na sede da fazenda. Então fico irritado. Primeiro por esperar ver Cami vindo em direção ao estábulo. E segundo por ficar desapontado quando vejo que não é ela.

Você não aprende mesmo, não é?

Em vez disso, ela está andando em volta da piscina. Está de biquíni, mas a parte de baixo parece uma saia. Naturalmente, está maravilhosa. Ela fica maravilhosa usando qualquer coisa.

Ela grita mais alguma coisa, algo que eu não consigo entender, quando vejo uma mulher mais velha e baixinha caminhar até a porta e perguntar algo. Imagino que seja Drogheda, a governanta.

Cami responde e, em seguida, se deita em uma espreguiçadeira de cara para o sol. Intencionalmente, desvio o olhar para longe — longe da casa, longe da tentação, longe dela. Isso não pode continuar e ponto-final. Eu poderia muito bem superar e seguir em frente.

Ainda estou dizendo isso para mim mesmo quando ouço vozes novamente, e uma delas é muito mais baixa. Olho para trás, por cima do ombro e vejo o idiota do namorado dela caminhando em volta da piscina até onde ela está.

Com uma intimidade que me atinge como um soco no estômago, eu o vejo se abaixar e beijar Cami. E não é um beijinho. Mesmo à distância, posso ver que ele quer devorá-la. Claro, isso me deixa furioso, mas realmente não posso culpar o cara. Eu também quero fazer o mesmo.

Quando ela se afasta, ele dá um tapinha nas suas costas, e ela chega para a frente. Ele põe uma das pernas sobre a parte de trás da cadeira e se senta atrás de Cami. Afastando o cabelo dela do ombro, se inclina e beija seu pescoço antes de começar a massageá-lo.

Eu o vejo sussurrar algo no ouvido dela. Cami assente responde algo. Como se estivesse observando um acidente de trem, eu não consigo desviar o olhar da cena. Nunca senti tanto ciúme em toda a minha vida. Tenho sorte por haver poucas coisas que eu quis e não consegui obter. E nenhuma dessas coisas foi uma garota.

Até conhecer Cami.

Chego à conclusão de que é por isso que eu a quero tanto. É simplesmente *porque* não devo, porque realmente não posso tê-la. Mas, embora esta parte da minha mente se esforce de todas as maneiras para me convencer, sei que não é verdade. Não tem nada a ver com algo tão superficial. Quero Cami por outras razões, razões que ainda não estou disposto a admitir, porque elas vêm acompanhadas de consequências. Catastróficas.

Ouço o ronco de um motor e vejo uma van dar ré para sair da garagem. Deve ser a governanta novamente. Todos os outros já foram embora.

Volto a olhar para o casal e vejo Brent, o babaca, também observando o carro se afastar. Deve ter sido isso que ele estava esperando. Ele não perde tempo para tirar vantagem do fato de estarem sozinhos.

A fúria ferve no meu sangue quando o vejo puxar uma alça do biquíni de Cami enquanto beija o seu pescoço com um pouco mais de entusiasmo. Cami encolhe o ombro, uma indicação clara de que não está no clima, mas ele ignora o gesto. Então ele estica o braço e desliza a mão sob a parte de cima do biquíni. Eu faço a única coisa que consigo para não correr até lá e dar um chute na bunda dele.

Trinco os dentes. Sei que deveria parar de olhar para eles, mas não consigo.

Cami agarra a mão do cara e a afasta, mas, em vez de desistir, ele desliza a mão até a canga amarrada à sua cintura. Ela afasta a mão dele novamente, e ele para de beijá-la.

Então se inclina para trás e, pela sua linguagem corporal, dá para ver que não está nada satisfeito. Mas eu também não estou. Ainda quero arrancar seus braços.

Cami diz algo, e ele se inclina para trás, cruzando os braços sobre o peito. Ela se vira e continua a falar, mexendo as mãos sem parar. Estou começando a entender sua linguagem corporal e nunca vi isso antes. Acho que significa que está aborrecida. É a impressão que eu tenho.

Após alguns segundos, o babaca do namorado afasta as mãos de forma violenta e se levanta. Ele vai embora, e Cami passa os dedos no cabelo. Tenho a impressão de que ela quer puxá-lo de raiva. Mas não tem essa reação. Em vez disso, se levanta e sai, bufando também.

Fico um pouco decepcionado ao vê-la indo atrás dele. Ainda estou me torturando quando ouço alguém arrancando na entrada para carros. Sei que deve ser ele. Um ou dois minutos depois, ouço uma porta bater. Volto a olhar em direção à sede e vejo Cami de volta à cadeira na beira da piscina. Ela tem nas mãos uma espécie de estojo quadrado, com alças. Curioso, deixo o meu foco se deslocar por completo em sua direção mais uma vez.

Ela se senta, abre o zíper do estojo e, furiosa, puxa o pé para perto. Depois retira um potinho do estojo, despeja algo sobre o que parece uma bola de algodão e começa a passar nas unhas. A minha única suposição é que está fazendo o pé ou qualquer que seja o nome que se dá para isso. Por alguma razão, vê-la fazer algo tão feminino e íntimo é fascinante. E muito sedutor.

Olho para seu rosto. Suas sobrancelhas demonstram tensão e raiva, e ela está resmungando. Independentemente do que tenha acontecido com o babaca, ela não está nada satisfeita.

Quando termina de limpar as unhas, ela vasculha o estojo novamente e pega um vidrinho de esmalte vermelho. Dá para vê-lo a quilômetros de distância de tão brilhante. Ela sacode o vidrinho furiosamente antes de abri-lo. Então se inclina para a frente para pintar uma das unhas com cuidado. Mas deve ter borrado, porque ela pega o algodão de novo e remove o esmalte. Ela estende as mãos para olhá-las antes de fechar o vidrinho e pôr a cabeça sobre os joelhos dobrados.

Cami permanece totalmente imóvel. Na minha cabeça, quase ouço o som suave do seu choro e, embora esteja chorando por um babaca, ainda me incomoda. Muito. Antes que possa começar a pensar no quanto é estúpido me aproximar dela, já estou a meio caminho da piscina.

Da forma mais silenciosa possível, abro o portão de ferro que usamos ontem à noite e o fecho atrás de mim. Cami não se move. Permanece parada e tranquila, não emite sequer um som de choro leve que eu imaginei que estaria fazendo. Quando paro diante dela, ela ergue lentamente a cabeça. Seus olhos encontram os meus. Eles não estão lacrimosos, e ela não desvia o olhar.

Sem dizer uma palavra, eu me abaixo e levanto as suas pernas, colocando-as no meu colo ao me sentar.

— Me dê aqui — digo, erguendo a mão para pegar o vidrinho que ela ainda está segurando. Ela faz cara feia, mas mesmo assim o entrega a mim. Sacudo o vidrinho novamente, como já vi algumas mulheres fazerem, e depois tiro a tampinha. — Fale comigo — eu digo, tentando encorajá-la ao me abaixar para pintar sua unha.

— Não tenho nada para dizer.

Besteira!

—Você está aborrecida. Agora fale comigo. Me conte o que aconteceu. Talvez eu possa ajudar. — Ela se irrita, e eu volto a olhar para ela. — O que foi? Você acha que só porque não me formei em Harvard não sou inteligente o bastante para dar um bom conselho?

— Não seja ridículo! Você é tão inteligente quanto Brent, talvez até mais.

O modo como ela diz aquilo, a expressão no seu rosto, me faz pensar que, de fato, ela acredita nisso. Pigarreio e controlo o sorriso que puxa meus lábios. O que me incomoda é o fato de que a opinião dela a meu respeito tenha tanta importância. Não deveria. Mas tem.

— Bem, então ponha tudo pra fora.

Volto a pintar suas unhas. Antes que ela comece a falar, me repreendo por ser um completo imbecil. Preciso ficar longe desta garota, mas, em vez disso, o que eu faço? Insisto e fico completamente envolvido por ela. Literalmente. Cada nervo e hormônio no meu corpo está preso ao seu corpo quente, tão perto do meu. E só de saber que tudo o que eu preciso fazer é puxá-la para o meu colo e...

— Pode falar! — digo irritado e um pouco mais alto do que pretendia. Ela tem que dizer algo, falar sobre aquele namorado babaca ou logo vai ter outra coisa em que apoiar as pernas. Ou qualquer outra parte do corpo que queira apoiar.

— Tudo bem, tudo bem. Deus! — Ela faz uma pausa durante um minuto antes de suspirar. — Não sei o que está acontecendo comigo. Ultimamente as coisas estão diferentes entre Brent e eu. Não me sinto... certa em relação a ele como antigamente.

— Certa?

— Isso. Como se ele fosse o cara certo. Tipo *o* cara.

Não consigo evitar de me virar e olhar para ela.

— É isso o que está procurando? O cara certo?

Ela olha para as unhas do pé e dá de ombros.

— Não, não especificamente. Só que ele é perfeito em todos os sentidos. Então parece a coisa certa.

Volto a pintar suas unhas.

— Coisa certa? Como? Se casar com ele só porque ele parece ser certinho? Isso não é a coisa certa. É uma grande burrice. E você não tem nada de burra.

— Como você sabe?

— Porque eu te conheço.

— Não, não conhece.

Eu me viro e olho para ela novamente.

— Conheço, sim. Pelo menos, em todos os aspectos que são importantes. — Então faço uma pausa. Meu lado racional diz que não devo me insinuar, mas eu o ignoro e digo o que estou pensando mesmo assim. — Bem, menos o aspecto do prazer.

Pisco para ela, que ruboriza. Observo seus dentes brancos morderem o lábio inferior. Então me desloco sob suas pernas e me viro para olhar seus pés. São a única parte do corpo que não quero despir e me esfregar.

— Afinal, qual é o problema? Por que de repente não está tão segura?

— Não sei. As coisas só parecem... diferentes. É difícil explicar.

— Tente.

Cami suspira mais uma vez. Posso ver que ela não está muito confortável em falar comigo sobre o assunto, mas não a ponto de se manter em silêncio. Só preciso insistir um pouco. Se o meu interesse é ajudá-la ou achar as respostas, não me importa.

— Não sei. É tipo... tipo... — Ela hesita, e eu me forço a *não* me virar para olhar para ela. Seu rosto é expressivo, e eu sei que me diria mais. Porém olhar para ela só torna a fronteira com a qual eu tanto me preocupo mais obscura.

Sua voz fica um pouco mais alta do que um sussurro, mas não muito.

— Sei disso quando ele me toca, quando me beija. Não é mais como antigamente.

— E por quê?

— Não sei. Só não me sinto mais assim em relação a ele. Não o quero mais se for desse jeito.

— Então o que quer?

O que eu quis dizer foi o que ela quer dele, mas a forma como falei não pareceu assim nem mesmo para mim. Após pintar a última unha do seu pé esquerdo, eu o levanto e o levo até à boca, soprando o esmalte. Nem me dou conta que estou esfregando seu peito do pé com o polegar até sentir um estremecimento na sua panturrilha. Abaixo a sua perna e me viro para olhar para ela. Seus lábios estão levemente abertos e seus olhos, concentrados em mim. Na minha boca, especificamente. Vejo a sua língua rosada umedecer os lábios e sinto uma dor profunda.

Sem desviar o olhar, ela afasta o pé da minha mão. Não impeço seu gesto. Ela o coloca devagar nas minhas costas e se inclina para a frente, me deixando bem entre as suas pernas.

Porra! Faça ela parar agora ou não vai conseguir mais!

— Você quer mesmo saber o que eu quero?

Com certeza!

É o que quero dizer pouco antes de deitá-la na cadeira e tirar seu biquíni. Mas meu lado sensato se destaca desta vez. Rapidamente.

— Mais do que você pode imaginar, mas ambos sabemos que não é uma boa ideia.

Vejo a chama nos seus olhos desvanecer. É como se eu a tivesse apagado com a água fria da rejeição. Eu a magoei, a última coisa no mundo que eu queria fazer.

— Cami, eu...

Ela puxa as pernas, se vira e fica de pé.

— Não precisa explicar. Eu entendo. Completamente. Obrigada por me ouvir. Fico muito grata.

Sem nem levar o pequeno estojo, ela vai embora. E não olha para trás.

27

Cami

— Cami, você não sai de casa há quase uma semana. Vai sair comigo esta noite, querendo ou não.

— Hoje eu realmente não estou muito a fim, Jenna. Talvez outro dia.

— Não me faça ir até aí e te colocar à força no chuveiro. Você sabe muito bem que eu sou capaz de fazer isso.

— Eu sei o que está tentando fazer. E agradeço de coração, mas não estou no clima, Jenna.

Ela permanece em silêncio durante um segundo.

— Tem alguma coisa a ver com o Brent?

— Não, nada a ver. Estamos numa boa.

Jenna se mostra irritada.

— Ah, tá. Você e Brent não estão "numa boa" desde que você conheceu o Trick.

— Jenna, eu...

— Já sei, já sei — ela interrompe. — Não vou dizer mais nada. Olha, Cami, vamos pelo menos sair. Só um pouco. Quando estiver pronta, nós saímos. Faça isso por mim. Estou preocupada com você.

Pelo tom da sua voz e por ser sua amiga há zilhões de anos, eu sei que ela está mesmo preocupada comigo. Isso me faz ceder.

Não me preocupo em esconder minha relutância.

— Tudo bem. Mas não quero ficar fora muito tempo. E, se Trick aparecer, a gente vai embora!

— Eu já disse, ele não vai aparecer. Ele e Rusty têm outros planos.

Ela já havia dito isso, mas não entrou em detalhes. Faz o meu coração doer só de pensar quais (ou quem) esses outros planos possam ser.

— A propósito, como vão as coisas entre vocês dois?

Posso ouvir seu sorriso quando responde.

— Melhor impossível! Ele é simplesmente... simplesmente... Melhor impossível.

— Está me parecendo que você está apaixonada. Pelo menos um pouco — eu digo em tom de brincadeira.

— Qual é, espertinha? Não seja estraga-prazeres só porque tem medo de se arriscar.

Meu riso é amargo até para os meus ouvidos.

— Não é mais uma questão de medo, Jenna. Eu te contei o que aconteceu. A escolha foi dele. É isso. Ponto-final.

— Ah, meu Deus, Cami! Ele não escolheu nada. Ele *precisava* ter você para ser capaz de te colocar acima de qualquer coisa, sua boba. E ele nunca te teve. Você nunca deixou Brent longe por tempo suficiente para ver aonde as coisas chegariam. Quanto a mim? Não posso culpar o cara. Tenho certeza que ele deu uma olhada em você e logo viu que era sedutora.

— Eu já falei...

— Eu sei, eu sei — ela diz novamente, me interrompendo. — Não vamos falar sobre isto de novo. Pode se arrumar. Devo chegar aí para buscá-la daqui uma hora. Esta noite, o Lucky vai ter uma surpresa.

Ela se refere ao bar.

— Lucky era um cavalo, Jenna.

— Eu sei.

— Uma égua, na verdade.

— Nossa — ela diz em tom inexpressivo. — Então a filha da puta vai ter uma surpresa — ela corrige.

Eu rio.

— Agora sim.

Jenna sorri para mim por sobre a caneca enquanto bebe uma cerveja gelada.

— Aaaaaaaaaaah — diz ela com satisfação ao simular o gesto de limpar a boca com o dorso da mão. — Adoro cerveja. — Ela age como um caubói grandão que passou um mês no campo.

— Ainda bem que estou acostumada com seu comportamento extremamente feminino, senão estaria chocada.

— É um barato, concorda? — ela pergunta, dando risadinhas enquanto observa o grupo de frequentadores, apaixonados pelo campo, no Lucky's. Olhe. Já estão todos dançando. Se recuperaram rapidinho.

Ela se refere à nossa pausa na pista de dança. Jenna adora me arrastar para dançar do nosso jeito de vez em quando, enquanto todos os outros fazem passinhos. Dizer que isso causa um tumulto seria um puta eufemismo.

Ao passar os olhos nos inúmeros rostos no salão, vejo que ainda lançam olhares estranhos e meio irritados na nossa direção. Todo mundo, exceto os homens, claro. Eles adoraram o show.

— Não sei como me convence a fazer estas coisas.

— Huum, porque é uma curtição e você gosta e precisa de curtição. E eu posso te oferecer isso. Simples assim.

Sorrio.

— Acho que sim. — E ela tem razão. Jenna e uma noite de diversão sem compromisso e despreocupada é exatamente do que preciso.

— Que porra é essa? — ela diz de repente, olhando para algo por cima do meu ombro. Eu me viro para ver o que chamou sua atenção. Brent está perto da entrada, observando as pessoas no bar. Tenho a impressão de que sei quem ele procura. — Como ele descobriu onde estaríamos?

Dou um suspiro.

— Drogheda.

— Pensei que ela não gostasse do Brent.

Dou de ombros.

— Ela acha que eu posso encontrar alguém melhor. Mesmo assim, ela não mentiria para ele.

Ele me avista e sorri. Na hora, reconheço uma diferença. As coisas andaram meio tensas entre nós ultimamente e os sorrisos dele têm se mostrado tão melancólicos quanto os meus. Mas não este. Este é cheio de todo o encanto que me atraiu logo de cara, há muito tempo.

De cara, já fico desconfiada.

Eu também sorrio conforme ele se aproxima.

— O que está fazendo aqui?

—Vim pegar umas gatas — ele diz com forte sotaque.

— Pegar umas gatas?

O sorriso dele aumenta.

— É. Não é assim que eles falam?

— *Eles* quem?

— O pessoal daqui.

—Ah, saquei — digo em tom irônico. —Você mora, a o que... uma hora de distância e, num piscar de olhos, passamos a falar como o pessoal da região?

Não consigo evitar o tom agressivo. Ele é tão esnobe quanto o meu pai. E, até onde eu sei, nenhum dos dois tem esse direito.

— Só estou brincando, Cam. Poxa, pega leve. — Ele segura minha mão e diz: —Vamos dançar.

Ele sorri para mim, com os olhos brilhando e uma expressão alegre, e eu penso que talvez devesse dar a Brent uma segunda chance. Dar a mim mesma uma última oportunidade de sentir o que eu achava que aconteceu uma vez. Então eu o deixo me levar à pista de dança.

Por coincidência, o DJ começa uma seleção de músicas românticas que toca de meia em meia hora. É sempre assim no Lucky's — a cada trinta minutos, o DJ toca duas músicas lentas em sequência.

Brent me puxa no meio das pessoas e depois para seus braços. Ele me aperta junto do seu corpo, muito mais forte do que eu gostaria, e eu coloco os braços em volta do seu pescoço. Ele aproxima o rosto do meu pescoço, e eu sinto seus lábios quando ele dá um beijo logo abaixo da minha orelha.

Quero sentir desejo. Quero curtir o contato íntimo e o modo como os nossos corpos balançam no ritmo da música, mas não é como antigamente. É como se houvesse espaço entre nós, mesmo não havendo nenhum. Sim, há algo entre nós. Ou, para ser mais exata, *alguém*.

Fecho bem os olhos para não ver a imagem de Trick quando ela invade a minha mente. Eu sei que não estaria tendo estes pensamentos se estivesse nos braços dele. Aí é que está o problema. Não posso tê-lo. Ou melhor, Trick não me *quer*. Pelo menos, não o bastante. Então por que ainda insisto nisso? Por que não consigo seguir em frente? Por que não posso retribuir o amor do cara que *realmente* me quer?

Viro a cabeça para pôr o rosto no ombro de Brent, me concentrando na letra da música e tentando me esquecer de tudo, exceto de Brent e o momento. Me concentro na minha respiração e na sensação do seu peito e braços musculosos. No entanto, por mais que eu queira curtir o momento, não consigo. Não com Brent.

Então abro os olhos.

Cacete! Você não sabia...

Eu não vejo os olhos de Brent, mas sim olhos intensos, cinza-esverdeado que eu não consigo esquecer. Por mais que eu me esforce.

Ele está me observando com uma expressão misteriosa. Levanto a cabeça e nos encaramos. Ele dá um passo na minha direção e para. Meu estômago se contorce e meu coração dispara. É naquele segundo, naquele exato momento, que me dou conta de que Brent nunca será o bastante. Nunca foi. Nunca me fez sentir assim. Ninguém fez. Ninguém além de Trick.

Não há como ignorar a minha linguagem corporal, Brent levanta a cabeça e olha para mim. A princípio, ele sorri despreocupado, mas rapidamente muda quando vê a minha expressão.

Como um peixe fora d'água, minha boca abre e fecha enquanto me esforço para encontrar as palavras. Eu sei que preciso pôr um fim a isso, mas nunca achei que seria tão difícil.

Tenho esperado e adiado o momento, imaginando que, de alguma forma, as coisas mudariam... ou meu sentimento em relação a Brent ficaria mais forte, ou o que sinto por Trick esfriaria, ou... algo assim. E algo aconteceu. Estou apaixonada por Trick e não posso continuar tentando tirar leite de pedra. Por mais que eu queira, meu pai queira e Brent queira, isso simplesmente não vai acontecer. Está na hora de fazer a coisa certa, a coisa que sinto no meu coração. E, embora eu não traísse Brent, parece que já estou começando a fazê-lo. Mesmo quando estou com ele, não fico satisfeita. Preferia estar com Trick. Sempre. E, mesmo se Trick nunca nos der uma chance, não posso fingir que a minha vida será a mesma novamente. Porque não vai ser. Estou de saco cheio dessa situação.

Brent faz cara de intrigado e sacode a cabeça de leve em sinal de desaprovação, como se estivesse tentando entender a conversa implícita entre nós. Então ergue a cabeça e olha na direção que eu estava olhando. Percebo o instante em que ele avista Trick.

Em seguida, se vira para mim com uma expressão aborrecida e seus lábios se comprimem em um sorriso amargo.

— Então é assim que vai ser?

— Brent, eu... Sinto muito, mas não posso mais continuar com isso. É que...

Eu nem sei o que dizer. Não posso dizer que estou terminando com ele para ficar com outra pessoa. Trick não é nada meu. E talvez nunca venha a ser. E, embora essa realidade revire o meu estômago em um nó, eu sei que não posso enganar Brent quando o meu coração pertence a outro cara, mesmo havendo a possibilidade de nunca tê-lo. Não posso mais ignorar isso.

Brent tira meus braços do seu pescoço e sussurra:

— Não se preocupe. — Em seguida, se vira e se afasta, abrindo caminho pela multidão na pista de dança, me deixando sozinha quando a música termina.

Realmente não sei o que fazer, portanto permaneço parada lá, no meio de todos os casais felizes que dançam. Outra música começa, e digo a mim mesma que tenho que sair daqui. Mas não faço nada. Apenas fico, me perguntando o que vai ser da minha vida. Eu tinha começado o verão com um plano — aprender sobre a parte financeira da fazenda, passar algum tempo com Brent, ir a festas e talvez sentir um pouco mais de firmeza sobre o rumo da minha vida. Mas agora nada é simples ou garantido. E, de certa forma, nada dessas outras coisas importam. A única coisa que parece se registrar no meu radar é Trick. Sempre. Trick.

Como se os meus pensamentos tivessem o poder de fazer mágica, Trick aparece no meu campo de visão. Ele para a alguns metros e me observa.

Não sou muito ligada em música country, mas a letra define perfeitamente o momento. O nome da música é "Glass" e agora me sinto assim, como vidro: delicado, instável, transparente. Vulnerável.

Trick fica em silêncio conforme se aproxima. Ele caminha até chegar a poucos centímetros e olha para o meu rosto. Fico paralisada diante do seu olhar.

É como se estivesse presa em uma teia de aranha. Não consigo lutar para me livrar dele. Por outro lado, não quero isso. Não exatamente. Só quero ele. Não importa o que me ofereça. Nem por quanto tempo. Agora eu sei que estou nessa. Custe o que custar.

Com os olhos fixos nos meus, ele segura as minhas mãos. Leva uma delas aos lábios e, em seguida, faz o mesmo com a outra. Ele beija a parte de trás dos meus dedos, deixando meus braços arrepiados. Segurando as minhas mãos, me puxa para a frente. Mais para perto do seu corpo.

Todas as pessoas, todos os sons, todo o mundo desaparece. Nossas coxas estão se tocando e o seu peito roça no meu. Posso sentir o cheiro do seu sabonete, mesmo com a fumaça no salão. Ele entrelaça meus dedos nos seus e põe nossas mãos em suas costas, trazendo-me para mais perto ainda, deixando nossas barrigas coladas. Ele começa a dançar ao ritmo da música, seu corpo roçando suavemente no meu. A fricção incendeia cada nervo do meu corpo.

Meus olhos estão fixos em sua boca. Acho que posso morrer se ele não me beijar. Sua boca se abre levemente, e eu ouço o chiado entre seus dentes cerrados.

Então ele abaixa um pouco a cabeça, com o rosto colado ao meu, e sussurra no meu ouvido.

— Se nós formos nesse caminho, não há volta. Nunca mais. As coisas jamais serão as mesmas.

Eu me aconchego a ele, precisando sentir cada centímetro do seu corpo, querendo ser sugada por ele e resgatada dessa tristeza.

— Não sou perfeito, Cami. Não sou um puro-sangue como ele. Nunca serei.

Eu estou sob o efeito do seu encanto, mas ouço o que diz. E não me importo. Não me importo com nada além de ficar com Trick, por tê-lo em minha vida e quanto ele puder me oferecer.

— Já ouvi falar que os selvagens são os melhores.

Ele não diz nada no início, mas quase posso ouvir o seu sorriso, como se reconhecesse as próprias palavras.

— Pode ser. Entretanto, ainda é uma aposta. Mas é a *sua* aposta. A *sua* escolha.

Eu me afasto para olhar seu rosto.

— A minha escolha? Eu pensei...

— Eu também — ele interrompe. — Mas estava errado. Sempre foi a sua escolha.

— Como assim?

Chego a perder o fôlego e meu peito dói. Não quero interpretar mal o que ele diz.

— Estou dizendo que estarei esperando por você. — Sua expressão é profunda e séria quando ele me olha. Então ele tira as minhas mãos das suas costas antes de soltá-las. Desliza os dedos dos meus braços até os ombros e os posiciona em volta do meu pescoço. Ele inclina um pouco o meu queixo e, durante um milésimo de segundo, penso que vai me beijar. — Faça sua escolha, Cami.

E logo se vira e vai embora.

Eu fico olhando para ele até perdê-lo de vista, até ser engolido pela multidão. Não há dúvida quanto a minha resposta, nem quanto a minha escolha.

Imediatamente, volto para junto de Jenna. Ela está rindo de algo que Rusty diz. Quando me vê, seu sorriso desaparece, e ela pula do banco do bar.

— O que foi? O que aconteceu?

— Preciso das suas chaves.

— Como assim? Por quê?

— Só preciso delas, Jenna. Eu tenho que ir embora.

— Ir para onde.

— Para casa — respondo. Os olhos de Jenna procuram os meus. Quando sorrio, sei que ela percebe que eu não quero dizer para casa, tipo "minha casa". Quero dizer para casa, ao lado de Trick. Onde é o meu lugar.

Ela abre um sorriso largo e enfia a mão no bolso de trás da calça. Balança as chaves à minha frente e, depois que as pego, ela me dá um abraço apertado e espontâneo. Quando se afasta, seus olhos estão um pouco mais brilhantes do que o normal.

—Vá em frente, Cam.

Dou um sorriso breve e pisco para Rusty, que assiste a tudo com um sorriso satisfeito. Corro em direção à porta. Até onde me lembro, é a primeira vez que vou atrás do que quero. Com toda disposição.

Sei onde Trick está. Sooty ainda não voltou, então ele estará no estábulo. Talvez esperando.

Meus músculos estão enrolados como uma cascavel quando chego em casa. Não estaciono na sede da fazenda; estaciono no estábulo. O carro de Trick está lá. Não paro para apreciar o automóvel clássico, raro e valioso; não me preocupo com isso. O que me importa é o motorista.

As luzes não estão acesas no estábulo. As portas grandes estão abertas, somente uma fresta. Eu abro um dos lados até conseguir entrar. Meus olhos precisam de um segundo para focarem, mas logo vejo Trick apoiado no batente da porta do escritório, olhando para mim com os braços cruzados sobre o peito.

O local está tão silencioso que consigo ouvir meu coração batendo nas costelas. Quando ele fala, suas palavras fluem sobre mim como chuva sobre pétalas de flor. E eu me sinto brotar sob elas.

Ele ajeita a postura.

— Espero que tenha certeza da sua decisão.

Dou um passo em direção a ele.

— Nunca tive mais certeza na vida. Nunca.

Há uma pausa breve, durante a qual meu coração para e logo me vejo nos seus braços, contra o seu peito firme, ardendo no calor do sentimento que há entre nós.

Seus lábios tomam os meus em um beijo que eu esperei por toda a minha vida. Eles são indóceis e apaixonados, tudo que eu pensava, tudo que tinha imaginado e muito mais.

Suas mãos mergulham no meu cabelo, e ele inclina a minha cabeça para o lado. Sua língua penetra na minha boca e eu provo o sabor mais delicioso do mundo — Trick. Sem restrições. Sem reservas. Sem limites.

A única coisa em que consigo pensar é no quanto eu o quero — quero a sua pele na minha, as suas mãos por todo o meu corpo, quero o seu corpo dentro de mim. Estou insaciável e a única coisa que pode me satisfazer é Trick.

Antes que eu perceba, minhas mãos agarram sua camiseta e a puxam sobre a pele lisa das suas costas. Ele faz uma pausa por tempo suficiente para tirá-la e logo seus lábios estão de volta nos meus.

Sinto seus dedos na minha cintura, tentando abrir os botões da minha blusa e levando as mãos ao meu peito. Eu me entrego ao momento. Não me importa onde estamos, quem possa entrar ou quem possa descobrir. Não me preocupo com nada além do aqui e agora e finalmente ter o que mais quero.

Trick tira a minha blusa, deixando-a deslizar nos meus braços até cair no chão. Então me segura pela bunda e me levanta antes de me carregar para dentro do escritório. Ouço o ruído de coisas caindo no chão e, em seguida, sinto o frio da mesa de madeira na bunda, onde a minha saia foi levantada.

Me aproximo para abrir o botão e o zíper da calça de Trick. Seus dedos puxam minha calcinha, retirando-a.

Coloco as mãos no cós da sua calça e deslizo o jeans pelo seu quadril. Ela cai facilmente no chão. Minhas mãos tocam a pele nua e quente. Ele está sem cueca.

De repente, eu me vejo excitada além do ponto que me permite pensar com clareza. A única coisa que consigo fazer é sentir, saborear e desejar. E tudo isso é por Trick. Todo o meu ser está concentrado nele.

Agarrando meu quadril, Trick me arrasta para a ponta da mesa. Automaticamente, minhas pernas sobem e envolvem sua cintura. O contato íntimo é o bastante para me deixar sem fôlego

Ele se inclina para trás e olha bem no meu rosto. Posso ver que está se esforçando para manter uma espécie de controle da situação. Também posso ver que ele não está conseguindo. Saber disso torna ainda muito mais difícil esperar.

— Camisinha — ele diz ofegante, curvando-se para pegar um preservativo no bolso.

— Rápido — eu sussurro.

Ouço o barulho da embalagem sendo rasgada e vejo Trick de pé. Eu o observo enquanto ele abre o pacote rapidamente. Um tremor toma conta de mim quando vejo o que vai acontecer. O corpo dele é perfeito!

Quando termina de colocar a camisinha, ele toca o meu rosto.

— Tem certeza de que quer?

— Mais do que qualquer coisa no mundo. Quero *você* mais do que qualquer coisa.

Vejo o brilho dos seus dentes na pele bronzeada.

— Então venha aqui, baby — ele diz, me puxando para a frente novamente e cobrindo meus lábios com os seus.

Conforme a sua língua invade a minha boca, posso sentir a ponta do seu membro me pressionando. Não consigo lembrar de querer nada tanto quanto quero senti-lo dentro de mim. Agora.

De certa forma, fico feliz por não ser virgem. Não gostaria que nada quebrasse o encanto do momento, principalmente dor.

Os lábios de Trick descem do meu pescoço até meu peito. Ele ergue a mão para tirar uma das alças do sutiã, abaixando o bojo o suficiente para sugar um mamilo.

Sua língua está quente e úmida quando toca a pele sensível. Ele o coloca na boca e o chupa. Sinto que poderia me desmanchar.

Enquanto proporciona ao outro mamilo a mesma adoração deliciosa, ele desliza as mãos entre as minhas pernas para encontrar meu sexo. Com a ponta do dedo, ele acaricia meu clitóris com círculos lentos e ritmados. Sua língua acompanha o ritmo sobre o meu mamilo até o momento em que sinto a já conhecida tensão de um orgasmo se aproximando.

Meus dedos agarram seu cabelo e fico ofegante. Trick levanta a cabeça, seu rosto de frente para o meu a poucos centímetros de distância, e me olha enquanto troca os dedos pela grossa ponta de seu membro.

Ele faz uma pausa na entrada do meu sexo. Paixão e... algo mais brilha no seu rosto. Instintivamente, percebo que haverá poucos momentos mais pungentes na minha vida.

Devagar e de forma propositada, centímetro por centímetro excitante, ele me penetra. Seus olhos estão fixos nos meus. Ele geme quando me preenche por completo. Ainda mantendo o contato visual, recusando-se a desviar o olhar.

Trick desliza a mão pelo meu cabelo e puxa meu rosto para junto do seu. Com a boca sobre a minha e o corpo dentro do meu, nunca me senti tão ligada a outro ser humano. Ele é parte de mim e sou parte dele. E não só na parte física, mas também na espiritual. Estamos perfeitamente afinados, divinamente equiparados. Unidos. Posso sentir isso.

De forma habilidosa, Trick se move dentro de mim enquanto continua me provocando com as mãos, os lábios e a língua. Pouco antes de me ver gozar, ele se inclina para trás para me olhar outra vez. Com seus olhos cinza-esverdeado encantadores, ele me observa atentamente enquanto meu corpo explode em delírio, apertando-o com os espasmos da transa mais avassaladora que eu já tive.

28
Trick

Estou sentado no chão, no escritório escuro e abraçado à Cami. Ela está entre as minhas pernas, de costas para o meu peito. Posso sentir sua respiração voltando ao normal.

Tudo isso é inacreditável — o modo como aconteceu, o fato de que *realmente* aconteceu. Eu não poderia ter planejado nada mais perfeito, mesmo se tentasse. Não quer dizer que eu não cheguei a pensar a respeito. Não há como as coisas terem acontecido de forma mais perfeita. Nos meus sonhos mais impetuosos, nunca esperei que fosse assim.

Ela é tão sensual e ardente quanto à cor do seu cabelo, mas é amável e sincera também. A combinação perfeita. Ou talvez ela seja apenas perfeita. Não sei. Ainda não vi nenhuma imperfeição nem em seu corpo nem em outros aspectos. Exceto que ela se preocupa demais com o que o pai pensa. Com certeza, se fosse tanto assim, ela não estaria praticamente nua nos meus braços.

Posso ouvi-la dizer algo, mas ela fala tão baixinho que eu não consigo entender claramente. Então abaixo a cabeça e aproximo o ouvido da sua boca.

— O que você disse?

— Eu perguntei por que você mudou de ideia.

— Por que mudei de ideia?

— Sim. Sobre o que aconteceu, sobre nós.

— Não acho que fiz isso. — Sinto seu corpo mudar de posição, como se ela fosse se sentar. Aperto meu abraço e sorrio. Sim, ela é bem impetuosa. — O problema é que desde o início eu sabia que isso era inevitável. Eu te desejava demais para deixar qualquer coisa atrapalhar. Acho que só estava tentando convencer a mim mesmo de que eu era mais forte do que isso, mais responsável.

Cami se cala, e eu fico preocupado que ela tire conclusões erradas.

— Não podemos deixar meu pai descobrir. Eu nunca me perdoaria se você perdesse este emprego, e sua família sofresse as consequências.

Quase posso sentir a culpa afetá-la e amontoar-se nos seus músculos.

— Este não é o único emprego do mundo. Não se preocupe. Vai dar tudo certo. Eu queria este momento. Queria você.

Ela se inclina para o lado e se vira para olhar para mim. Então sorri, e eu me sinto aliviado por ver que ela não tem dúvidas. Ou arrependimento.

— Gostei de ouvir isso.

— O quê? Que eu queria você?

Ela assente.

— Pensei que já estivesse bem óbvio agora.

Ela ri, uma espécie de som rouco que atiça novamente a parte de baixo do meu corpo.

— Ah, você deixou bem claro, mas, ainda assim, é bom ouvir.

— Ahhh, você é como *aquelas* garotas que gostam de saber o que estou pensando, não é?

Ela dá de ombros.

— Acho que sim. Acho que toda mulher gosta de ouvir coisas bonitas e sinceras.

Abaixo a cabeça para beijar seu rosto e sua orelha.

— Coisas como você ser a mulher mais bonita que eu já vi?

— Huum — ela retribui com um gemido, inclinando a cabeça para o lado para me dar melhor acesso ao seu pescoço.

— Ou que me enfeitiçou com a sua camiseta encharcada de cerveja?

Abaixo a alça do seu sutiã e beijo a curva do seu ombro. Ela ergue a mão e passa os dedos pelo meu cabelo. Já estou pensando no segundo tempo quando ouço um barulho leve vindo do estábulo.

Presto atenção e ouço algo parecido com uma pancada. Cami nota a minha distração.

— O que é isso? — ela sussurra.

— Não sei — respondo, ainda atento. — Mint está aqui do lado. Vou dar uma olhada nela rapidinho. — Cami se inclina para a frente, e eu me levanto. Me curvo para roçar os lábios nos seus. — Volto logo para "dar uma olhada em você". Mas aí não será rapidinho — digo em tom de brincadeira, e ela dá risadinhas.

— Então se apresse!

Sorrio e fecho o zíper da calça. O calor abrandou de forma inesperada. Melhorou muito!

Eu me surpreendo e fico um pouco alarmado quando dou uma olhada no estábulo de Mint e a vejo deitada. Então abro a porta e entro. Ela está gemendo. Embora todos soubéssemos que ela estava prestes a parir, ela não tinha dado qualquer sinal de que seria esta noite, o que me deixa preocupado. Acendo a luz e me aproximo para verificá-la de perto. Quando vejo o saco vermelho e aveludado sair de dentro dela, começo a agir.

— Cami, traga o estojo que está debaixo da mesa! Rápido!

Não vesti a camiseta, o que significa que a minha roupa não vai ficar suja de sangue. Infelizmente, pois isso significa que eu vou. Mas não há tempo para preocupações desse tipo. Mint e o potro estão em perigo.

Quando Cami chega com o estojo, posso ver a preocupação no seu rosto.

— O que eu posso fazer? — ela pergunta, assustada enquanto tenta abrir o baú plástico de suprimentos.

— Ligue para o veterinário. Diga que Mint está com placenta prévia.

Cami sai correndo, e eu ouço sua voz ao telefone, falando com o doutor Flannery. Abro o estojo e retiro tudo o que possa precisar. Não há tempo para dúvidas; apenas tempo para me apressar e me lembrar de tudo o que presenciei nos dois outros partos em que houve descolamentos prematuros de placenta, e eu ajudei durante o estágio na faculdade. Quando Cami volta, eu já tenho tudo organizado, a luz perto do rabo de Mint e as luvas longas de palpação nos braços.

Vejo seus olhos arregalados.

— Ah, meu Deus! Ela está mal?

Eu me esforço para falar da forma mais calma possível.

— Cami, a placenta de Mint se descolou antes da hora, e eu tenho que ajudá-la a parir o potro agora, senão ele corre risco de morte. Você precisa acreditar que eu sei o que estou fazendo, porque não podemos esperar pelo veterinário.

Sem dizer uma palavra, ela assente. Olho dentro de seus olhos. Não vejo sinal de dúvida ou indecisão neles, apenas receio pelos animais quando olha para mim e para Mint, alternadamente.

Aceno com a cabeça uma vez e volto minha atenção total aos animais. Murmuro algo para acalmar Mint, que está aflita enquanto uso a faca do estojo para cortar a bolsa vermelha que envolve o potro. Imediatamente, enfio a mão para ver se consigo sentir suas patas. Suprimo o suspiro de alívio quando consigo sentir que estão viradas para baixo. Pelo menos está na posição correta.

Puxo as patas dele, mas não há flexibilidade Então consigo uma posição melhor e puxo com mais força, mas não o sinto se mover.

— Trick? — A voz de Cami expressa todas as formas de preocupação. E sua preocupação é justificada.

— Cami, existe algum gancho de parto por aqui? Você sabe dizer? — De novo, puxo o potro com mais força.

— Eu... Não sei. Onde ficariam?

Não há tempo para que ela procure. O potro corre perigo de morte ou de ter dano cerebral por falta de oxigênio a cada segundo que passa.

— Pode deixar. Não há tempo de procurar. Coloque o outro par de luvas. Preciso de você para me ajudar. — Enquanto Cami estica as luvas sobre as mãos e os braços, eu puxo as pernas do potro o mais forte possível. Fixando meus pés para a frente, me inclino para trás, me afastando de Mint e empurrando com as pernas. Sinto o animal se virar na minha direção e cair na passagem vaginal.

— Ele vai conseguir? — pergunta Cami com voz trêmula, mas mesmo assim se aproxima para ajudar.

— Não vou deixar este cavalo morrer, Cami. Vá para o outro lado e agarre a pata dele.

Cami faz o que eu peço, agarrando a pata que está mais para a frente, indicando que é a espádua do potro. Agarro a pata que está mais atrás, esperando que a minha força possa ser mais eficaz.

— Isso causou um atraso nas contrações de Mint. Ela pode oferecer alguma ajuda, mas não o bastante para dar à luz. Temos que tirá-lo. Agora. Quando eu disser puxe, firme os pés e puxe para baixo e para fora o máximo que puder, certo?

Eu mal ouço Cami sussurrar

— Tudo bem.

— No três. Um, dois, três!

Ambos puxamos o mais forte possível e quando achávamos que não conseguiríamos tirar o potro, a espádua sai de repente e o chanfro e a cabeça ficam rapidamente visíveis.

As contrações uterinas de Mint conseguem empurrar o restante do potro. Eu o coloco imediatamente nas toalhas para limpá-lo e estimulá-lo, aspirando suas narinas com o bulbo. Mas ele não respira.

De pé, mantenho o animal de cabeça para baixo, o meu coração preso na garganta como uma pedra fria. A preocupação com o babaca do pai de Cami não encontra lugar na minha cabeça, apenas o potro. Quero vê-lo vivo e bem quando o sol nascer.

Fluidos começam a gotejar do seu nariz e, para meu alívio, vejo seu peito se expandir com a primeira respiração. Com o maior cuidado, deito o animal de volta nas toalhas. Quando termino de limpá-lo, levanto os olhos para Cami. As lágrimas descem pelo seu rosto.

— Ele está vivo, baby. Respirando. Está tudo bem.

Ela assente e engole em seco, mas as lágrimas brotam nos seus olhos.

E é assim que o doutor Flannery nos encontra quando chega.

Ele não diz nada, apenas coloca as luvas de látex e entra no estábulo para assumir o controle da situação, examinando primeiro o potro e depois Mint. Vou para a parede do fundo, atrás do veterinário enquanto Cami anda lentamente em direção à porta do estábulo para manter uma distância segura. Cada vez que olho para ela, vejo que está observando o doutor Flannery. Mas todas as vezes, quase como se pudesse sentir meu olhar, ela se vira na minha direção e sorri. Um belo sorriso. Um sorriso que expressa que acabou de presenciar um milagre. E eu me sinto mais agradecido por não tê-la desapontado.

Não sei bem o que eu esperava, mas a única pessoa que consegue me surpreender é o doutor Flannery. Quando termina de avaliar o potro e a égua, fica de pé, retira as luvas e estende a mão para mim. Retribuo o cumprimento, e ele aperta minha mão, sacudindo-a duas vezes.

— Bom trabalho, filho. Você salvou o potro e, provavelmente, a égua. Ainda bem que estava por perto. Mais alguns minutos e... — Ele para de falar e ergue as sobrancelhas, sacudindo a cabeça. Ele não precisa completar a frase. Eu sei o que teria acontecido. Teríamos dois cavalos mortos.

Infelizmente, Jack Hines não está tão alegre quando chega.

Já havia me resignado a ser visto como o ajudante na fazenda, embora tenha treinamento e estudo suficiente para contestar isso. A minha idade não facilita em nada também. Homens como Jack Hines sempre têm preconceito em relação a isso. E também não me favorece em nada o fato de não ter me formado, apesar de faltar só algumas matérias para a conclusão do curso. Mas, mesmo sem diploma, tudo o que fiz na faculdade ainda faz jus a uma designação mais alta que "ajudante".

Mas em uma noite como esta, em que eu já tinha estabilizado os cavalos e a situação antes de qualquer profissional "de verdade" chegar, é especialmente difícil de engolir quando Jack chega e me trata como se eu não tivesse feito nada além da minha obrigação em vez de me ver como a pessoa que salvou seus cavalos.

— Por que não me chamou mais cedo? — ele pergunta de imediato e em tom agressivo.

— Senhor, eu estava tentando salvar o potro. Não tinha muito tempo para fazer outra coisa.

— Deveria ter me chamado quando ligou para o doutor Flannery.

— Desculpe. Eu só estava preocupado com os cavalos.

Espero ele fazer um comentário sobre Cami ter ligado para o veterinário, mas ele não diz nada. Talvez ele não saiba. Talvez o doutor Flannery não tenha contado a ele. Minha suspeita se confirma quando ele se vira para Cami.

— O que você está fazendo aqui?

— Eu, é... vim pegar o carro da Jenna e vi as luzes acesas. Só entrei para ver o que estava acontecendo — ela explica.

— O que o carro dela fazia aqui?

— Ela veio aqui mais cedo para cavalgarmos, mas acabamos saindo.

— Com quem?

— Com um dos amigos dela. Por que o interrogatório?

Reprimo meu desejo de sorrir quando ela reage. Nossa, ela é agressiva!

Jack franze a testa e olha para mim e para Cami duas vezes. Quando assente, tomo o gesto como uma indicação de que acredita nela.

— Pai, o Trick salvou a Mint e o potro. Você não vai sequer agradecê-lo?

Eu recuo. Embora saiba que ela tem boa intenção, não quero que ela compre as minhas brigas. Ou force ninguém a me valorizar. Jack Hines é um babaca, mas é excelente no que faz. Além disso, é o pai de Cami. Isso me faz querer *ganhar* o seu respeito, não ter alguém que o force a isso.

Jack vira a sua expressão severa na minha direção. O olhar não se abranda, mas, por apenas um segundo, vejo algo que parece bem próximo a uma reação de gratidão no seu rosto. O lado negativo é que a reação desaparece antes que eu pudesse ao menos identificá-la.

Babaca!

— Obrigado pelo seu esforço. Embora não goste que você assuma riscos de forma imprudente com os meus cavalos, você foi bem-sucedido desta vez. Só não deixe acontecer de novo. Se quiser continuar trabalhando aqui, espero que esteja mais preparado da próxima vez.

Quero abrir a boca e falar uns palavrões. Mas, em vez disso, cerro os dentes e assinto educadamente.

— Sim, Senhor.

— Pai, como...

— Se me derem licença — interrompo, disparando à Cami um olhar rápido e significativo. — Eu gostaria de dar uma olhada em Mint.

Sem esperar por uma resposta, me afasto.

Meus punhos estão tão cerrados que meus dedos chegam a doer.

29
Cami

Como acontece todos os dias, o primeiro pensamento que surge na minha mente quando acordo é Trick — seu cheiro, o modo como seus olhos brilham quando ele ri, como seus lábios tocam os meus. Hoje, decidi que vai ser *o dia* que vou vê-lo novamente.

Faz quase duas semanas desde que Mint Julep deu à luz a Lucky Star. Desde aquela noite, não vi Trick nem o potro.

Meu pai me deixou dar o nome ao filhote. Considerando-se o que havia acontecido antes de Mint entrar em trabalho de parto, ainda tinha Trick na cabeça quase o tempo todo, portanto todos os meus pensamentos se concentravam nele. Como sempre. Naturalmente, dar ao filhote um nome óbvio como Trickster ou Trickery era algo impensável, portanto escolhi Lucky, por causa do lugar onde o conheci. O nome remete a Lucky Star, que é um jogo com a expressão *graças à sua estrela da sorte*, e simplesmente parece que o filhote tem sorte de estar vivo. Mas, para mim, o nome e a égua sempre me lembrarão de ter conhecido Trick e da primeira noite que passei nos seus braços.

Eu me pergunto se meu pai sabe que há algo entre nós. Ele fez de tudo para se assegurar de que eu não tenha tempo para cavalgar nem sequer ir ao estábulo. Insistiu que eu o acompanhasse em duas viagens e, quando estamos em casa, ele vai ao estábulo falar com Sooty, que voltou ao trabalho na noite após Mint dar à luz. Estou chegando ao ponto em que estou louca para, ao menos, *ver* Trick, imagine passar algum tempo a sós com ele. Algumas breves mensagens de textos e telefonemas não atendidos entre nós não são o bastante. Nem de longe!

Se antes o desejo constante de vê-lo e estar perto dele era ruim, o que dizer de agora? Mil vezes pior! É como se a minha vida tivesse começado e, ao mesmo tempo, parado quando Trick fez amor comigo. Tudo mudou. E ele estava certo — não há caminho de volta.

Já cheguei à conclusão de que ninguém, nem mesmo o grande Jack Hines, vai me manter longe do estábulo hoje. Livro-me das cobertas, corro para escovar os dentes, lavar o rosto e me vestir. Quanto mais cedo puder ver Trick, melhor.

Enquanto caminho pela casa silenciosa, percebo que é tão cedo que nem Drogheda espera que eu esteja de pé. Não sinto o cheiro de nada na cozinha, e ela ainda não começou a fazer barulho para me acordar. Com certeza minha mãe está no clube e meu pai provavelmente está trancado no escritório, arquitetando uma forma de dominar o mundo.

Saio pela porta dos fundos e praticamente corro pela pequena inclinação que leva ao estábulo. Fico extremamente decepcionada quando não vejo o Mustang de Trick estacionado do lado de fora.

Caramba! Você está mesmo desesperada! Chegou até mais cedo que os madrugadores!

Abro uma das portas da baia e vou em direção ao estábulo de Mint Julep. Está vazio. Então vou ao local onde dois corredores principais do estábulo se unem em forma de T e viro à esquerda em direção ao outro ponto do estábulo e às portas daquele lado.

Vejo um cara alto, magro, de calça jeans e camisa xadrez recostado em uma estaca no pequeno cercado do lado norte do terreno. Ele está olhando para Mint e Lucky. A égua está absolutamente imóvel enquanto o potro salta e brinca à sua volta.

Antes que eu possa me esquivar e voltar para dentro, Sooty se vira. Sei que ele me viu. Mesmo sob a sombra do seu chapéu de vaqueiro, posso ver os olhos atentos no seu rosto bronzeado, curtido pelo sol, se concentrando em mim. Ele assente uma vez e começa a andar na minha direção. Eu me apoio no batente da porta e espero.

Sooty para perto de mim e se vira para voltar para a lateral do estábulo, onde nós dois olhamos o cercado.

— Ele parece muito bem, não é?

— Está ótimo! Tenho certeza que meu pai ficou satisfeito.

— Ãrrã. Talvez consiga outro vencedor com este aqui.

— Nada o deixaria mais feliz.

Há uma pausa breve.

— Sabe, se Trick não estivesse aqui, Lucky provavelmente não teria sobrevivido. O Dr. Flannery disse que o filhote não morreu por um milagre.

— Isso provavelmente é verdade, mas meu pai nunca vai ver dessa forma. Sabe como ele é.

— Ele é teimoso, com certeza, mas esse garoto tem algo especial. Nunca vi nada parecido. Tudo o que ele precisa é de alguém que confie nele e nada vai segurá-lo.

Eu me viro para Sooty, que olha para mim e franze o cenho antes de acenar a cabeça. Apenas uma vez.

— Você acha?

— Tenho certeza.

— Eu gostaria que meu pai pudesse enxergar isso.

— Não é do seu pai que estou falando.

Sooty olha para mim durante alguns segundos tensos antes de ajeitar o chapéu e voltar para o lugar em que estava na beira do cercado. Embora eu ainda esteja onde ele me deixou, observando Mint e Lucky, não os vejo de fato. Na realidade, não vejo nada. Estou totalmente voltada para mim mesma, recapitulando as palavras de Sooty à medida que elas reorganizam as peças do que eu achava que sabia sobre a minha vida.

O ronco forte do motor de um carro possante é inconfundível, principalmente para uma garota que cresceu cercada deles. Este possui uma determinada emoção, porque eu sei que é de Trick. Só pode ser.

O som ecoa no teto alto do estábulo, e eu o acompanho até as portas, muito próximas ao estacionamento nos fundos. Do interior escuro do estábulo, vejo Trick sair do carro.

Seu cabelo desgrenhado está úmido, e ele está usando óculos escuros modelo aviador. Seus ombros largos estão expostos por uma camiseta regata branca que exibe a sua barriga sarada. E, como sempre, a parte de baixo do seu corpo parece deliciosa na calça jeans desbotada, que fica perfeita no seu quadril. Olhar para ele deixa meu ventre como manteiga derretida.

Ele começa a andar na minha direção, mas para e tira os óculos, jogando-os para o banco do carro pela janela aberta. Quando se vira para continuar em direção ao estábulo, ele passa a mão pelo cabelo bagunçado, e eu fico ansiosa para acariciá-los e beijá-lo.

Meu sorriso é grande e brilhante demais quando Trick consegue me ver dentro do estábulo. Fica ainda maior quando ele para e abre aquele sorriso sexy de canto.

— Oi — ele diz, deslocando o peso do corpo sobre um dos pés enquanto seus olhos me observam de cima a baixo e fazem o caminho de volta. Quase posso senti-los, como se ele estivesse me tocando em todo o corpo ao mesmo tempo.

— Oi — digo retribuindo o cumprimento, sentindo-me nervosa e inquieta de repente.

Ele volta a andar na minha direção. É um prazer observar seu gesto também. Ele tem um jeito de andar que é simplesmente atrevido o bastante para fazer meus joelhos tremerem. Quando chega perto de mim, olha para o lado esquerdo e direito para se assegurar de que não há ninguém por perto e então, com rapidez, toma a minha mão e me puxa para o interior do estábulo vazio.

Trick me põe contra a parede e pressiona seu corpo no meu.

— Senti sua falta — ele diz com a voz rouca. Então me beija. E que beijo! Eu o sinto por todo o corpo — nas mãos que seguram as minhas acima da cabeça, no joelho que está entre os meus, na língua que me provoca a ponto de fazer uma besteira.

Quando ele levanta a cabeça, estou totalmente sem fôlego e pronta para que ele me leve a algum canto escuro para terminar o que começou.

— Este dia já é o melhor que tive a semana toda e ele mal começou. — Ele pisca para mim, me dá um beijinho e dá um passo para trás. Sinto sua falta imediatamente. — Acho que é melhor não ser pego agarrando a jovem Hines ou posso ter problemas.

Ele está brincando, eu sei, mas, mesmo assim, me sinto culpada por saber quanto ele se arriscou para ficar comigo. Muito mais que eu. Ele pega a minha mão e me leva de volta ao estábulo.

— Afinal, o que traz seu corpo de dar água na boca ao estábulo tão cedo?

Dou de ombros, sem saber como explicar que eu preciso dele como preciso do ar, de água e de comida. Talvez mais.

— Faz tempo que não venho aqui. Pensei em vir dar uma olhada em Lucky e ver os cavalos. Sabe... — Não consigo prosseguir, me esforçando para evitar de ficar chutando o chão de terra com a ponta da bota como uma perfeita idiota.

Trick abre um sorriso. Um belo sorriso. Um sorriso que mostra que ele não se deixa enganar pelo que eu digo.

— Caramba! E eu aqui pensando que você poderia estar sentindo minha falta.

Ele pisca, sabendo muito bem que é exatamente por isso que estou aqui. Retribuo seu sorriso.

— Você é o diabo em forma de gente, sabia?

Trick aperta a minha mão.

— Foi o que ouvi falar.

Andamos de mãos dadas até a entrada que eu tinha usado há pouco tempo e paro para olhar Mint e Lucky. Trick não solta minha mão. Parece satisfeito em segurá-la, embora possamos ser pegos a qualquer momento.

— Quais seus planos para o fim de semana?

— Nada de mais. Estou evitando passar tanto tempo com o meu pai. Mais uma viagem e eu sou capaz de apunhalá-lo no meio do avião.

Trick dá uma gargalhada.

— Não precisa ficar se segurando. Fale como realmente se sente.

Eu sorrio.

— *Vá* com ele então! Pra ver como *você* vai gostar.

— Ah, estou fora! Não acho que receberia o mesmo tratamento que você. Então, já *sei* que não vou gostar.

E ele tem razão. Não vai gostar mesmo.

Procuro uma forma de mudar de assunto.

— Por que a pergunta sobre os meus planos?

— Eu estava pensando em ir até a região de Outer Banks para procurar um cavalo. Há um em particular que eu vi faz tempo, que acho que realmente posso domar. Achei que você gostaria de ir.

— Um fim de semana? Com Trick? A sós? Em um paraíso do sul? Hummm, claro!

Antes de aceitar logo de cara, a logística passa pela minha cabeça. Mordo o lábio enquanto penso na melhor forma de responder. Graças a Deus, Trick me poupa o trabalho.

— Rusty quer convidar Jenna também.

— Ah, ótima ideia!

— Acho que Jenna pode te pegar e a gente se encontra na minha casa. Rusty e Jenna podem nos seguir no carro de Rusty. Ele acabou de consertar o motor e está louco para pegar a estrada.

Não consigo parar de sorrir. Realmente é uma ótima ideia. Não tenho que me preocupar em inventar uma espécie de mentira complicada para dizer ao meu pai.

— Pegar a estrada? Com você? Naquele carro lindo? Estou super afim!

Trick aperta a minha mão, me puxando para mais perto.

— Se você se referiu a mim quando disse que está afim, é a resposta que eu esperava. — Ele arqueia a sobrancelha de forma sugestiva, e sinto um rubor no rosto.

Ele abre a boca, com certeza para comentar sobre o rubor quando um suspiro nos faz pular de susto. Num impulso, eu solto sua mão, preocupada. Quando vejo o cabelo ruivo atrás de nós, respiro aliviada. Mesmo se ela nos visse de mãos dadas, o que eu duvido, minha mãe nunca desaprovaria um cara por quem estou interessada e, com certeza, não contaria nada ao meu pai. Duvido que falem sobre coisas tão triviais. Meu pai está sempre ocupado demais com os negócios.

— Mãe! Que susto você me deu. O que está fazendo aqui?

Como minha mãe passa quase todos os dias cumprindo seus deveres de socialite como a esposa *do* Jack Hines, ela não visita muito os estábulos. Para falar a verdade, não me lembro da última vez que a vi aqui.

Como ela demora a responder, tenho tempo de perceber sua expressão abalada. Sua pele está mais pálida que o normal, seus lábios até parecem um pouco abatidos e os olhos azuis brilhantes estão arregalados com o choque. O mais estranho é que ela olha para Trick.

— Mãe?

Seus olhos se viram na minha direção, mas voltam imediatamente a Trick. Seus lábios tremem, como se ela tentasse dizer algo, mas não conseguisse.

— Mãe! — tento novamente. Entretanto, ela não diz nada.

Então me aproximo. Só quando estou quase esbarrando nela, ela realmente olha para mim, e mesmo assim parece um pouco confusa.

— O que houve?

Nós temos exatamente a mesma altura, portanto posso olhar bem nos seus olhos. Alguns diriam que olhar para minha mãe é como olhar para minha imagem no espelho apenas alguns anos mais velha. Posso ver pequenas diferenças, como o tom dos seus olhos e os lábios mais finos, mas, fora isso, sou obrigada a admitir que somos muito parecidas.

Finalmente, ela parece superar o que a atormentava e sorri. Então sacode a cabeça e gagueja.

— Ah, desculpe, eu... hummm... Eu, quer dizer... Drogheda...

— Drogheda o quê?

— Fez o café da manhã para você. Vá logo, antes que esfrie.

Eu a vejo olhar por cima do meu ombro, onde está Trick. Talvez realmente nos tenha visto de mãos dadas, mas acho que não. Eu diria que ela parece mais surpresa pela presença de Trick do que *qualquer outra coisa*. Mesmo se nos viu, sua atitude não explica a razão de agir de forma tão esquisita. Minha mãe não dá a mínima para com quem estou saindo desde que eu esteja feliz. Ela é a mulher da família encarregada de manter o nome Hines, não eu.

— Tudo bem, já vou.

Ela dá um sorriso trêmulo e, com relutância, se vira e vai embora. Tenho a impressão de que ela quer olhar para trás, mas não o faz.

Quando ela está longe, fora de vista, Trick aparece ao meu lado.

— O que aconteceu?

— Era minha mãe. Não sei qual é o problema. Talvez tenha nos visto de mãos dadas. Eu ainda não contei nada a ela sobre o Brent. — Embora eu realmente não acredite que ela nos tenha visto.

— Hummm. Talvez.

— Esquisito.

— Então, hora do café da manhã, certo?

Reviro os olhos.

— É. Drogheda me mataria se eu pulasse o café da manhã. Ela faz com o maior capricho, porque sabe que é a minha refeição favorita. — Eu faço uma pausa. — Bem, segunda favorita.

— Qual é a primeira?

— Sobremesa! — digo, lambendo os lábios como se estivesse saboreando algo.

— Huuuum, faça isso novamente — diz Trick com a voz rouca e os olhos grudados nos meus lábios.

— O quê? Isto?

Passo a língua lentamente por todo o lábio superior. As pupilas de Trick dilatam, superando o belo verde-claro dos seus olhos. Sinto a sua reação profundamente no meu ventre, naquele lugar que, pelo visto, ele consegue tocar sem nem tentar.

Quando termino, ele me lança um olhar sugestivo. Na sua expressão, vejo tudo que estou sentindo: vontade de devorá-lo com os olhos, exatamente como ele está fazendo comigo.

— Ah, você vai pagar por isto.

— Você acha mesmo?

— Não acho, *tenho certeza*. Você estará à minha mercê o fim de semana inteiro. Só posso dizer que é melhor estar preparada, porque já está tudo combinado!

— Isso é uma ameaça?

— Não, é uma promessa. Uma promessa que eu estou louco para cumprir.

Seu olhar fica mais significativo, e a única coisa que eu consigo é lembrar o meu nome. Imagino como vai ser daqui a pouco, quando estiver em casa, saboreando o café da manhã delicioso que Drogheda preparou. Se eu pudesse escolher, estaria em algum lugar saboreando o delicioso Trick em vez disso.

— É melhor você ir para casa antes que eu esqueça as minhas boas maneiras e acabe te atraindo para algum lugar para te atacar.

Eu rio, não porque é engraçado, mas porque não há nada que eu desejasse mais. Ele e seu maldito controle!

— Café da manhã — ele diz, inclinando um pouco a cabeça em direção às portas do estábulo. — Vá enquanto pode.

— Você está com fome? Posso trazer algo para você comer? — pergunto enquanto meu juízo e meus bons modos finalmente retornam, embora lentamente.

Na verdade, não pensei em agir de forma provocante, embora Trick provavelmente nunca acredite.

— Meu Deus, mulher! Você está me matando! — Ele passa a mão pelo cabelo e vai embora. Quando está a certa distância, se vira e volta. — Não fique muito saciada. Guarde um pouco desse apetite para este fim de semana.

Ele sorri e pisca para mim antes de desaparecer no final do corredor. Acho que poderia morrer de vontade que ele voltasse.

30
Trick

Meu maior desejo é que passar o fim de semana com Cami diminua minha sede por ela. Com certeza é uma coisa física. Com certeza. Sou jovem demais para me apaixonar pela garota errada. Quero dizer, espero ser *sempre* jovem demais para a garota errada. Não que Cami realmente seja *errada* nesse sentido. O problema é que ficar com ela seria muito complicado. O pai dela é um magnata, ela vem de uma família rica e todo mundo espera que ela se case com alguém importante. É mais drama do que eu preciso na vida! Já tive a minha cota. Estou pronto para tirá-la da cabeça e seguir em frente.

Por isso estou seguro de que é algo físico. É a única explicação.

Certo?

— Quer dizer que vamos conhecer sua namorada?

Grace praticamente vibra de emoção. Ela vê qualquer garota na minha vida como uma possível companheira de diversão e irmã mais velha.

— Ela não é a minha namorada, maninha.

Seu sorriso é tão grande que exibe as covinhas nas bochechas.

— Mas você gosta dela, certo?

— Sim, eu gosto dela.

— Então, quem sabe, se pedi-la em namoro da maneira certa, ela será a sua namorada.

Se a vida fosse tão simples. Mas, em vez de dizer a Grace quanto a vida realmente é cruel, confusa e complicada, acaricio o topo da sua cabeça.

— Talvez. Veremos.

— Eba! — ela exclama, correndo animada.

— Provavelmente vai voltar com outro vestido — diz a minha mãe.

Eu rio.

— Provavelmente. Ela quer causar uma boa impressão. Eu me sinto como se estivesse recebendo uma verdadeira princesa.

— Para Grace, provavelmente é isso — minha mãe diz com um gesto de cabeça. Grace é cheia de vida, amor e esperança. E isso é algo que a nossa família, agora menor, precisa. — Afinal, você não falou muito sobre essa garota.

Ela tenta agir de forma bem informal, então faço o mesmo e dou de ombros.

— Não há muito o que falar. É só uma garota. Nada de especial.

— Onde a conheceu?

— No Lucky's.

— Bem, você sabe o que eu penso sobre garotas que se conhece em bares.

Olho para aquela mulher baixinha. Ela fica assim às vezes, muito exaltada. Com as mãos no quadril e pronta para um confronto. É fácil ver a garota que ela foi um dia, cheia de pique e energia, a garota por quem meu pai se apaixonou. Não consigo evitar o sorriso.

— É, acho que deve ter mencionado uma ou duas vezes.

— E mesmo assim você não me ouve. Por quê?

— Hummm, porque sou homem.

Posso ver que ela não esperava por essa resposta. Ela revira os olhos, mas vejo os cantos da sua boca se curvarem. Ela está se esforçando para não sorrir.

— Eles chegaram! Eles chegaram! — Grace grita enquanto corre, na maior velocidade, para a cozinha, puxando um vestido diferente sobre a cabeça quando se afasta.

Minha mãe olha para mim e sorri, endireitando o cabelo castanho e curto.

— Eu estou bem? É a primeira vez que conheço uma princesa.

É a minha vez de revirar os olhos em sinal de desdém.

— Você está ótima. Está vendo por que não trago muitas garotas aqui? É por causa disso.

Ela bate no meu braço de brincadeira, e eu pisco para ela. Ela melhorou muito nos últimos anos. Ostenta mais cabelos grisalhos em consequência de tudo o que passou, mas ainda sorri. Isso tem que ser levado em consideração.

Vou abrir a porta, mas Grace corre na minha frente.

— Pode deixar que eu abro.

— Tudo bem, mas se apresente antes de atacá-la, certo?

— Pode deixar.

Sacudo a cabeça enquanto a observo dançar, um pé lá outro cá. Não pode ser bom ficar animada a este ponto só por causa de uma visita. Entretanto, isso não acontece muitas vezes. Talvez *eu* devesse estar *mais* animado.

Porém, quando ouço Cami falar baixinho, percebo que estou bastante animado. Volto imediatamente no tempo, ao som que emitiu e às palavras que sussurrou quando seu corpo estava bem junto ao meu.

Com certeza, estou muito animado.

Então ajeito o short e me concentro em outra coisa, como no cavalo que vou ver este fim de semana. Qualquer coisa que me faça não pensar em Cami e seu corpo incrível.

Ouço Grace ofegante e sei que ela viu Cami. Foi mais ou menos como eu me senti quando ela olhou para mim depois que derramei cerveja na sua camisa.

— Você deve ser Cami — diz Grace na sua voz mais adulta. — Prazer em conhecê-la. Sou Grace, mas pode me chamar de Gracie.

— É um prazer conhecê-la, Gracie. Esta é a minha amiga, Jenna.

— Oi, Jenna.

Percebo uma pausa longa e vejo que devo intervir e ajudar.

— Por que não as convida para entrar, Grace?

Grace nem olha na minha direção. E também não para de sorrir. O seu foco é sempre para a frente, e ligeiramente para cima, no rosto de Cami.

Ela finalmente abre a porta, e eu vejo Cami entrar, seguida por Jenna. Grace pega a mão de Cami e a leva à cozinha.

— Esta é a minha mãe, Leena.

Observo Cami sorrir e oferecer a mão para cumprimentá-la. Realmente não vejo nada de errado até perceber o sorriso de Cami se esvair um pouco e ela ficar meio desconfortável. Então olho para a minha mãe, que parece ter acabado de ver um fantasma.

— Mãe, o que foi?

A princípio, ela não diz nada, apenas encara Cami como se ela fosse um monstro de duas cabeças.

— Mãe — eu digo para chamar sua atenção. Ela estremece, como se eu a tivesse assustado ou algo assim.

— O que foi? — Ela parece confusa, mas então sacode a cabeça como se tivesse saído de uma hipnose. — Ah, desculpe. Estou tão feliz em conhecê-la, Cami. Por favor desculpe, sou... Não estou muito bem esta manhã. Fui dormir muito tarde. Sabe como é.

Sua tensão diminui e ela quase parece normal, mas não muito. Não creio que seu comportamento seja estranho o bastante para Cami notar, mas eu vejo com clareza.

O que será que está acontecendo?

— E aí Gracie? — Rusty diz ao passar pela porta.

Grace dá gritinhos e larga a mão de Cami para se jogar nos braços de Rusty. Isso me dá a chance perfeita de romper o momento tenso.

— Bem, vou pegar a minha mala e podemos sair.

Cami faz um gesto afirmativo de cabeça, seu sorriso mais nervoso do que o habitual. Posso apostar que todos os tipos de coisas loucas estão passando na sua cabeça. Eu gostaria de dar a ela uma explicação racional para o comportamento grotesco da minha mãe, mas não tenho como fazer nada. Só espero que ela não pense que estou escondendo algo. Porque, na verdade, não tenho a menor ideia da razão que levou minha mãe a agir de forma tão estranha.

Em tempo recorde, estou de volta à cozinha e levando Cami em direção à porta.

—Vamos logo, cara — digo a Rusty, que ainda está brincando com Grace. —Temos que pegar a estrada.

Com um pouco mais de estímulo, finalmente levo todo mundo para fora. Grace corre para me dar um abraço e um beijo no rosto, e logo minha mãe faz o mesmo.

—Traga um cavalo pra mim — diz Grace.

— Vá com cuidado, filho — diz minha mãe, agora com uma expressão... triste.

— Para você — digo a Grace —, não vai ser dessa vez, mas talvez em breve eu traga. E quanto a você — digo para minha mãe — não se preocupe. Eu sempre vou com cuidado.

Começo a me afastar, mas minha mãe segura o meu braço.

— Estarei trabalhando quando você chegar em casa, mas vou deixar uma coisa na sua cama. Veja assim que puder, promete?

Bem, isso é algo secreto.

Franzo a testa. Não consigo evitar. Ela está agindo de maneira bem esquisita.

— Pode deixar.

Ela assente e sorri. Depois, ela e Grace dizem ao mesmo tempo.

— Te amo.

— Eu sei — eu retribuo, como sempre faço. — Eu também.

Vou na frente do grupo para o lado de fora. Noto que Cami hesita um pouco. Rusty e Jenna falam sobre algo, e Cami segue em silêncio atrás deles. Seguro a mochila com mais firmeza, me viro e caminho diretamente até Cami, surpreendendo-a quando me abaixo e a lanço sobre meu ombro.

Ela grita.

— O que deu em você?

— Isto é parte do pacote VIP. Eu não te disse?

— Não. Você deve ter omitido alguns detalhes.

— Ah, bem, só vou contar no caminho. Não é nada de mais.

Ouço seu riso novamente. Isso me acalma, provavelmente mais do que a ela.

Primeiro, eu a levo nos ombros até o carro de Rusty.

— Onde você colocou as coisas dela? — pergunto a ele.

— No porta-malas.

— Vou pegá-las.

— Nós vamos para o mesmo lugar, cara. Deixe tudo lá.

— Não. Não vou me arriscar. Engraçadinhos do jeito que vocês são, podem se perder no caminho ou algo assim, e eu teria que aguentar uma mulher que não tem nada para vestir além das minhas camisetas. Ela me seduziria e eu não poderia fazer nada, porque não conseguiria resistir aos seus encantos. Então construiria uma cabana na praia e ficaríamos lá. Grace ficaria arrasada e a minha mãe me mataria. Consegue ver como isso pode se tornar um problemão?

— Epa! — Cami exclama. Eu sorrio quando sinto seus músculos se contraírem com sua risada.

— Só estou falando a verdade. Você mal consegue manter as mãos longe de mim. E sabe que é verdade. — Ela dá um tapa na minha bunda. — Viu? Mas não precisa se envergonhar. Sou irresistível. É a minha maldição.

—Tadinho! Nasceu para ser irresistível. Que pesadelo — ela diz em tom sarcástico.

—Todos nós temos um fardo para carregar.

— Pronto — diz Rusty ao empurrar duas malas enormes para mim. — Pegue as coisas dela e suma daqui. Não aguento mais ficar ouvindo a sua constante autodepreciação nem mais um minuto. Pelo amor de Deus, cara! Confie em si mesmo.

Jenna e Cami riem. Rusty lança um riso diabólico na minha direção, e eu carrego Cami de volta para meu carro, deixando-a na porta do carona. Depois de colocar nossas coisas no porta-malas, abro a porta e convido-a para entrar, fazendo uma reverência.

—Vai passear em grande estilo, hoje, srta. Hines. Não apenas um, mas quinhentos cavalos a levarão ao seu destino. Então pode se acomodar!

Com um sorriso, ela se senta no banco de vinil original. Fecho a porta. Quando dou a volta, olho para o interior do carro e vejo Cami sorrir para mim através do para-brisa enquanto me observa. Há algo simplesmente... bom em vê-la no meu carro.

Afasto o pensamento.

31

Cami

Ouço Trick falar sobre o cavalo que ele espera encontrar, um que ele viu em duas outras ocasiões e pretende pegar quando a população da cidade diminuir. É estranho, porque enquanto ele fala sobre os seus sonhos para o futuro eu percebo que nunca me senti tão... envolvida nos sonhos de alguém antes, nos seus planos ou ambições. Mas, quando Trick idealiza seu futuro, o que quer da vida, me vejo na posição arriscada de me colocar ao lado dele, em todas essas visões.

Mas não será fácil.

Em primeiro lugar, Trick nunca me deu nenhuma razão para pensar que me quer ao seu lado. Nunca falou sobre nada permanente comigo. Na realidade, nunca falou muito sobre seus sentimentos. A esta altura, só espero que haja algo mais entre nós do que somente sexo. Sexo muito bom.

Mas, para falar a verdade, Trick tem tentado me manter *longe* da sua vida de qualquer modo romântico. Tenta não me incluir. Quer dizer, até recentemente.

Desde que conheci Trick, eu tenho agido como uma garotinha apaixonada — pensando nele o tempo todo, me consumindo por ele. Só falta escrever o nome dele em todas as páginas do meu caderno de estudos sociais da quarta série. Mas nós não somos crianças. Isto não é uma brincadeira. Nossas escolhas têm consequências. Para nós dois. E eu não sei se um de nós está pronto para isto, se o que há entre nós vale a pena.

Embora o pensamento passe pela minha cabeça, observo Trick, e meu coração grita tão alto que deixa meus olhos marejados.

Sim, vale a pena! Você está apaixonada por ele!

Depois de pararmos para o almoço e eu me encher de carboidratos, minhas pálpebras começam a ficar pesadas. Um CD da banda Lizards está tocando baixinho, e Trick acompanha a música, cantarolando com a sua voz macia e me embalando para dormir. Eu me viro no banco do carro e Trick me observa. Então sorri e pega a minha mão, entrelaçando os dedos nos meus e sussurra:

— Durma um pouco. Acordo você quando chegarmos lá.

Eu obedeço.

Algo roçando o meu pescoço me acorda. Antes mesmo de abrir os olhos, sinto o cheiro do seu sabonete. É Trick. Só pode ser.

Estou deitada no banco do carona, e ele deve estar debruçando sobre meu corpo. Fico quieta. Permaneço completamente imóvel para ver o que ele vai fazer.

Sinto seus lábios. Ele roça a boca sobre a pele nua do meu ombro. Quero me virar e beijá-lo. Mas não faço nada. Calmamente, eu espero.

— Hora de acordar — ele sussurra no meu ouvido. Um arrepio percorre meus braços, mas permaneço imóvel.

Ele afasta meu cabelo para o lado. Está tão perto de mim que consigo sentir a sua respiração nos meus lábios quando ele fala.

— Eu sei que você está acordada. A pergunta é: Quanto tempo vai conseguir ficar quietinha? Ficar imóvel? Sem fazer um ruído? Sem mover o corpo um centímetro?

Admito que ele tinha razão quando disse que sabia que eu estava acordada. Mas, quando acrescentou as perguntas, mudou tudo. Na mesma hora, começo a me entusiasmar e a excitação percorre meu corpo.

Ele roça os lábios nos meus e os desliza pelo meu rosto até a orelha.

— Espero que você consiga resistir. Isso vai ser gostoso. — Sinto a sua língua envolver a parte inferior da minha orelha. Ele dá uma leve mordida e desce até o meu ombro. Continua beijando até o meu braço, que está dobrado na altura da cintura. Suavemente, ele o levanta antes de mudá-lo de posição, pousando-o ao longo do meu quadril.

Sinto o calor na barriga quando ele levanta minha blusa. Faço um esforço enorme para não pular quando ele morde de leve a pele das minhas costelas, logo abaixo do sutiã. Quero me virar e deixá-lo me despir como um carro roubado, mas não faço nada. Não posso. O prazer é simplesmente gostoso demais para acontecer dessa forma.

A minha respiração acelerou pelo menos três vezes, e posso apostar que vai aumentar ainda mais quando sentir Trick puxar o laço que fecha meu shortinho.

Ele desata o nó e abaixa um lado do short, expondo aquela parte supersensível da pele, bem na lateral da minha calcinha. E é ali que ele roça os lábios. Bem ali, não mais do que alguns centímetros à direita, onde eu quero senti-los.

O desejo percorre meu baixo ventre e o calor explode nas minhas pernas. Ele continua me acariciando com a língua quente e úmida, e traça um caminho desde a junção das minhas pernas, passando pela calcinha e chegando ao quadril. E me morde novamente.

Estou me deliciando quando sinto seus dedos traçando um caminho até a dobra das minhas coxas e os deslizando sob meu short.

Sem pensar, agindo puramente por instinto e paixão, levanto a perna para que ele possa encontrar o que os seus dedos procuram. O que eu quero que eles encontrem. Mas Trick para. Não move um músculo.

— Cacete, por que você não esperou só mais uns minutos?

Abro os olhos, assustada, e Trick está sorrindo.

Levo um tempo para perceber o que ele quer dizer, o que está fazendo. Ou *não fazendo*.

— Está falando sério?

— Não sou eu que crio as regras. Apenas sigo ordens.

— Isso é tão cruel!

Estou quase tremendo de tanto desejo. E o fato de saber que ele não vai terminar o que começou só piora as coisas.

— Você vai me agradecer depois — ele promete, dando um beijinho nos meus lábios atordoados e segurando a minha mão. — Ande logo. Vamos fazer o check-in e jantar.

Eu reclamo ao deixá-lo me puxar.

— Bem, agora vou ter que trocar de roupa.

— Por quê?

— Esta deve ter ficado um pouco... úmida — respondo com um sorriso mal-intencionado.

Trick joga a cabeça para trás e ri. Quer dizer, ri muito. Tipo uma gargalhada.

— Nossa você é mesmo demais!

Eu ruborizo, mas procuro disfarçar.

— Eu tento.

Quando fico de pé ao seu lado diante da porta aberta do carro, ele segura meu queixo. Ainda consigo ver a sombra de um sorriso nos seus lábios.

— Não, não tenta. Você nem precisa.

Depois que Trick faz o nosso check-in, ele carrega as nossas malas para o quarto. Me deixa entrar primeiro e coloca nossas coisas no canto. Quando me viro para ele, só consigo pensar em terminar o que começamos. Mas logo alguém bate à porta.

Trick se joga no chão. De um jeito engraçado. Sua postura mostra uma reação parecida com: *Caralho!*

Sorrio. Ele pisca para mim. Então Jenna se intromete.

— Ei, vocês dois, façam o favor de abrir essa porta e me deixarem entrar!

— Ela vai nos interromper o fim de semana todo? — Trick pergunta baixinho.

Eu rio.

— Provavelmente. E a culpa é sua.

— Minha? — ele sussurra indignado.

— Sim, sua. Não foi ideia *minha* trazer os dois.

— Ela é *sua* amiga!

— Não importa. Eu não pedi para você convidá-la.

— Ah, então é assim? Vai jogar a culpa pra cima de mim?

— Com certeza.

— Sabe o que eu faço com pessoas que fazem isso comigo? — ele pergunta, andando na minha direção como um predador prestes a atacar sua presa.

— Acena o braço musculoso?

Ele para e abaixa a cabeça. Então ri.

— Desisto. Vamos. — Com um sorriso, ele pega a minha mão e diz um pouco mais alto: — Estou quase na porta!

— Nossa! Poupe-me desses detalhes — responde Jenna.

— Jenna! — eu grito em tom de reprovação.

— Rápido, garota. Tem uma maluca na porta.

Nós quatro vamos comer em um pequeno restaurante de frutos do mar com uma bela vista do oceano. Acho estranho quando Trick pede para se sentar ao lado de Rusty e na minha frente.

— Quero te ver comer — ele diz para se justificar.

— Não, isso não vai me deixar nervosa, de jeito nenhum — digo em tom de brincadeira. Mas não estou brincando. Cada golinho de água que eu tomo, cada pedaço de pão que eu como, sei que ele está me observando.

Quando a comida chega, fica óbvio porque ele fez isso. Eu havia pedido patas de caranguejo. Ele também. Depois de quebrá-las e colocar pequenos pedaços de carne na boca, lambendo a manteiga de limão dos dedos, percebo quanto é erótico olhar Trick comer, especialmente algo tão complicado. Rusty e Jenna falam o tempo todo. Nem Trick nem eu falamos muito. Simplesmente nos encaramos por sobre a mesa. Mantemos uma conversa inteira sem dizer uma palavra.

Provavelmente, é a melhor comida que já experimentei na vida, mas tenho certeza de que tem muito mais a ver com a companhia do que com o prato em si.

Estou pronta para voltar ao quarto imediatamente, mas Jenna começa a insistir para irmos a algum lugar para dançar. Eu realmente quero recusar. Embora relutante, acabo aceitando. Afinal de contas, ela é minha melhor amiga. E provavelmente faria isso por mim.

Provavelmente.

Então vamos.

O lugar não passa de um boteco barulhento e cheio de fumaça. Como a maior parte dos estabelecimentos dessa espécie, a parte interna é escura e a música, vibrante. Assim que achamos uma mesa, uma garçonete loira com peitos enormes, top minúsculo e mascando chiclete se aproxima para anotar nossos pedidos. Sorrimos, provavelmente pensando a mesma coisa: *Minha Nossa! Viemos parar em um bar pornô meia-boca!*

Antes que qualquer um tenha a chance de falar, Jenna dispara:

— Quatro doses de Patron.

— Você tem carteira de identidade, querida? — a garçonete pergunta com sua voz de Betty Boop.

Sei que nenhum de nós, Jenna e eu principalmente, parece ter vinte e um anos, o que é ótimo. Um dia vou gostar disso. Quando tiver oitenta e ainda aparentar sessenta.

Apresentamos as nossas carteiras de motorista e a garota olha para cada uma. Tenho certeza de que ela não consegue fazer as contas sem tirar os saltos altíssimos, mas, pelo menos, ela pediu os documentos, o que sem dúvida já deixa o gerente satisfeito.

— Querem sal e limão?

— Sim, por favor.

Ela olha em volta da mesa, mas assente e pisca para Jenna, olhando-a durante vários segundos antes de se afastar para pegar nossa tequila.

— Caramba, será que viemos parar em um lugar pornô? Pensei que ela fosse me oferecer uma dança erótica ou algo assim — diz Jenna.

Eu rio por ela expressar meus pensamentos quase que literalmente.

— Eu iria ficar muito feliz — Rusty responde. Jenna dá um tapa de leve nas costas dele.

— Preste atenção, cara. Suas mãos estão ocupadas agora, mas isso pode mudar rapidinho.

— Por que não vamos ver o que você pode colocar nas minhas mãos para mantê-las ocupadas?

Jenna dá risadinhas, e eles começam a sussurrar coisas, provavelmente picantes, entre si. Quando a garçonete volta com as bebidas, lambemos o dorso da mão antes de colocarmos sal sobre o local. Então Jenna pega seu copo pequeno e o ergue para um brinde.

— A um fim de semana louco, repleto de cavalos selvagens e passeios maravilhosos.

Animados, os rapazes fazem o brinde tocando seu copo no dela. Reviro os olhos, e Jenna pisca para mim. Ela é demais.

Jenna fica olhando para o meu copo até que eu o levante também.

— A um fim de semana louco, repleto de cavalos selvagens e passeios maravilhosos — repito de forma obediente.

Jenna dá um gritinho de alegria e todos brindamos, lambemos o sal na mão, viramos a bebida e chupamos uma fatia de limão.

— Outra rodada — ela pede à garçonete.

Após cinco doses, Jenna levanta a mão para chamar a garçonete, e eu me vejo obrigada a pedir arrego.

— Jenna, não vou conseguir nem andar se tomar mais uma dose. Só água para mim.

Ela acena em direção a Trick.

— Acho que conheço alguém que ficaria feliz da vida em carregá-la no colo até o seu quarto e se aproveitar disso.

Sinto o lugar girar um pouco quando viro a cabeça na direção de Trick e de volta à Jenna.

— Qual é, amiga! Está armando planos para mim?

— Com certeza. E quanto a você, Trick — ela diz, se virando para ele com uma piscada —, não precisa agradecer.

— Não quero Cami bêbada. Quero ela lúcida — diz Trick antes de se virar para mim com seus olhos cinza-escuro na luz fraca. — Quero que ela lembre de tudo.

Uma chama estoura no meu ventre e libera calor na parte de baixo do meu corpo. Seus olhos e suas palavras são como um toque físico. E eu estou louca por esse toque. Uma vez só não foi o bastante. Não sei quantas vezes vão ser necessárias para que eu me sinta satisfeita.

Trick fica de pé e estende a mão.

— Vamos dançar para liberar um pouco esse álcool.

Pego sua mão, e ele aperta a minha. Em seguida me leva até a pequena, porém lotada pista de dança, onde as pessoas se esbarram e dançam no compasso da música eletrônica. Quando ele acha um lugar, me gira lentamente e me puxa para junto de si.

Conforme o observo dançar e sinto seu corpo roçar no meu, percebo algo que deixa Trick ainda mais sensual, algo que eu não pensava que fosse possível.

Ele tem ritmo. Trick sabe dançar.

Não que ele esteja fazendo algo como malabarismo. Não está fazendo uma performance como a do Chris Brown na pista ou algo assim. Mas posso ver pela forma como mexe o corpo. Ele tem naturalidade e acompanha, de forma perfeita, a batida da música. E é sexy.

Muito sexy!

A música dá lugar a uma canção lenta, sensual, e Trick chega mais perto. Então puxa o meu corpo contra o seu, ajeita o rosto no meu pescoço e, juntos, obedecemos ao ritmo. Suas mãos percorrem as minhas costas e quadris em carícias longas e suaves. Minha cabeça gira de leve e o desejo toma conta de mim.

Como se percebesse os meus pensamentos, Trick dá um passo atrás e me vira de costas para ele. Desliza as mãos na lateral do meu corpo e ergue meus braços, passando as pontas dos dedos ao lado dos meus seios. Coloca as minhas mãos em volta do seu pescoço, deixando o meu corpo completamente aberto para as suas mãos ávidas.

Ao segurar meu quadril, ele se aconchega ao meu corpo. Sinto a sua ereção quando ele roça a minha bunda. Um arrepio percorre meu peito, e sinto meus mamilos se retesarem.

Eu me entrego à música e ao homem atrás de mim, dou uma olhada rápida à nossa volta e vejo que ninguém está prestando atenção. Todos os outros estão envolvidos na sua própria dança, na sua própria sedução. Isso me deixa à vontade para fechar os olhos e relaxar quando ouço o sussurro de Trick no meu ouvido.

32
Trick

— Sabe o que eu quero fazer com você neste exato momento?

Estou tão perto de Cami que posso ouvir o ronronar vibrando na sua garganta. Eu a estou seduzindo, mas ela está me incitando. Não posso evitar. E nem sei se quero.

— Se nós estivéssemos sozinhos — digo, passando as mãos nos seus braços e no seu corpo —, eu tiraria sua blusa e ficaria olhando seus mamilos se contraírem no ar frio.

Cami relaxa a cabeça no meu ombro, passando os dedos no meu cabelo. Seus olhos estão fechados, e eu me pergunto se ela pode imaginar a cena com tanta clareza quanto eu. Quando olho o seu corpo, posso ver o formato dos mamilos que sobressaem na blusa. O sangue se concentra na minha cabeça de baixo, deixando a outra em segundo plano no comando da situação.

Deixo as minhas mãos escorregarem um pouco mais para baixo, até a sua cintura.

— Então puxaria este cadarço — explico, segurando o laço do seu shortinho para mostrar o que faria — e a deixaria sem nada para verificar se a sua roupa ainda está... molhadinha.

Sinto sua respiração acelerar e meu pulso começa a ficar estimulado. A música não parece tão alta quanto o zumbido de eletricidade entre nós, e as únicas pessoas no mundo são Cami e eu. Só nós dois importamos. E a única coisa que nos resta é nos *entregarmos ao momento*.

— E, se não estiver, eu ia tomar providências para dar um jeito nisso.

Ela esfrega a bunda no meu corpo, e eu cerro os dentes para me segurar. É um teste ao meu autocontrole para não fazer algo inapropriado. Quero dizer, estamos em um lugar público. E Cami com certeza não é o tipo de garota que toparia algo assim. Ela é refinada. Não chega a ser conservadora, apenas refinada.

Mas, cacete, quase chego a desejar que não fosse. Pelo menos esta noite.

Ela tira as mãos do meu cabelo e abaixa os braços. Então me surpreende ao colocá-los atrás de mim e agarrar minha bunda no exato momento em que esfrega o quadril no meu.

Deixo escapar um gemido e me sinto quase violento quando afundo os dentes no seu ombro. Ela suspira, mas, quando me inclino e olho para seu rosto, ela parece estar curtindo, o que me deixa mais excitado ainda.

— Cami — digo, com um tom mais alto e mais sério.

Ela abre os olhos de repente e se vira para mim. Seus olhos estão cheios de desejo, mas parecem estar lúcidos.

—Você está sóbria?

Seu sorriso é lento. Superlento. E malicioso.

— O suficiente. Vamos sair daqui.

Sem esperar, tomo a sua mão, puxando-a para fora da pista de dança. Jenna está sentada no colo de Rusty, tentando engolir o rosto dele quando chegamos na mesa.

— Estamos indo. Vocês podem ir com a gente ou decidirem outra coisa — digo, ao colocar algumas notas na mesa. Dinheiro suficiente para cobrir a nossa despesa e uma boa gorjeta.

Rusty levanta os olhos para mim e abre um sorriso. Ele sabe exatamente do que estou falando. E concorda plenamente. Sem ninguém dar uma palavra, Jenna pula do colo dele e saímos. Queremos chegar ao hotel o mais rápido possível.

Estou quase correndo para apertar o botão do elevador. Ainda bem que ele chega logo e nós quatro entramos. Não tenho vontade de falar. Ninguém parece a fim de bater papo.

A primeira parada é no terceiro andar para Rusty e Jenna saltarem. Ambos saem murmurando algumas frases truncadas sobre nos encontrarmos no café da manhã. Jenna sorri para Cami, e Rusty ergue o polegar, expressando que está numa boa enquanto as portas se fecham. Assim que o elevador começa a subir, puxo Cami para meus braços e a beijo. Ela se derrete, e eu penso em apertar o botão de emergência, colocá-la contra a parede do pequeno elevador e aplacar a fome que me assola como se ganhasse um prêmio.

Um breve sinal sonoro avisa a chegada ao sexto andar. Com relutância, afasto meus lábios de Cami. Sua expressão é suave, plena de sonhos e cheia de promessas. Num impulso, eu a levanto e a carrego nos braços até o nosso quarto. Quando paro diante da porta, em vez de colocá-la no chão, digo:

— O cartão está no bolso de trás, no lado direito.

Ela espreme a mão sob meu braço e enfia os dedos no meu bolso. Seu gesto é um pouco lento, provavelmente mais do que o necessário para encontrar algo parecido com um cartão de crédito. Me certifico disso quando vejo o seu sorriso diabólico.

— Depressa, ou vou fazer coisas embaraçosas para nós dois aqui fora.

Ela dá uma risada e puxa o cartão. Então eu me curvo o bastante para que ela possa enfiá-lo na fechadura. Uma luz verde acende, e ela gira a maçaneta. Abro a porta e a fecho atrás de nós. Em seguida, vou direto até a cama e paro.

O quarto está silencioso. Cami sorri para mim com uma expressão meiga, carinhosa e sexy. Meu coração dispara diante da expectativa. Estamos finalmente a sós. Eu a tenho toda para mim, como desejei desde o primeiro momento em que a vi.

Ela é minha.

Vejo seu sorriso se esvair aos poucos. Ficamos nos encarando por um longo tempo.

Não tenho a menor ideia do que se passa pela minha cabeça. Ou se realmente estou pensando em algo. E com certeza não sei o que Cami está pensando.

Eu me curvo e toco os lábios nos seus. Posso sentir que eles estão trêmulos. Não por excitação. Não é esse tipo de beijo. Não sei o que ele expressa; apenas sei que é algo que eu gostaria de dizer.

Quando me inclino para trás e observo seus olhos, vejo dois lagos em tom púrpura, repletos de um fascínio que eu nunca havia reparado. Sinto-me como um marinheiro que, após passar meses no mar, avista o brilho do farol. Não quero pensar em nada além deste momento. Porque talvez não *haja* nada além deste momento.

É quando ela pronuncia três palavras. Então tudo muda.

— Eu te amo.

33
Cami

Quando vejo o corpo inteiro de Trick ficar imóvel, me dou conta do que fiz. Numa tentativa desesperada de aliviar a tensão desconfortável, beijo seus lábios, me esforçando para disfarçar a mancada. O momento embaraçoso é rapidamente substituído por aquele fogo que sempre arde entre nós.

Seus lábios se tornam vorazes, e ele me coloca no colchão. De pé na cama, eu fico um pouco mais alta que ele, com a sua cabeça na altura da minha garganta.

Suas mãos deslizam sobre as minhas costelas enquanto ele me olha em silêncio, criando um ambiente sensual à minha volta. Entrelaço os dedos no seu cabelo conforme ele leva as mãos à minha cintura e desce até meus quadris. Seria melhor se não houvesse roupa entre nós.

Como se conseguisse ler os meus pensamentos, Trick segura a bainha da minha blusa e se inclina para trás apenas o bastante para levantá-la. Para facilitar as coisas, levanto os braços e ele a puxa sobre a minha cabeça.

Seus olhos se dirigem imediatamente ao meu peito, e meus mamilos se retesam como se pudessem sentir seu toque. Então ele roça as mãos nos bicos intumescidos, me deixando sem fôlego. Ele desliza as mãos pelas minhas costas para abrir o fecho do sutiã.

Quando desce as alças pelos meus braços, ele joga a peça de lado, me puxa para junto dele e sua língua quente acha o meu mamilo. Conforme o coloca na boca e chupa, suas mãos continuam a me acariciar, soltando o cadarço do meu short antes de tirá-lo. Minha calcinha desce logo em seguida e, quando ele se inclina para trás, movimento as pernas para me desvencilhar de toda a roupa.

Me deixando de pé, nua na cama, Trick começa beijando minha barriga, parando para deslizar a língua no umbigo e depois um pouco mais para baixo, mordendo de leve a pele acima do meu quadril. Então fica de joelhos e desliza as mãos na parte externa das minhas coxas para acariciar minha bunda enquanto enfia o rosto entre as minhas pernas.

Mudo de posição, abrindo as pernas, e sinto a ponta quente da sua língua como um raio elétrico. Então agarro seu cabelo para me segurar. Ou segurá-lo junto a mim, não sei qual dos dois. Minha única certeza é que não quero que ele pare.

Conforme a sua boca me devora, sinto uma das suas mãos se mover até a parte interna da minha coxa e me penetrar com um dedo. Ele o movimenta para dentro e para fora, no ritmo perfeito da língua, me levando cada vez mais à beira da loucura. Um segundo dedo se junta ao primeiro e me penetra com mais força e mais velocidade quando me olha bem nos olhos.

Então o mundo se desintegra em mil pontos de luz. Há somente uma palavra na minha boca, um nome que eu grito no silêncio do quarto. Trick. O meu mundo se concentra nele. Como sempre.

Quando os meus joelhos não podem mais me manter de pé, Trick põe os braços em volta dos meus quadris e me deita na cama com cuidado. Meu corpo pulsa com o calor e minha respiração volta ao normal. Então eu ouço o barulho de um pacote sendo aberto pouco antes de sentir seu corpo na cama, entre as minhas pernas.

Não abro os olhos quando sinto os seus dedos novamente. Mas não consigo mantê-los fechados quando sinto algo maior, mais grosso e mais pesado substituí-los. Quando olho para ele, eu o vejo em cima de mim, me encarando.

Ele roça o polegar no meu lábio inferior e sussurra:

— Eu ainda nem comecei.

E então me penetra, me deixando sem fôlego e despertando meu corpo ao prazer que só Trick pode dar.

Minha cabeça está confusa, mas sei onde estou. E com quem estou. E isso faz o dia amanhecer radiante e cheio de promessas antes mesmo de abrir os olhos.

Sorrio ao pensar em Trick, no quanto ele é maravilhoso, sensual e lindo e...

Um pensamento incômodo se intromete no prazer do momento, como algo que talvez tenha sido parte de um sonho, mas não tenho certeza.

Após um segundo, o pensamento não parece tanto um sonho.

E, em vez disso, torna-se alarmante.

Puta que pariu! Eu disse mesmo a Trick que o amo?

Então fecho os olhos com força para afastar a certeza de ter feito algo tão estúpido.

Talvez tenha sido um sonho. Ou apenas imaginação. Ou resultado de muita tequila.

Começo a rezar desesperadamente.

Por favor, meu Deus, faça com que eu não tenha dito que o amo! Por favor!

Então, quando vejo que é um pouco tarde para isso, tento outra tática.

Por favor, meu Deus, faça com que ele não se lembre. Por favor, faça com que eu tenha murmurado. Faça com que eu tenha gaguejado. Faça com que eu tenha falado de forma confusa. Qualquer coisa!

Tento ao máximo me concentrar nos detalhes da noite. Um rubor se espalha por mim quando penso nos momentos mais íntimos, momentos que são muito, muito mais claros. Trick é maravilhoso! Simplesmente ma-ra-vi-lho-so!

Mas provavelmente estraguei tudo dizendo que o amo.

Quanto mais fico aqui pensando nisso, mais certeza tenho de que não sonhei com a merda que fiz. Ou imaginei. Acho que foi real. Acho que de fato aconteceu.

Finalmente, quando estou quase entrando em pânico, reúno coragem para me levantar e procurar por Trick. Seu comportamento talvez me diga tudo que preciso saber. E eu já sou bem crescidinha. É hora de encarar a realidade e arcar com as consequências.

Então me inclino devagar e viro a cabeça no travesseiro. Para minha surpresa, decepção e consternação, a cama está vazia. Mas há um bilhete. Estico o braço e pego o papel no seu travesseiro.

Está escrito:

Bom dia, linda. Vou trazer o café. Já volto.

Trick

Sinto o sorriso enorme se abrindo no meu rosto. Este não parece o bilhete de alguém assustado por ouvir a palavra amor de forma prematura. Talvez eu não tenha dito.

Sentindo-me leve e alegre de repente, agarro o travesseiro de Trick, colocando-o sobre meu rosto e sentindo seu cheiro. É exatamente como ele.

Fico ali durante um segundo até me dar conta do quanto estou agindo como uma idiota e logo ponho o travesseiro no lugar. Me levanto depressa da cama e me dirijo ao banheiro para a higiene matinal antes que Trick volte.

Escovo os dentes e tento dar uma incrementada na maquiagem da noite passada. Depois visto a roupa e borrifo um pouco de perfume nela, que ainda tem cheiro de fumaça.

Após alguns minutos, percebo que ainda estou com um cheiro horrível, parecido com o de atendente de bar, então abro o chuveiro. Também preciso ser rápida. Se Trick voltar logo, pode querer se juntar a mim no banho.

Só de pensar nisso, tenho vontade de não me apressar.

Acabo de tomar banho e me visto. Em seguida, faço uma maquiagem. Depois arrumo o cabelo. Tiro a roupa, passo uma loção e me visto novamente. Nada de Trick ainda.

Começo a ficar preocupada.

Com certeza, ele não ficaria apavorado e fugiria. Com certeza...

Estou na beirada da cama, olhando para o céu perfeito da manhã pela janela quando ouço a fechadura abrir. Trick entra devagar e fecha a porta sem fazer barulho. Carrega uma sacola e uma bandeja de café da manhã. Quando me vê, para e sorri.

— Acho que não preciso me preocupar em acordar você.

— Não, acordei há algum tempo.

Ele vai até a cômoda e coloca suas coisas. Então se vira para a cama. Aproxima-se de mim e põe as mãos nos meus quadris antes de se inclinar para perto do meu corpo.

— Estou vendo — ele diz, cheirando meu pescoço e me deixando arrepiada. — E sentindo o cheiro. É de algo... comestível.

A forma como ele diz *comestível* — com a voz baixa e a fala arrastada — me faz lembrar alguns instantes da noite passada. Já era tarde da noite. Bem tarde. Depois que ambos havíamos cochilado. Ele me acordou com beijos na barriga.

Meu pulso acelera só de lembrar.

— Sério?

— Hummm — ele murmura, beijando o canto da minha boca.

Estou dividida entre nervosismo e desejo, mas o nervosismo acaba ganhando a disputa. Pigarreio.

—Você trouxe café?

Ele se inclina para trás, e eu vejo que ele está sorrindo. Um sorriso irônico. Outro bom sinal.

—Trouxe uma refeição matinal também. Aqueles dois idiotas lá embaixo ainda estavam dormindo, então trouxe umas coisinhas para nós. Assim podemos comer e depois irmos direto ver os cavalos.

— Perfeito! — exclamo. — Estou morrendo de fome.

Me estico atrás dele e pego a sacola de papel bege.

— Espere! Pode deixar comigo — diz ele, mas seu gesto não é rápido o bastante. Já abri a sacola. No topo há uma caixa de camisinhas. — Por favor, não fique ofendida.

Eu me viro para ele.

— Por que eu ficaria?

Ele dá de ombros.

— Não sei. Pode parecer algo... presunçoso.

Eu sorrio.

— Depois da noite passada, não acho que isso seria possível.

Ele ri.

— Normalmente, eu guardo uma comigo para alguma emergência. Porque, sabe como é, hoje em dia a gente tem que selecionar as pessoas. Mas estas são para você.

— Para mim? Como assim?

Ele segura meu rosto em suas mãos.

— Quero dizer que, se dependesse de mim, não usaria nada. Eu sou saudável. E tenho certeza que você também é. Acho que você teria me dito se não fosse. Confio em você a esse ponto. E daria tudo para sentir seu corpo. Realmente senti-lo. Sentir você todinha. Me envolvendo. Mas vou esperar até que esteja pronta. É isso o que eu quis dizer. Elas são para você.

Quando olho nos seus olhos, na linda composição de verde-claro e cinza que giram em conjunto, aquelas três palavrinhas voltam aos meus lábios.

Naturalmente, agora sóbria, eu as guardo para mim. Mas percebo a grande probabilidade de ter dito a frase ontem à noite. Também percebo que não me lembro de ouvi-lo dizer a mesma coisa.

Fico morrendo de vergonha só de pensar como deve ter sido desconfortável para ele a minha declaração bombástica. A única forma de ir em frente é aos poucos, como se nada tivesse acontecido, e eu ainda não tivesse chegado a esse "ponto".

— Você quer dizer que essas são para que eu não engravide, é isso?

— Ah — ele diz, claramente atordoado. — Sim. É que eu pensei... Quero dizer, achei... Eu imaginei que você tomasse pílula, já que você e o...

— Brent — eu digo, completando sua frase.

— Eu sei o nome dele — Trick declara com um sorriso de canto. — Eu o conheci, lembra?

— Claro.

— Desculpe. Só estou fazendo besteira para acordá-la esta manhã. Posso sair e voltar? Vamos tentar assim.

Após me soltar, Trick pega a caixa de preservativos, guarda a embalagem na gaveta de cima da cômoda e leva a sacola e o café de volta. Após alguns segundos de silêncio, ouço o barulho da porta se abrindo outra vez.

Quase como fez antes, Trick a deixa se fechar atrás dele sem fazer barulho. Mas agora ele não para quando me vê. Vai direto até a cômoda, coloca nosso café da manhã, me toma nos braços e me inclina para trás como Fred Astaire faria com Ginger Rogers num passo de dança.

— Bom dia — ele sussurra, sorrindo. Depois me beija. E é um beijão. Quando afasta os lábios dos meus, agarro seus ombros para que ele não se afaste, como se eu fosse derreter e escoar entre seus braços.

Ele me ergue e diz:

— Trouxe seu café da manhã, porque você precisa se alimentar depois do profundo prazer que eu te proporcionei ontem à noite. — Eu o encaro, principalmente porque ainda estou pensando no beijo que ele me deu e imaginando o que aconteceria se ele não se afastasse. — Só estou fazendo de conta que a deixei exausta e fraca. Continue fingindo.

Então sorrio, curtindo seu humor divertido.

— Ah, meu Deus! É tudo o que eu precisava. Estou faminta — digo no melhor sotaque do sul. De olhos arregalados, continuo a agir como uma inocente. — É como se eu tivesse sido dominada por uma fera cheia de energia ontem à noite. Mas com certeza foi só um sonho.

Trick sorri quando me entrega um copo de café.

— É disso que eu estou falando. Uma fera cheia de energia. É isso aí. — Ele retira a tampa do seu copo e faz um brinde. — Um brinde a noites longas, repletas de excitação. Que venham muitas outras daqui para a frente.

Eu não digo nada, apenas sorrio, mas um pensamento passa pela minha cabeça: *É tudo o que eu quero!*

Eu o observo enquanto ele me encara por cima xicarado copo. Estou completamente fascinada pelo seu encanto e seu jeito sexy. É um coquetel bem potente. Ele pisca para mim, e eu fico arrepiada. Então sorrio mais uma vez, ignorando a parte da minha mente que tenta afastar qualquer aviso de ir adiante. Tenho certeza de que é tarde demais para isso.

A caminho do lugar preferido de Trick para observar os cavalos selvagens, fico sabendo que a Carolina do Norte, bem como a maioria dos outros estados que abrigam espécies raras e ameaçadas de extinção, possui um plano para manter a quantidade de cavalos selvagens em um nível controlável. Entre várias outras opções, eles levam em conta a adoção em algumas épocas durante o ano. Trick espera conseguir realizar o seu sonho de possuir um cavalo da raça quarto de milha, adotando um garanhão preto que ele estava de olho há algum tempo.

— Já estou de olho nele há quase um ano. Espero que ninguém o tenha adotado. Conversei com um cara do Refúgio Nacional de Vida Selvagem Currituck há algum tempo sobre ele. Se Rags ainda estiver aqui, acho que vou conseguir me aproximar dele desta vez. E, se eu conseguir, ele será meu.

— Rags?

— É o nome dele. Rags and Apples, que significa trapos e maçãs.

— Já decidiu isso?

Trick sorri tímido.

— Sim. É como eu disse. Ele já é meu. Só não é oficialmente por enquanto.

— Como escolheu o nome?

O sorriso de Trick é nostálgico.

— Meu pai costumava dizer: "Você só precisa de alguns trapos para cuidar de um cavalo, mas ele irá amá-lo tanto quanto adora maçãs".

É ridículo quanto me sinto tocada por aquela história singela e pura, e pelo sentimentalismo de Trick.

— E o que você planeja fazer com ele quando comprá-lo? *Se* conseguir comprá-lo.

— O lugar onde meu pai mantinha seus cavalos, aquele do qual eu estava falando antes, tem algumas baias vazias. O proprietário se lembrou dele e me concedeu bastante espaço até eu conseguir adquirir experiência em corridas.

— Quer dizer que você vai mantê-lo lá enquanto o treina para correr?

— Sim.

— E depois?

— Bem, depois que ele vencer algumas corridas, vou usar uma parte do que eu ganhar para investir em uma égua e procurar garanhões. Eles podem gerar pelo menos um potro antes que eu precise dispor do meu próprio lugar. Então terei uma égua, um garanhão, um potro e um vencedor. Será apenas uma questão de utilizar os recursos de que disponho até conseguir adestrar ou vender outro quarto de milha. Depois repetir tudo isso até Rags estar pronto para procriar. Até lá, espero ter um estábulo cheio de cavalos promissores.

Eu assinto.

— É um plano realmente muito bom. Contanto que Rags seja um vencedor, claro. — Detesto ser desmancha-prazeres, mas o meu lado comercial vê a realidade da situação.

— Ah, Rags é um vencedor. Não tenho a menor dúvida.

— Não acha que é um pouco de excesso de confiança para alguém que nunca treinou um vencedor?

— É, mas é bem provável que eu tenha treinado um vencedor quando Runner começar a disputar. Sooty acha que ele tem o potencial necessário.

Não posso esconder a minha surpresa.

— É mesmo?

O sorriso de Trick é presunçoso. E emocionado.

— Pode crer. Ele montou o Highland Runner pela primeira vez alguns dias depois que voltou. E disse que ele tem algo especial. Com certeza.

— Meu pai sabe?

Trick faz um gesto afirmativo e seu sorriso aumenta.

— Sim.

— Uau! Aposto que foi uma conversa incrível.

— Ah, sim. Tanto quanto valeu a pena o monte de cocô dos sete estábulos que eu precisei remover com a pá para bisbilhotar.

Eu rio.

— Acho que é uma boa forma de se conseguir isso.

— Eu não perderia aquela conversa nem por todo o dinheiro do mundo. Nem por botas limpas.

Acho estranho o fato de meu pai não ter comentado nada. Mesmo se ela *tivesse* nos visto de mãos dadas, o que eu ainda acho que não aconteceu, não creio que a minha mãe contaria ao meu pai. Mas ela nem precisaria; meu pai é um homem muito perspicaz. Só queria ter certeza. Se ele planeja despedir Trick, eu preciso saber. Tenho que conseguir tomar uma atitude. Não importa o que aconteça, não posso deixar Trick perder o emprego.

— Isso é muito bom, sabia?

— Sim, eu sei.

— Pelo visto, seu pai tinha razão. Você tem mesmo um dom natural com cavalos.

O sorriso de Trick se torna um pouco triste.

— Não duvido disso. Se há uma coisa que aquele homem tinha era um profundo conhecimento sobre cavalos.

Quando chegamos ao longo trecho da praia, Trick estaciona o carro e dá a volta para que eu possa saltar do veículo. Não consigo evitar de sorrir diante do cavalheirismo.

— O que foi? — ele pergunta.

— Como assim?

— Por que está sorrindo?

— Porque estou vendo que o cavalheirismo não está completamente fora de moda.

— Bem, se você prefere atitudes menos gentis, posso começar a te tratar como faço com Rusty.

— Você beija o Rusty?

— Claro que não!

— Então pronto. Vamos manter o cavalheirismo.

Tomando a minha mão, Trick me conduz ao longo de um caminho de paralelepípedos entre duas dunas altas e até a praia. Andamos até a arrebentação, e Trick para. Olhamos para a esquerda e para a direita, e eu fico maravilhada ao ver a manada de cavalos espalhada pela praia até onde a vista alcança, dos dois lados.

— Quantos cavalos mais ou menos existem lá?

— Uns cento e cinquenta no total, mas acho que eles gostam de controlar a quantidade em aproximadamente cento e vinte ou cento e trinta. Algo assim.

— Como vai encontrar Rags?

— Andando pela praia até avistá-lo.

— Bem, então vamos andar pela praia. Quero ver este cavalo famoso.

— Não zombe da minha futura glória. Nem dele. Ambos somos machos sensíveis.

— E com egos frágeis?

— E existe outra espécie?

— É, acho que não.

Primeiro, Trick me guia pela praia. Conforme nos aproximamos de cada pequeno agrupamento de cavalos, ele desvia para terra firme em direção às dunas. Há uma "distância segura" exigida, e ele a respeita completamente, embora pareça não haver ninguém à nossa volta para desafiá-lo caso ele decidisse agir de outra maneira. Na verdade, é um gesto bacana. Ele é um cara bacana, mesmo quando ninguém está olhando.

Eu o observo. Seu cabelo está despenteado pela brisa. Seus olhos estão franzidos ao olhar a distância. Tenho certeza de que nunca vi nada mais sexy. Bem, talvez ele *montado* em um cavalo, mas fora isso...

Enquanto o observo, aquelas três palavrinhas irritantes circulam pela minha cabeça mais uma vez. Sem dó nem piedade, eu as afasto com uma força descomunal e forço minha mente a se concentrar nos cavalos.

Os cavalos da raça Mustang normalmente são alazões, ou seja, marrons com a crina e rabo marrons; e baios com a crina e rabo pretos. Mas existem também alguns totalmente pretos. São muito mais bonitos. Quase posso ver espanhóis orgulhosos cavalgando esses animais ao longo das praias, patrulhando a costa.

— Achei! — Trick grita animado, apertando a minha mão quase de maneira exagerada, conforme aponta para baixo na praia.

Faço uma careta, que ele vê quando me olha. Então franze a testa por um segundo e logo diminui a força sobre os meus dedos.

— Desculpe — ele diz, envergonhado.

— Tudo bem. Não me machucou. — Faço uma pausa para aumentar sua curiosidade e acrescento: — Quero dizer, não muito.

Ele concentra toda a atenção em mim e sua expressão muda de empolgada para preocupada.

— Você está bem? Eu a machuquei mesmo?

— Não — respondo com um sorriso. — Não chegou a machucar. Só estou brincando.

— Ah, bom. Eu jamais pensaria em fazer isso com você.

Penso: *Então não faça*, mas não digo nada.

— Vamos ver Rags então.

Descemos para a praia algumas rampas adiante, até nos aproximarmos de outro pequeno grupo de cavalos. Há quatro animais marrons e um preto. Só de olhar para o ângulo confiante da sua cabeça, o traseiro sólido e a postura perfeita, nem preciso perguntar qual é Rags and Apples. Sei imediatamente. Ele tem uma discreta marca branca em forma de estrela na altura do chanfro, que contrasta com a pelagem preta, mas isso só o faz mais bonito ainda. É fácil ver que ele será uma estrela, assim como a marca no chanfro. Agora posso ver por que Trick está tão empolgado.

— Fique aqui — ele diz baixinho, fazendo gestos para que eu me mantenha parada conforme caminha em direção à arrebentação e aos cavalos.

Ele se aproxima dos animais lentamente. Acima do som do mar e da brisa, posso ouvir que ele murmura algo. As orelhas dos cavalos tremulam, e eles olham para Trick, à medida que ele se aproxima.

Agindo com cuidado para evitar espantá-los com movimentos rápidos ou por chegar por trás deles, Trick fica visível aos outros à medida que se aproxima da parte de trás grupo, onde está Rags.

Ouço o cavalo bufar uma vez e ficar atento. Trick para. Deste ângulo, posso ver o movimento da boca de Trick enquanto ele fala com o animal.

Trick se aproxima um pouco mais. O cavalo desloca seu peso, mas não se afasta.

Ele dá outro passo, porém um pouco antes da hora. O cavalo sacode a cabeça, recua dois passos e para.

Quando Rags fixa as orelhas para trás, Trick fica imóvel. Prendo a respiração. Cavalos são animais grandes, fortes, que podem ser muito perigosos se não forem tratados de forma apropriada. E os selvagens são ainda mais perigosos.

Observo, com fascinação quando Rags dá um passo para a frente e para. Ele e Trick se encaram de forma desafiadora. Ouço Trick falando palavras suaves e Rags bufar enquanto decide o que fazer em relação a Trick. Parece que estão diante de um impasse.

Trick permanece imóvel e espera. Chego a pensar que ele deveria desistir, que Rags não irá obedecê-lo.

Mas, então, algo surpreendente acontece. O animal cede.

Fico boquiaberta quando a beleza negra dá três passos lentos para a frente e abaixa o chanfro diante de Trick.

Vejo os lábios de Trick franzirem quando ele sopra de leve as narinas de Rags. O cavalo funga e retribui o sopro. Lentamente, Trick ergue a mão antes de pousá-la no chanfro do cavalo. Nem por um segundo, faz qualquer movimento até Rags empurrar a sua mão. Trick reage, acariciando-o com calma do chanfro ao focinho aveludado.

Com movimentos muito lentos e calculados, Trick se desloca para um lado e passa a mão ao longo do maxilar e pescoço de Rags. Ele continua deslizando a palma da mão com delicadeza na lateral do cavalo, parando antes de chegar à parte perigosa. Rags vira a cabeça e olha Trick atentamente, mas não mostra nenhum sinal de medo ou agressão. Somente prudência.

Trick volta a acariciar sua cabeça, tomando o focinho grande entre as mãos e falando com o animal. Rags bufa mais uma vez e então, de forma espontânea, dá um passo atrás e se afasta para se juntar à manada.

Acabou.

Mas ele conseguiu. Trick conseguiu.

Ele permanece parado no lugar e olha os cavalos durante mais alguns minutos. Não estrago o momento. Só posso imaginar o que ele está sentindo. Tocou um cavalo selvagem. E o cavalo permitiu que isso acontecesse.

Vejo Rags olhar para ele também. É quase como se houvesse uma conexão entre os dois, uma espécie de comunicação silenciosa.

Outro grande macho na manada se vira para descer até a praia. Os outros o seguem. É nesse momento que Trick se vira e se aproxima de mim.

Seu sorriso é tão belo, tão perfeitamente feliz e otimista que me dá vontade de beijá-lo. Não de um jeito sexual, mas... de forma diferente. Talvez com o amor que começo a achar que não posso conter por muito tempo. Não tenho certeza. A sensação é desconhecida para mim. É como se eu a tivesse experimentado pela primeira vez *com ele*. Estava *muito* envolvida no que ele estava fazendo, no que significaria para Trick ganhar a confiança de Rags.

E ele conseguiu.

E isso é algo grandioso.

Não há dúvida de que o futuro de Trick é com cavalos. Só queria saber se o seu futuro também é ao meu lado.

34
Trick

Enquanto observo Jenna levar Cami, sinto algo mais do que apenas inquietação. Sinto-me abatido por não querer deixar que ela vá, por querer mantê-la junto de mim. Quero dizer, eu não a conheço há tanto tempo e o que rolou entre nós foi somente um fim de semana.

Mas, cara! Que fim de semana!

De certo modo, sinto como se vários pedaços da minha vida, dos meus sonhos começassem a tomar forma. Ganhar a confiança de Rags, fazê-lo reagir ao toque humano pela primeira vez e ter Cami lá para presenciar tudo isso foi simplesmente... incrível. Não me lembro de sentir mais felicidade em toda minha vida. Em momento algum.

A confissão de Cami, induzida pelo álcool, paira na minha cabeça como já aconteceu umas centenas de vezes desde que a ouvi.

Eu te amo.

Será que ela estava falando do fundo do coração? Ou estava apenas bêbada? Conheço muita gente que entra no clima do "eu te amo" quando bebe. Mas será que foi o caso de Cami?

Pela primeira vez, me vejo pensando no rosto da minha futura esposa. O rosto de Cami. O que não faz sentido. Nosso relacionamento é totalmente inadequado para ambos. Mas, ao mesmo tempo, somos muito adequados um para o outro, nos damos muito bem.

Caramba! Que dilema.

Quando não consigo mais ver as lanternas do carro de Jenna, levo a minha mala de volta ao quarto. Não gosto da ideia de passar o resto da noite colocando roupa na máquina de lavar. Preferia arriscar meu emprego, algo que era uma das coisas mais importantes na minha vida há poucas semanas, para encontrar um modo de entrar furtivamente no quarto de Cami, abraçá-la e beijá-la só mais um pouquinho.

Você está parecendo uma mulherzinha!

Eu me repreendo enquanto separo a roupa suja em duas pilhas antes de colocá-las na máquina de lavar. Entro no banheiro da minha mãe para ver se ela e Grace têm alguma roupa para lavar, mas o cesto está vazio. Não sei como ela encontra tempo para fazer tudo o que faz, mas ela dá um jeito. Sem dúvida, ela envelheceu bastante desde que saí de casa para ir para a faculdade. Provavelmente, ela nem dorme mais.

Como sempre acontece, a culpa toma conta de mim.

Coloco várias roupas coloridas na máquina e volto ao meu quarto. Então fecho a mochila, agora vazia, antes de guardá-la. Quando volto para a cama, vejo o objeto que minha mãe havia deixado para mim. O objeto que ela gostaria que eu visse quando voltasse.

É uma caixa de madeira comprida, com uma marca na tampa, feita à fogo. Ela me lembra um símbolo de fazenda ou algo assim. Na verdade, é uma ferradura com as letras P, B e H na parte de dentro. As minhas iniciais. Ainda assim, nunca tinha visto a caixa.

Um lado tem uma dobradiça. O outro está fechado com trinco. Viro o trinco e levanto a tampa.

Os conteúdos estão cobertos por um tecido aveludado vermelho-escuro, com um envelope em cima. Uma palavra com letra mal traçada está escrita na parte da frente. *Trick*. A letra é do meu pai. Mesmo depois de todo esse tempo, eu a reconheço.

Fico triste, emocionado e um pouco nervoso ao abrir o envelope e retirar a folha de papel dobrada. É uma sensação de felicidade e tristeza ao mesmo tempo. Ter algo dele, que eu nem sabia que existia, após todo esse tempo. Mas o que será que está escrito nesse papel para minha mãe ter guardado todos estes anos?

Começo a ler:

Trick,

Sei que é difícil para você entender como eu fui capaz de tirar a minha vida e deixar a família que tanto amo. E eu prefiro pensar que você nunca vai precisar tomar conhecimento da minha vergonha, mas também sei que um dia sua mãe vai perceber que você deve e precisa saber. Como você está lendo esta carta, obviamente agora é o momento.

Escrevi para ela uma carta bem diferente, mas explica o conteúdo desta. Não há palavra, gesto ou arrependimento que possa apagar a dor que eu causei. Minha única esperança é que minha ausência ajude a curar essa dor.

Durante toda a vida adulta, a única coisa que eu amei mais do que os cavalos foram você, sua irmã e sua mãe. Tudo o que fiz, fiz por vocês três. Exceto uma coisa. Uma coisa egoísta, um erro. Mas foi o bastante. Uma única coisa que destruiu tudo o que eu sempre tentei proteger: minha família.

Provavelmente você não lembra que eu tinha um sócio para a realização do meu sonho de criar cavalos da raça puro-sangue. Você não chegou a conhecê-lo. Quando eu o conheci, ele não sabia tanto sobre cavalos quanto eu, mas tinha condições de conseguir o dinheiro de que eu precisava para tornar realidade nossos sonhos de família. Ele é um homem bom. Depois de ler o resto do que eu tenho a dizer, você vai ver que ele é um homem muito melhor que eu.

Conheci Jack Hines em uma exposição de cavalos. Ele estava lá para aprender mais sobre o lado comercial das corridas e da reprodução desses animais, já que era um grande empresário e tudo o mais, enquanto eu estava lá para olhar os cavalos e sonhar em, um dia, ter a própria fazenda com cavalos da raça puro-sangue. Por coincidência, morávamos na mesma cidade, embora nunca tivéssemos nos visto. Sou alguns anos mais velho que ele. Enfim, para encurtar a história, após vários encontros casuais, começamos uma amizade e decidimos nos tornar sócios e realizar nossos sonhos — ele sonhava em comandar uma atividade de reprodução bem-sucedida. Eu sonhava em ter, reproduzir e talvez até competir com cavalos campeões. E, durante algum tempo, pareceu que ambos iríamos conseguir o que pretendíamos.

Nos dois primeiros anos, tínhamos três cavalos. Provavelmente você se lembra deles. Você costumava me ajudar a tratá-los quando chegava da escola e durante o verão. Você preferia ficar nos estábulos com aqueles cavalos a ficar em qualquer outro lugar. Espero que o seu amor por eles nunca acabe. É parte da sua personalidade, de quem você vai ser. É o seu destino.

Após tocarmos o negócio juntos por três anos, Jack e eu finalmente decidimos deixar outras pessoas, além das nossas famílias, tomarem conhecimento dos nossos planos. Então demos uma festa para juntar os mundos, amigos e família. E foi quando eu conheci Cherlynn, esposa de Jack.

Ela era linda e charmosa, além de culta e sofisticada. Tinha todas as qualidades capazes de fascinar um homem simples como eu. Nunca valorizei de verdade essas coisas, mas elas eram atraentes de um jeito que... Bem, ela acabou me seduzindo sem nem se esforçar. Vou colocar as coisas dessa forma.

Trick, eu nunca amei ninguém como amo a sua mãe. Não sei o que aconteceu comigo que me levou a traí-la como fiz. Mas eu a traí. Aconteceu. E eu a magoei. Destruí a família que trabalhei tanto para sustentar, a família que sempre foi a coisa mais importante nos meus sonhos. Também destruí todas as chances de realizar meus sonhos profissionais ao trair o meu sócio.

Sua mãe descobriu por acaso. Acho que teria sido um homem corajoso o bastante se um dia confessasse tudo, mas nunca tive a oportunidade. Um dia, em setembro, ela foi aos estábulos me procurar e me viu lá com Cherlynn. A vida nunca mais foi a mesma depois disso. Eu havia traído a sua confiança, o nosso casamento e a nossa família.

Pensei que tudo poderia ser superado, especialmente se eu conseguisse parar de ver Cherlynn, mas algumas semanas depois Leena foi falar com Jack. Ele aceitou as coisas de uma forma muito mais tranquila do que provavelmente eu aceitaria se estivesse no lugar dele. Mas, com certeza, você pode imaginar que a nossa sociedade acabou. E a única saída que eu tive para ajustar as contas com ele financeiramente foi ceder os direitos aos cavalos. Todos eles. Então tive de explicar tudo à sua mãe, que o meu erro havia prejudicado não só todos nós, mas todas as outras coisas também. Estávamos sem dinheiro, totalmente falidos, e eu não conseguia ver uma solução.

Por conta disso, a única coisa que eu conseguia pensar em fazer era obter uma apólice de seguro adicional, que não tivesse muitas restrições, e acabar com a vida que nos arruinou. A minha.

Espero que um dia você entenda que fiz tudo isso por vocês, por minha família. Também espero que um dia você possa me perdoar. Sou apenas um homem comum. E cometi um erro. Infelizmente, foi um erro catastrófico, que não me deu a possibilidade de encontrar uma saída sem magoar vocês três mais do que já tinha magoado.

Mandei fazer esta caixa para te dar quando você completasse dezoito anos, o dia que eu pretendia te dar um estojo completo de ferrador de cavalos e uma parte da empresa que ajudei a criar a partir do zero. Agora isso nunca vai acontecer, mas espero que você siga em frente para realizar coisas importantes, que você tenha seu próprio negócio no ramo de criação de cavalos, que use estes instrumentos e lembre quanto eu amei você, sua mãe e sua irmã. Vocês eram realmente a minha vida. Eu só me deixei sucumbir durante alguns segundos irreparáveis.

Amo você, filho. Por favor, não viva no passado. Vá em frente e tenha o futuro que eu quis para você. E cuide da sua mãe e da sua irmã. Houve uma época em que nós quatro iríamos revolucionar o mundo da corrida de cavalos e vocês teriam tudo o que quisessem. Não posso fazer isso agora, mas você pode.

Seja um grande homem, Trick. Seja o homem que eu não consegui ser.

Com os dedos entorpecidos, coloco a carta ao meu lado e abro a tampa aveludada. Ali embaixo, há uma caixa de couro. Não preciso abri-la para saber o que tem lá. Já usei muitas ferramentas de ferrador na vida. O fato de meu pai ter comprado este estojo para mim faz toda a diferença do mundo.

Ainda estou sentado na cama, tentando conectar as ideias em relação ao que acabei de ler quando a minha mãe chega em casa. Ouço a porta sendo aberta. Ela nem faz uma pausa até chegar ao meu quarto.

Então ela olha para mim. E retribuo seu olhar. Ela leva as mãos à boca, fecha os olhos e logo seu corpo vacila como um castelo de cartas. Então ela cai de joelhos.

Tenho perguntas. Como? Quando? Por quê? Por que ela não me contou? Isso tem alguma coisa a ver com a investigação sobre a morte dele feita pela companhia de seguro? Por que só agora começaram a suspeitar? Dezenas de outras perguntas surgem na minha mente, como uma cachoeira de falta de informação. Mas sei que agora não é o momento para perguntar nada, portanto me aproximo da mulher que fez o papel de pai e mãe durante todos estes anos para abraçá-la.

Ela chora por muito tempo. Então, como se não bastasse o que eu tenho para pensar, me preocupar e superar, ela me lança outra bomba. Pede que eu faça uma promessa que não sei se posso cumprir. Ou se quero cumprir.

Ela está chorando baixinho, respirando com dificuldade conforme toma ar.

— Patrick, prometa-me uma coisa.

— Qualquer coisa — digo do fundo do coração naquele momento. Até ela dizer qual é a promessa que espera que eu cumpra.

— Fique longe da filha do Jack. Não quero vê-la nunca mais.

E, sem mais nem menos, me vejo num beco sem saída.

35

Cami

Trick é a primeira coisa em que penso antes de dormir e também a primeira ao acordar. Ele tem dominado a maior parte dos meus pensamentos nos últimos dias. E isso aumenta a cada segundo.

Então lembro da minha declaração acidental e do quanto quero dizer aquelas palavras pra valer — sóbria e sem restrições, mas também do meu receio de que ele não diga o mesmo. Naturalmente, viver com medo nunca é uma boa decisão, mas essa afirmação parece algo muito... sério para ser feita às pressas, por mais que eu queira.

Mas pode esperar até amanhã. Ou depois. Hoje, só quero passar o dia com Trick e os cavalos. Quero curtir cada segundo do momento atual antes que eu faça qualquer coisa que possa arruinar o que temos. Eu ainda nem comecei um relacionamento com Trick.

Sorrio quando afasto as cobertas e vou para o chuveiro. Hoje, vou deixá-lo impressionado!

Depois de tomar banho e me depilar dos tornozelos até as axilas — duas vezes — passo uma camada espessa de hidratante, que deixa minha pele igual a caramelo brilhante e começo a vestir a roupa mais ingenuamente sexy. Calça jeans bem justa de cintura baixa, bainha desfiada e um rasgo no joelho, e uma blusa branca de manga curta com um nó logo abaixo das costelas. Minhas botas são o toque final para me colocar no estado de espírito certo para virar a cabeça de Trick. Em vez de ir com um chapéu, seco os cabelos ruivos e faço um coque solto no alto da cabeça, que dá a impressão de que acabei de sair da cama. E de baixo de Trick. Abro um sorriso quando visualizo a imagem ao passar pela porta. Espero que ele goste do que vai ver.

Entro na cozinha dançando e beijo Drogheda no rosto quando passo por ela.

— Não vou tomar café da manhã agora, Drogheda. Vou até o estábulo.

— Vestida assim? — ela pergunta, me olhando de cima a baixo.

— Qual é o problema com a minha roupa?

— Nada. Só tenho medo que Sooty caia do cavalo e quebre alguma parte do corpo quando a vir.

Sorrio.

— É exatamente isso que quero ouvir.

— Que você pode fazer Sooty se machucar? — Ela está visivelmente indignada, e com razão. Mesmo agindo de maneira exagerada.

— Sim, Drogheda. Esta é a minha meta na vida. Eu ainda não tinha contado a você?

Ela bate o pano de prato em mim.

— Continue zombando de uma mulher velha, sua espertinha, e ela pode surpreendê-la.

— Ah, você sabe que eu estou brincando. Claro que eu não quero que ninguém se machuque. Mas não é Sooty que eu tenho em mente.

Pisco para Drogheda, e vejo que ela estreita os olhos para mim.

— Isso ainda tem a ver com aquele rapaz?

— Você não pode contar ao meu pai. Promete?

Ela revira os olhos, irritada.

— Você sabe que eu odeio quando me pede essas coisas.

— É importante. Meu pai já anda enfurecido e, se Trick perder o emprego, a família dele vai enfrentar dificuldades.

Drogheda fica sensibilizada com histórias assim por ter origem humilde. Trabalhou muitos anos da vida para sustentar as irmãs mais novas até estarem casadas e bem encaminhadas. Naquela época, segundo Drogheda, ela era solteira, então decidiu ganhar a vida tomando conta das famílias de outras pessoas. E graças a Deus ela fez isso. Ela tem sido uma verdadeira mãe para mim.

— Esse é o nome dele? Você não tinha me dito.

Faço um gesto afirmativo com a cabeça.

— Que tipo de nome é Trick? — ela pergunta com uma expressão rabugenta.

— É um apelido. O nome dele é Patrick.

Seus olhos se iluminam.

— Patrick é um nome bonito, forte. Já gosto dele. Você o ama?

— Drogheda! Eu acabei de conhecê-lo...

— Não perguntei quanto tempo você o conhece. Perguntei se o ama. E eu digo que sim, você o ama. Posso ver nos seus olhos, mesmo que você não veja.

Não há como enganar Drogheda. Vencida, eu me sento em um banco diante dela.

— Amo. Eu realmente o amo.

— Ele sabe?

— Creio que sim. Acho que disse algo por acidente durante o fim de semana.

— Pensei que estivesse com Jenna.

— E estava. Mas não estávamos sozinhas.

— Mentir para seu *papi* não ajuda em nada, *mi Camille*.

— Eu sei, mas ele é tão cabeça-dura em relação a Trick! Não sei qual é o problema.

— Talvez você devesse perguntar. Ele é um homem inteligente, *chica*. Dê a ele o benefício da dúvida. Ele é o seu pai e ama você. Só quer o seu bem.

— Mesmo se for com Brent?

Ela fecha a cara, e eu sei a sua resposta antes que diga qualquer coisa.

— Bem, vamos ao menos esperar que esta não seja a única escolha dele.

— Prometa que não dirá nada, Drogheda. Por favor!

— Prometo. Mas você precisa fazer o que é certo pelas pessoas que você ama, Cami. *Todas* as pessoas que você ama.

Vencida, dou um suspiro.

— Eu sei. E vou fazer. Só estou esperando o momento certo.

Nós duas nos viramos quando ouvimos uma leve batida na porta atrás de nós. Meu coração vai parar na garganta quando vejo Trick, com as pontas dos dedos nos bolsos. Abro um sorriso largo, mesmo rezando para que ele não tenha ouvido nada da nossa conversa.

Eu me levanto para abrir a porta.

— Bom dia.

Ele pigarreia e sorri, um pouco tenso.

— Bom dia! Eu posso... posso falar com você um minuto?

Ele olha em volta, como se não quisesse olhar diretamente para mim. Sinto meu estômago revirar e resisto ao impulso de correr até o banheiro e vomitar.

— Claro. — Então me viro e sorrio para Drogheda. Sei que foi um sorriso hesitante quando vejo seu rosto preocupado. — Não precisa fazer o café da manhã, Drogheda.

Ela assente, mas não diz nada. Posso sentir a empatia em sua expressão como água jorrando de um rochedo íngreme. Sem ter necessidade de perguntar, sei que ela se sente tão apreensiva quanto eu. Trick não estaria aqui, na sede da fazenda, onde existe a possibilidade de ser visto, se não fosse algo importante. E ruim.

Sigo Trick para o pátio na parte de trás. Ele vai até a grade e para, se virando para ficar de frente para mim. Então olha para suas botas, me deixando cada vez mais nervosa.

— Muito bem, pode falar. O que quer que seja. Sou bem crescidinha. Posso aguentar.

Isso o leva a olhar para mim. E sua expressão está repleta de coisas, porém não vejo nada positivo.

— Realmente não sei como dizer isto.

— Apenas fale de uma vez.

Por que o estou encorajando?

Mas sei a resposta. Porque a expectativa, prolongando esse tormento, está me matando.

— Tomei conhecimento de algumas... coisas quando voltei ontem à noite. Coisas que têm a ver com meu pai.

Como um preso no corredor da morte deve se sentir diante da possibilidade de ter sua sentença atenuada, sinto um alívio temporário.

— Ah. Tudo bem. Pode falar.

— O negócio é o seguinte — começa Trick antes de fazer uma pausa para passar os dedos pelo cabelo. Eu volto a ficar nervosa.

— O que foi, Trick? Estou começando a ficar assustada.

E realmente estou. É como se fosse algo muito pior do que estar prestes a levar um fora. Mas o que poderia ser?

Ele ergue a cabeça e seus olhos encontram os meus. Neles há uma tristeza esmagadora que deixa meu coração apertado.

— Meu pai deixou uma coisa para mim, algo que minha mãe tinha decidido não me dar. Até conhecer você.

Agora estou realmente confusa.

— Eu?

Ele acena a cabeça.

— Ele deixou um estojo de ferrador que havia comprado para mim há alguns anos e uma carta.

Espero Trick continuar, espero que me diga o que está escrito na carta. Como ele não fala nada, faço questão de instigá-lo. Ou faço isso ou levanto a mão para estrangulá-lo.

— E...?

— Eu nunca soube realmente por que o meu pai se matou. Até agora.

— Ele explicou na carta? Ou sua mãe contou?

— Ele explicou tudo na carta. Acho que cheguei a dizer a você que, quando ele entrou nesse ramo, tinha um sócio. Alguém em quem confiava e tinha uma relação bem próxima. Até começar a se encontrar com a esposa do cara.

O grito sufocado escapa da minha boca antes que eu possa levantar a mão para interrompê-lo.

— Ele traiu sua mãe?

Ele acena a cabeça novamente.

— Não que eu queira ser insensível, mas esse tipo de coisa acontece o tempo todo. Por que ele se mataria por causa disso? Quero dizer, é terrível, mas...

— Essa não é a pior parte. — Trick faz uma pausa para refletir. — Bem, talvez seja, mas não é a *única* parte ruim da história.

Ele para de falar novamente, e desta vez esfrega os olhos. Todo o seu corpo, desde a postura até a parte frontal da cabeça expressa tristeza. Então faço a única coisa que posso e me aproximo dele.

Me aproximo devagar, como ele fez com Rags no fim de semana que passamos juntos. Ele não se afasta quando ponho a mão no seu braço. Minha única intenção é consolá-lo.

— Me conte o resto.

— Quando o caso entre os dois foi descoberto, o sócio do meu pai quis sair da sociedade, claro, e o único modo que meu pai viu para reembolsar o investimento financeiro foi assinar a transferência dos cavalos. Isso deixou nossa família sem nada. Não tínhamos dinheiro, ele não tinha emprego. Tudo o que havia entre ele e minha mãe era mágoa. E arrependimento.

— Então foi por isso que ele se matou?

— Bem, por culpa, sim. Mas também porque conseguiu investir a última parcela do dinheiro em uma apólice de seguro sem praticamente nenhuma restrição. Com sua morte, minha mãe receberia dinheiro suficiente para cuidar dos filhos por muito tempo. E foi o que ela fez. Até o pagamento ser interrompido, e eles começarem a investigar as cláusulas de indenização da apólice. Não sei o que aconteceu para que eles suspeitassem de algo após todos estes anos, mas agora eu sei que há um interesse justificável. Ele *planejou* tudo.

— Como... como ele morreu?

— Pista molhada sem guard-rail e uma pedreira bem alta.

— Mas poderia ter sido um acidente. Você tem certeza que ele...

— Ele deixou uma carta para minha mãe. Planejou tudo, sabia exatamente o que estava fazendo.

— Minha Nossa, Trick. Sinto muito.

Gostaria de abraçá-lo, mas, quando ele olha para mim, vejo que há algo mais. E pela expressão no seu olhar o pior ainda está por vir.

— Mas isso não é tudo?

Ele faz um gesto negativo com a cabeça.

— Cami, o sócio dele era Jack Hines. — Ele faz uma pausa, me observando atentamente como se esperasse que eu tivesse alguma reação. Como eu não digo nada, ele ergue as sobrancelhas, surpreso.

— Certo. O que eu perdi? — pergunto.

— A amante do meu pai era sua mãe.

Isso faz sentido diante do problema que ele expôs, mas não quer dizer que seja verdade.

— Deve haver algum engano. Quero dizer, meus pais são casados e felizes desde... tipo, desde sempre.

— Até onde você tem conhecimento.

— Não, estou falando a verdade. Você não acha que eu saberia se algo assim tivesse acontecido? Coisas desse tipo destroem uma família. Eu saberia. Pode acreditar.

— Existe alguma possibilidade de você estar enganada?

Ele não está acusando ninguém de nada. Não está gritando e dizendo que estou errada nem falando palavrões. Só está fazendo uma pergunta que parece ter garras longas o bastante para arrancar o meu coração.

—Trick, qual é o problema? Você está tentando me dar o fora? Porque há maneiras mais fáceis de se fazer isso do que agir dessa forma.

— Claro que não! Meu Deus, Cami, você acha mesmo que eu seria capaz de inventar uma história dessas?

— Não sei. Não te conheço tão bem. Quero dizer, a gente se conhece, há o quê? Algumas semanas?

— Conhece, sim. Você me conhece o suficiente para saber que eu nunca faria algo do tipo.

— Não, não sei. Há vinte e quatro horas, eu não poderia imaginar que você viria à minha casa para me falar essas coisas. No entanto, olha só! Eu estava enganada.

Trick estende o braço para me tocar.

— Cami, você tem que acreditar em mim. Eu só...

Dou um passo para trás. Para longe dele. Longe do que ele está insinuando. Longe do sofrimento que sinto diante do que ele está me contando.

— Não! Eu não tenho que acreditar em nada. E não quero ouvir mais nada!

Com profunda tristeza, ele me encara. Também olho bem nos seus olhos. Quanto mais penso em tudo isso, mais zangada eu fico.

Então fecho as mãos com força. Quero gritar, chamá-lo de mentiroso, dizer que não quero vê-lo nunca mais. O fato de que talvez nada disso seja verdade só me faz sofrer ainda mais. Queima como ácido no meu estômago.

— Pare de olhar para mim desse jeito. Você está enganado. Está enganado e seu pai era um mentiroso. Pelo visto, você também é. Você acha mesmo que o meu pai não teria reconhecido você? Não saberia nada a seu respeito se isso fosse verdade? Você acha que ele o teria contratado se fosse verdade?

Uma voz fraca fala no fundo da minha mente. É a voz da razão, a voz do advogado do diabo. Uma voz que eu não quero ouvir.

Talvez seja exatamente por isso que ele te queira longe de Trick.

— Cami, foi *por isso* que ele me contratou. Ele fez isso como um favor à minha mãe. Ele sabia que ela precisava de ajuda e quis oferecer alguma coisa. Ambos eram inocentes em toda essa história.

— Inocentes? Só se você ignorar o fato de que sua mãe não conseguiu segurar nem o próprio marido.

Sei que finalmente atingi sua tranquilidade inabalável quando vejo seus lábios se contraírem.

— Isto não é justo e você sabe muito bem. Pega leve, Cami. Pega leve.

— Por quê? A verdade dói?

Trick faz um barulho, um misto de frustração e irritação. Não me preocupo por agir de forma cruel e insensata. Não consigo acreditar no que ele está dizendo. E não vou acreditar.

— Se você tem tanta certeza de que nada disto é verdade, por que não pergunta ao seu pai se ele conhecia Brad Henley? Vamos ver o que ele vai dizer. Se depois disso você quiser conversar, pode me ligar.

—Você sabe que pode ser demitido por algo assim, não sabe? Por mentir e espalhar rumores sobre o seu patrão.

— Ninguém pode demitir alguém que já largou o emprego.

Com um último olhar que penetra algum ponto vulnerável bem dentro da minha alma, Trick se vira e vai embora. Pela primeira vez, noto que o seu carro está estacionado na parte da frente do estábulo e não nos fundos. Sooty está no redondel, que fica na frente da casa, nos observando. Ele acena com a cabeça uma vez e se vira para o outro lado.

Uma mistura tóxica de emoções se agita no meu peito quando vejo Trick descer até o cercado, dizer algo a Sooty, entrar no seu carro e se afastar. De tudo que estou sentindo — raiva, amargura, decepção, confusão e traição — a parte mais dolorosa é ver Trick ir embora. Sem saber se o verei novamente. Sem saber se quero vê-lo.

Mas eu quero. Tenho certeza disso. Apesar de toda a raiva e ressentimento, eu o amo. Ainda. Sempre.

Vejo Drogheda passar pela porta e olhar para mim várias vezes ao longo de mais ou menos uma hora. Mas ela me conhece o bastante para entender que eu preciso de tempo e espaço. Preciso pensar. Sofrer. Ainda estou no mesmo lugar quando meu pai sai para ir ao estábulo.

— O que faz aqui fora? — ele pergunta.

Não digo nada no início. Apenas olho para o homem alto e bonito que há tanto tempo domina o meu mundo, mesmo de maneira indireta.

Será que eu realmente sei tudo sobre ele? Além do que ele quer *que eu saiba?*

— Pai, posso fazer uma pergunta?

Ele não se mostra nem um pouco hesitante. Curioso talvez, mas não hesitante. Nem culpado.

— Claro. O que é?

—Você conhece Brad Henley?

Há uma pausa, durante a qual meu coração dispara. Não sei se é melhor esperar que ele diga "sim" ou que diga "não". Porém, antes que eu possa chegar a uma conclusão, minha indecisão se torna irrelevante.

Posso ver a sua resposta através do movimento revelador do seu olho esquerdo. Embora seja o único sinal externo, e só as pessoas que o conhecem bem sabem o que significa, percebo a sua fúria antes que ele abra a boca.

Então levo as mãos ao rosto.

— Ah, meu Deus, então é verdade.

— Cami, vamos entrar. Aqui não é o lugar apropriado para essas perguntas.

Meu pai mantém a porta dos fundos aberta para mim, e eu caminho pela casa, estarrecida, até o seu escritório. O ambiente dispõe de toda a privacidade necessária para ele destruir o meu mundo.

Durante o breve percurso, sinto repulsa ao tomar conhecimento de algo que nunca quis, nunca precisei e do qual já não posso escapar. Para completar, eu disse coisas terríveis a Trick, e agora ele se foi. O resplandecer com o qual eu acordei, agora não passa de uma nuvem escura e tempestuosa que ameaça nunca mais me deixar ver a luz do sol.

Meu pai dá a volta para se sentar na cadeira atrás da escrivaninha, o sempre dominante, Jack Hines. Me jogo na cadeira diante dele.

— Diga-me o que você ouviu.

— Diga-me o que você sabe.

— Não, eu quero ouvir o que você ouviu. Então vou dizer se é verdade.

— Que tal apenas me contar a verdade, a história inteira? Assim não terá que se preocupar com o que outra pessoa disse ou sabe.

— Cami, não seja...

— Papai! — eu grito. Meu gesto chama sua atenção. Além de raramente aumentar o tom de voz com ele, nunca o chamo de papai. — Apenas me conte. A verdade. Toda a verdade.

Ele reclina as costas na cadeira e coloca os dedos em forma de torre sobre a boca, olhando para mim. Sei que ele está ponderando quanto deve me contar, o que omitir, se perguntando quanto eu sei.

— Se não me contar tudo, vou ter que acreditar em qualquer coisa que eu descobrir. Se não me contar, outra pessoa irá fazê-lo.

Após uma longa pausa, ele começa a falar.

— É verdade, eu conhecia Brad Henley. Fomos sócios há muito tempo.

Bem, pelo menos é um começo.

— O que aconteceu?

Ele suspira furioso.

— Cami...

— Conte tudo. Eu mereço ouvir a verdade de você, o meu pai. Não de outra pessoa.

— Cami, foi há muito tempo. Nem sua mãe nem eu quisemos preocupá-la com algo assim. E, como pode imaginar, nós levamos algum tempo para superar. É um período que eu não gosto de reviver.

Uma pontada de culpa. Talvez por isso meu pai tenha mudado tanto desde que eu era pequena. Sofreu muita decepção.

— Não duvido que seja doloroso, pai, mas é algo que eu gostaria de ouvir de você. Eu faço parte desta família também, sabe?

Ele abaixa a cabeça, e eu me sinto pior. Mas preciso saber a verdade.

— Sei. E vou falar a respeito de Brad. E dos cavalos, mas o resto você terá que ouvir da sua mãe. Não sou eu quem deve contar.

Ouço calmamente o meu pai confirmar tudo o que Trick havia dito, tudo o que eu o acusara de estar inventando e destruindo a infância perfeita que eu sempre achei ter tido.

36

Trick

Não consigo dirigir para longe o bastante ou rápido o suficiente para afastar a dor, a raiva e a repugnância que vi nos olhos de Cami. Desde que a conheci, observei seus olhos expressarem primeiramente curiosidade. Depois, interesse. Em seguida, paixão. E, por fim, o que eu acreditava ser amor. Mas não havia nenhum sinal dessas coisas esta manhã. E é a forte ausência desses sentimentos que está acabando comigo agora.

Eu me pergunto repetidas vezes: Será que eu precisava mesmo contar a ela? Será que ela teria descoberto? Valeu a pena magoá-la e perdê-la, só para falar a verdade? Será que ela poderia passar a vida inteira e ser feliz sem tomar conhecimento de nada?

Acho que eu poderia. Poderia passar o resto da minha vida sem saber de nada, ou seja, isso me faz suspeitar de que ela também poderia. E isso torna as coisas ainda mais difíceis de suportar. Como pude ser tão idiota?

Mas então, como acontece quase sempre, as palavras da minha mãe vêm à minha mente. Olhar para Cami é doloroso para ela. Traz de volta lembranças muito desagradáveis. Cami é a cara da mãe, só que mais jovem. Mais ou menos como Cherlynn deveria ser quando destruiu o mundo da minha mãe.

Tento esquecer o rancor. Este sentimento não tem espaço no meu momento atual. Não mudará nada. Só irá manchar a felicidade que pode estar no meu futuro. E não compensa. Não compensa o que eu acho que já me custou: Cami.

Então me esforço para voltar a pensar em coisas das quais eu posso assumir o controle, coisas das quais eu *devo* assumir o controle: minha mãe, minha irmã e a responsabilidade em relação a elas. Agora, sinto isso mais do que nunca. Deus me livre de me tornar o segundo homem a traí-las. De jeito nenhum.

Então, a decisão está tomada. Sei exatamente o que tenho que fazer. Viro à esquerda na próxima placa de "pare" e me dirijo ao norte. Em direção à oficina de Rusty.

37

Cami

Sinto-me como um zumbi depois de falar com meu pai. Estou quase a meio caminho do clube quando me dou conta de que lá não é o lugar apropriado para abordar um assunto tão delicado com minha mãe. Então eu paro, estaciono em uma vaga de um McDonald's e ligo para ela. Quando ela atende, vou direto ao assunto.

— Mãe, preciso falar com você. E não posso deixar para depois. É sobre Brad. Posso ir te buscar?

Há uma longa pausa do outro lado da linha. Ela está tão silenciosa que eu chego a me perguntar se a ligação caiu. Então tiro o telefone do ouvido para ver se o tempo ainda está contando. Está. É minha mãe que está em silêncio.

Finalmente ela responde.

— Claro. Vou esperar você na porta, do lado de fora. Quanto tempo acha que vai levar para chegar?

— Uns quinze minutos.

Treze minutos depois, eu paro o carro em frente à minha mãe, que está esperando pacientemente com uma expressão séria sob a luxuosa entrada principal do clube. Destranco a porta, e ela entra. Olha para mim e sorri de uma forma discreta e triste. Meus lábios estão congelados. Não retribuo o sorriso. De certo modo, é como se eu nem a conhecesse.

Então desvio o olhar, engato a marcha e me concentro na estrada.

— Aonde vamos?

— Pensei em tomarmos um café e conversar.

— Tudo bem — ela diz lentamente. — Você já quer me perguntar alguma coisa?

Ela está impaciente. Sente o incômodo desconfortável da situação e, sendo o tipo de pessoa que tem aversão a confronto, ela quer resolver logo o problema e seguir em frente. Ela odeia drama

Mas hoje ela vai ter que passar por isso de qualquer maneira.

— Não. Vou esperar.

Vou deixá-la nervosa.

Não me apresso. De maneira perversa, quero fazê-la sofrer um pouco. Até onde eu sei, ela se livrou da enrascada praticamente ilesa enquanto quase todo mundo à sua volta sofreu bastante. Ou sofre até hoje. Ou vai sofrer.

Quanto mais penso nisso, mais zangada eu fico. Tanto que torturá-la com a espera parece menos importante do que as respostas que eu quero ouvir.

— Como? Como pôde fazer isto com meu pai? Com todos nós? Significávamos tão pouco para você?

Olho em sua direção, mais para me assegurar que meus comentários cruéis a atingiram do que qualquer outra coisa. Vejo lágrimas em seus olhos. Em parte, me sinto satisfeita por ter conseguido magoá-la ao menos um pouco.

— Eu juro, Cami, não planejei nada. Nunca pretendi magoar ninguém, principalmente você. Você sempre foi a coisa mais importante na minha vida.

Isto é novidade para mim.

— Eu me apaixonei. Não planejei nada. Simplesmente aconteceu. Tentei ignorar e negar o que eu sentia, mas... — Ela se vira no banco para ficar de frente para mim, sua expressão é de súplica. — Tenho certeza que você consegue entender. Eu a vi com Trick. E se você fosse casada com Brent quando o conheceu? Já tentou se colocar nessa situação por tempo suficiente para ver que, às vezes, o coração não escolhe a hora certa?

— Mas eu não *sou* casada, mãe. Você era. E eu já era nascida. Será que não podia simplesmente se recusar a ceder?

— Eu fiz isso. Durante quase dois anos. Mas só piorou com o tempo. Tentei ficar longe dele, esquecê-lo. Mas, quanto mais eu tentava, pior ficava. Eu o amava, Cami. Você precisa entender que só as emoções mais fortes da vida poderiam me levar a trair o seu pai.

— E a mim.

Ela abaixa a cabeça.

— E a você.

— É por isso que agiu de forma tão esquisita quando conheceu Trick?

Ela se vira para olhar pela janela.

— Deus, ele se parece tanto com o pai. Eu me senti como se tivesse levado um soco no estômago e ficado sem fôlego quando o vi com você. Foi como ver uma imagem do pai dele ao meu lado, há muitos anos. — Durante sua longa pausa, vejo o seu queixo tremer. — Eu compreendi a intenção de Jack ao contratá-lo. Entendi por que ele precisava fazer isso. Ele sempre achou que nós — mais precisamente eu — éramos responsáveis por todo o sofrimento que Leena enfrentou após o suicídio de Brad. E ele está certo, claro. Dar o emprego a Trick foi a saída que seu pai encontrou para ajudar a mãe dele quando não havia ninguém mais para fazê-lo. Durante alguns anos, ele ofereceu dinheiro e cavalos, ajuda, tudo, mas ela nunca aceitou. Nada. Mas concordou em deixar Trick vir e fazer o que ele adora, o que o pai o havia ensinado a fazer, por um bom salário. Ela queria proporcionar ao filho esta experiência, este bom começo de vida.

Quando ela termina, continuo esperando que diga algo mais. Mas ela não diz nada.

— E isso resolve alguma coisa? Isso apaga... tudo? Tudo o que aconteceu? Tudo o que você manteve em segredo? Todas as vidas que destruiu?

Ela vira o rosto para mim com uma expressão sofrida.

— Claro que não. Nada vai fazer isso. Nada *pode* fazer isso. — Minha mãe reclina no apoio de cabeça. — Nenhum arrependimento ou pedido de desculpa pode desfazer o que já foi feito. E, naturalmente, nada pode trazer Brad de volta. Se eu soubesse como tudo acabaria...

— Afinal, o que você achava que ia acontecer, mãe? Alguma vez pensou, durante um segundo, que isso ia acabar *bem*?

O seu riso é como um resmungo breve e amargo.

— Não pensei num futuro muito distante, Cami. Eu o amava. Queria ficar com ele. Estava disposta a pôr a vida e a realidade de lado pelo tempo pudesse só para ficar com ele.

— Então o que aconteceu? Por que tudo acabou?

— Leena descobriu. Quase teve um colapso nervoso. Ele prometeu a ela que deixaria de me ver, mas não cumpriu a promessa. Não no início. Nós simplesmente não conseguíamos ficar longe um do outro. Um dia você vai saber como é amar alguém assim, querer ficar com a pessoa a cada segundo do dia, desejar a sua companhia e o seu contato mais do que o de qualquer outra pessoa. Mas Leena deve ter descoberto isso também. Após algumas semanas, ela foi até Jack e contou tudo a ele. O dia que Brad me disse o que ela havia feito, foi o último dia que eu o vi com vida.

Posso sentir o sofrimento na sua voz, e isso toca meu coração. Um pouco. Eu *realmente* sei como ela se sente. Eu me sinto da mesma forma em relação a Trick. Talvez haja alguma fraqueza diante dos homens da família Henley no nosso sangue. Mesmo horrorizada como estou com o que ela fez, ainda posso me ver na sua posição, arriscando tudo para ficar com Trick.

Estaciono o carro em uma vaga no pequeno shopping em frente à cafeteria. Mas não desligo o motor. Não tenho mais vontade de entrar. Tenho vontade de correr ao encontro de Trick e pedir que ele me perdoe por não ter acreditado nele, por ter sido tão cruel. Pela participação dos meus pais nos eventos que levaram ao suicídio do seu pai.

Embora pareça coisa de antigamente, o amor quase destruiu duas famílias por completo. Eu me recuso a permitir que o passado destrua mais vidas, ou o futuro de alguém. Seria o mesmo que ceder a uma maldição se eu deixasse Trick ir embora sem lutar por ele, sem pelo menos dizer a ele que estou arrependida e que o amo.

Então tiro o carro da vaga.

— Nós não vamos entrar? Aonde você vai?

— Ao encontro de Trick. Não vou deixar que isso, *você* e os *seus* erros destruam a minha vida.

— Eu jamais iria querer que você deixasse isso acontecer. Por isso nunca contamos nada. Eu esperava que você nunca descobrisse.

— Bem, obviamente, a melhor escolha teria sido se manter fiel ao seu casamento, à sua família, mas que importância tem isso?

Pelo canto do olho, eu a vejo estremecer e me arrependo do meu sarcasmo. Sei que ela teve que viver em um inferno todos estes anos. Mas, no momento, isso não me faz sentir melhor.

— Então você nunca poderia ter conhecido Trick. Você abriria mão dele para desfazer o passado?

Esta é uma pergunta que não consigo responder.

O carro de Trick não está na entrada quando paro. Fico na dúvida se deveria ir embora, mas, antes que eu possa voltar, Leena, a mãe de Trick, aparece na varanda de tijolinhos na frente da casa e faz um gesto para que eu entre.

Desligo o motor e tiro a chave da ignição. Meu coração dispara dentro do peito e o medo me deixa nervosa. Minha mão treme quando abro a porta do carro, mas saio e vou até à casa. Se alguma vez houve um momento para ter coragem, o momento é este.

Antes de me aproximar, ela se vira e entra. Respiro fundo e abro a porta de tela, seguindo-a para o interior da casa. Posso ouvi-la falar algo em voz baixa. Uma voz mais alta, de uma criança, responde. Ela está falando com Grace. Quando volta à cozinha, ela para atrás da porta, se apoiando no batente como se tivesse medo de chegar perto de mim. Como se eu tivesse algo contagioso. Ou tóxico.

— Trick não está aqui — ela fala logo de cara. — Não sei se vai voltar.

Fico desapontada.

— Aonde ele foi?

— Não sei. Provavelmente vender o carro, já que teve que deixar o emprego.

Dá para ver que ela me culpa por isso.

— Ele e o pai trabalharam naquele carro durante meses, todos os fins de semana para restaurá-lo. Trick terminou o serviço depois que Brad morreu. Deve valer uma pequena fortuna, mas, quando ele voltou, eu o fiz prometer que não o venderia. Ele disse que iria adiar quanto pudesse. Mas agora...

O peso da culpa aumenta em meu coração.

— Talvez se eu pudesse encontrá-lo e falar com ele, ele não...

— Ah, minha filha, ele não quer falar com você. Você teve a sua oportunidade, mas o destino seguiu o seu curso e deu a ele tempo suficiente para ver o erro que iria cometer. Ele viu as coisas de forma clara, antes que fosse tarde demais, e eu fiquei agradecida. A sua família e a minha já nutrem um rancor antigo. Não quero que isso acabe contaminando o futuro de Trick. Ele é um bom menino. Inteligente, generoso, engraçado e trabalhador. Tem potencial para progredir. Desde que consiga manter a cabeça no lugar, focar e se unir às pessoas certas.

Ela não demonstra moderação na forma como se sente em relação a mim e à minha família. Isso dói, mas eu entendo a origem desse rancor.

— Esta decisão é sua ou de Trick?

— Trick é um homem. Toma as próprias decisões. É inteligente o bastante para ver o perigo iminente. Por isso não vai voltar. Pelo menos, por enquanto. Ele foi embora para realizar algo. Não precisa da ajuda de Hines para isso. Ele é forte.

Sinto as lágrimas arderem no fundo dos meus olhos.

— Mas se eu pudesse ao menos...

— Ele foi embora. Esqueça-o. Deixe a nossa família se recuperar. É o que ele quer. Não se humilhe.

Nem uma punhalada profunda no coração poderia doer mais do que essa declaração. É como se alguém estraçalhasse a minha alma e incendiasse tudo o que me faz feliz, tudo o que algum dia *poderia* me fazer feliz.

— A senhora poderia dizer a ele... — Eu desisto de continuar a frase. Não adianta. Se ela concordasse em dar algum recado a ele, o que eu duvido, nada garante que ela esteja enganada, nada garante que Trick iria querer ouvir o que eu tenho a dizer. Bem, se ele me quiser, voltará para mim. Ele sabe onde me encontrar.

Sem dizer nem mais uma palavra, eu me viro em direção à porta de tela que dá para a varanda. Antes que ela se feche atrás de mim, olho para Leena Henley. Ela parece triste, com o coração partido. Exatamente como eu me sinto.

— Não sei se isso faz alguma diferença, mas sinto muito por tudo o que houve. Sinto muito por todo o episódio no qual eu não tive nenhuma participação e por toda a dor que a minha família causou à sua. Mas não posso pedir desculpa por amar Trick. Me sinto mal por ter uma vida boa, mas ele ainda é a melhor coisa que poderia me acontecer.

Embora pareça indiferente, ela assente uma vez. Sem ter necessidade de perguntar, eu sei que isso é tudo que vou receber da parte dela. Então deixo a porta se fechar atrás de mim e vou embora.

38

Trick

— Tem certeza que quer fazer isso, cara? — Rusty pergunta.

Penso seriamente antes de responder. Eu me fiz essa pergunta diversas vezes na última semana. Mas sempre chego à mesma conclusão.

— Tenho que seguir em frente. Além disso, as coisas não têm a importância que tinham antes.

— Independentemente dos erros que seu pai cometeu, o lance do carro foi uma coisa boa que vocês compartilharam. Ele queria que você ficasse com ele. E sua mãe queria que você o preservasse. Se você desistir, já era.

Assinto.

— Eu sei. Mas não faz sentido me agarrar a algo como este carro, já que vendê-lo pode facilitar muito as coisas.

— Cara, do jeito que você fala, faz parecer que se agarrar a algo de que gosta é uma coisa ruim.

— Às vezes, é.

— Ainda estamos falando sobre o carro?

Meu olhar encontra os olhos azuis atentos de Rusty. Ele está tão descontraído e tão despreocupado que eu esqueço do cara realmente inteligente, perceptivo e, às vezes, esperto que ele é.

— Acho que sim.

— Por que você não pensa mais um pouco?

— Rus, nós precisamos do dinheiro. Este carro pode resolver quase todos os meus problemas e me ajudar a começar um negócio que pode dar à Grace e minha mãe a estabilidade de que elas sempre precisaram desde antes da morte do meu pai. Tenho que fazer isso.

— Eu não estava falando sobre o carro.

— Ah — digo em tom inexpressivo. — Ela me odeia. E eu não a culpo. Não deveria ter dito nada a ela. Mas não há como voltar atrás. Se ela me quiser, sabe onde me encontrar. Eu respeito a decisão dela de me manter distante. Eu a magoei bastante.

— Ela sabe que você a ama?

— O que te faz pensar que eu amo a Cami?

Rusty apenas olha para mim. No início, não diz uma palavra. Não precisa falar nada.

— Você e Cami são as únicas pessoas que *não* sabem que você está apaixonado por ela. E que ela está apaixonada por você. Se vocês deixarem a merda que o seu pai e a mãe dela fizeram há um milhão de anos interferir na vida de vocês *agora*, ambos merecem ficar sozinhos pelo resto da vida. E isso é algo simplesmente absurdo.

Eu o encaro. Ele tem razão, claro. Mas não depende de mim. Depende de Cami.

— Cacete, Rus. Por que você não fala tudo de uma vez? Seja franco e diga o que acha.

Ele abre um sorriso.

— Ultimamente, eu sinto como se os presos comandassem a prisão, Trick. Você não tem agido de forma racional desde que conheceu essa garota. Pelo menos antes, ainda estava numa boa. Mas agora... que loucura. Vá procurá-la e acabe logo com isso.

— Não posso. É justamente por me preocupar com ela que estou deixando que ela tome a iniciativa. Ela também tem que estar disposta a esquecer tudo o que aconteceu. Nunca teremos um relacionamento se um de nós continuar vivendo no passado, se agarrando a toda aquela desgraça.

Ele dá de ombros.

— É uma pena, cara. Ainda acho que você está dando bobeira. Mulher adora aquela besteira de prova de amor. Você já viu um monte de filmes que mostram isso.

— Porque filme é, sem dúvida, o que o homem deveria usar como paradigma de uma decisão romântica.

— Paradigma de quê?

— Deixe de fingimento. Esqueceu que eu te *conheço muito bem*? Eu sei que você não é apenas um mecânico burro.

Rusty sorri.

— Além de mecânico burro, também é *maluco e paranoico* — acrescento.

— Cacete! Agora você está ferrado!

Ele faz uma finta para esquerda e dá um soco no meu ombro direito.

— Topa alguns rounds? Sabe, como a gente fazia antes de você se dar por vencido?

— Eu não me dei por vencido.

— Enfim, chame como quiser. E aí, topa? Tenho uma garrafa de Patron fechada, só esperando por uma ocasião dessas.

— Não. Não estou muito a fim de beber.

Rusty fica surpreso.

— O quê! Desde quando? Você tem curtido a vida cada vez menos desde que conheceu essa garota. Ela se apoderou da sua coragem também?

Rusty tem razão. O impulso de afogar as mágoas anda cada vez menos presente desde que conheci Cami. Mais uma coisa boa em relação a ela que vou sentir falta.

— Fala sério! Lembra o que aconteceu na última vez que encaramos um desafio aqui?

Na última vez que lutamos na oficina dele, derrubamos duas caixas de ferramentas, quebramos a mangueira do compressor de ar, amassamos um gabinete de metal, derramamos uma panela de óleo, nos sentamos na sujeira e entornamos uma garrafa quase cheia de Patron.

— Vou me arriscar porque, desta vez, vou acabar com você. Chega de ser bonzinho.

— Manda ver, seu bebum.

39

Cami

Como em todas as manhãs há três semanas, a primeira coisa que faço assim que levanto é ir até a janela olhar o estábulo. E, como todos os dias, há três semanas, não há sinal de Trick. Nunca há sinal dele.

Quando você vai admitir, cabeça-dura, que ele se foi e não vai voltar?

Meu peito dói. Só em dizer essas palavras para mim mesma, sinto que algo dentro de mim está murchando e morrendo. No fundo, sei que nunca encontrarei alguém como Trick. Acho que tinha algumas dúvidas, mas realmente não questionei por que pareceu cedo demais. Mas agora... agora sei que Trick era o cara certo. Ainda é. Sempre será.

Mas ele se foi. Então, o que eu devo fazer?

Jenna me liga, pelo menos, duas vezes por dia. Ela tem feito de tudo para que eu saia de casa, mas simplesmente não estou a fim. A única coisa que quero é a única coisa que não posso ter, então de que adianta?

Vejo Sooty tirar Highland Runner do estábulo. Ele acaricia o pescoço do animal e fala com ele enquanto se move em direção ao seu flanco e ao estribo. Trick havia dito que Sooty tinha montado o Runner depois que voltou, mas eu ainda não tinha visto. E garantiu que ele tinha feito todo o progresso necessário com o cavalo, o que faria dele um campeão. Mesmo sem ter visto, eu acreditei, especialmente depois de vê-lo interagindo com Rags. Eu acreditei nele quando ninguém dava crédito às suas ideias.

Com todo cuidado e de forma prudente, Sooty monta na sela, e fica completamente imóvel e ereto. Ainda hesitante, ainda temendo que Runner fique agitado. Mas isso não acontece. O cavalo desloca o peso de uma pata para outra, ansioso por uma corrida, mas suas orelhas não mostram nenhum sinal de irritação.

Vejo o pé de Sooty bater de leve no corpo imponente de Runner, e o animal se move em um trote pelo campo, indo em direção ao portão. Sinto uma imensa angústia só de olhá-los. Trick estava certo. Tinha razão sobre o Runner. E tinha razão sobre o fato de ter nascido para domar cavalos.

Mas nunca o verei fazer milagres com cavalos selvagens.

As lágrimas quentes formam traços molhados no meu rosto. Estraguei tudo. Estraguei a minha única oportunidade de alcançar a verdadeira felicidade. E agora o que me resta é recolher pedaços do futuro que eu pensei que já havia traçado e, a partir deles, construir alguma forma de vida possível. Não tenho outra escolha.

Então me visto e desço as escadas, contornando a cozinha e indo direto ao escritório do meu pai. O lugar está vazio, mas isso não me fazer parar. Se for preciso irei caçá-lo. Vou me jogar de corpo e alma na parte empresarial da fazenda e nos cavalos. Vou afastar o amor e Trick da minha cabeça todos os dias, o máximo de tempo possível. E depois quando não puder mais... bem, vou me preocupar quando chegar a hora.

Procuro a casa inteira por meu pai, mas não consigo encontrá-lo em lugar nenhum. Quando passo na cozinha pela segunda vez, Drogheda me segura pelo braço.

— O que está fazendo, Cami?

— Procurando meu pai. Você o viu?

— Ele está na garagem.

— Ah. — O único dos dois lugares que eu ainda não tinha procurado.

— Obrigada, Drogheda.

A cada passo que dou em direção à enorme garagem, fico mais determinada a construir uma vida focada em trabalho em vez de amor. Mas, quando faço a volta e vejo o que o meu pai está fazendo, percebo que essa meta provavelmente nunca será alcançada. Trick irá me atormentar, de algum modo, pelo resto da minha vida. Eu nunca conseguirei evitar o desejo que sinto por ele, nunca conseguirei evitar o modo que o meu coração reage a qualquer coisa que o traga à lembrança.

Então eu paro e observo calmamente meu pai passando uma flanela de polimento na parte de cima do Mustang. É um Boss 429 cinza-grafite, com uma larga faixa preta no centro do capô. Eu o reconheceria em qualquer lugar, em parte por ser tão raro, e em parte porque pertence a Trick. Pelo menos, pertencia.

Eu me sinto como se tivesse levado um soco no estômago. Meu peito fica apertado e entristecido por uma perda terrível. Ver o carro de Trick aqui, sem ele, é como morrer um pouco.

— Onde conseguiu isto?

— Comprei — ele responde, sem ao menos levantar os olhos dos minúsculos movimentos que faz no capô.

— E eu aqui pensando que você tivesse roubado — digo com raiva. — Você sabe bem o que eu quero dizer, papai.

Lá vou eu novamente: papai.

— Você sabe que eu sempre fico de olho em carros clássicos antigos. Quando um carro como este é posto à venda, todo mundo fica sabendo.

— Ele sabe que você o comprou?

Isso chama a sua atenção. Ele ergue a cabeça e olha bem nos meus olhos.

— Não.

Não sei ao certo se isso é bom ou ruim, ou quais foram as razões que levaram meu pai a comprá-lo. Talvez somente quisesse o carro. Bem, eu tenho certeza de que ele o queria de fato. Eu o conheço muito bem. Mas será que teve algo a ver com Trick e a família dele, com a culpa que meu pai sente pelo que aconteceu? Provavelmente eu nunca saberei. É óbvio que transparência não é uma prioridade máxima na minha família. Nem fidelidade.

— Quanto pagou por ele?

— Isso não é da sua conta.

— É, sim. Você disse que eu poderia fazer parte da administração. Bem, as finanças fazem parte.

— Esta compra não tem nada a ver com a empresa. É uma compra particular.

— Papai, por favor, me diga. Preciso saber que eles ficarão bem.

A expressão dele se abranda.

— Ficarão muito bem, Cami. Por bastante tempo.

Eu aceno com a cabeça, olhando para os meus dedos inquietos.

— Ele vai, é... ter o bastante para talvez começar com um ou dois cavalos? E espaço para uma baia em algum lugar?

Ele não responde imediatamente. Ouço um ruído abafado mas não me atrevo a levantar os olhos. Não quero que ele veja como a sua resposta é importante para mim.

Mesmo quando consigo ver seus pés e sinto suas mãos nos meus braços, não levanto a cabeça. Sinto meu queixo tremer e minha visão embaçar. Então pisco rapidamente para evitar as lágrimas.

— Filha, ele vai ficar bem. Mas ficará melhor sem você, e você ficará melhor sem ele. Ele não é para você. Sei que você não consegue entender isso agora, mas um dia vai ver. Um dia.

Obviamente, não há mais razão para tentar esconder isso dele. Ele sabe.

Eu o olho nos olhos.

— Há quanto tempo sabia?

— Você acha que eu sou cego? Qual é, Cami, você realmente acha que eu sou tão estúpido?

— Pai, por que você acha que ele não é o cara certo para mim? Por que não consegue ver que ele me faz feliz?

— Ele está fazendo você feliz agora?

— Não é justo. Ele...

— Não a quero envolvida com ninguém daquela família.

— É por causa da mamãe?

— É porque ele nunca poderá te oferecer a vida, a segurança e a fidelidade que você merece.

— Você não pode culpá-lo pelos erros do pai dele. Trick não é assim.

— E como você sabe?

— Eu apenas sei, papai.

— Não, não sabe. Não tem como saber.

Olho bem nos seus olhos. Estão tensos. Inflexíveis. Irredutíveis.

— Você tem razão. Ninguém pode saber com certeza. Aposto que você nunca imaginaria que mamãe faria o que fez. Mas há algumas coisas pelas quais vale a pena se arriscar, pai, e Trick é uma delas.

— E onde ele está agora?

Diante desta pergunta, mais uma vez me sinto esmagada sob o peso devastador da realidade.

40

Trick

Posso ouvir o barulho na caixa de câmbio quando piso no acelerador do caminhão. Eu sabia que precisaria de algo para puxar um reboque, mas não queria gastar muito dinheiro agora, então comprei um caminhão usado que Rusty vai me ajudar a ajeitar. Só espero que ele não caia aos pedaços até lá.

Talvez eu não devesse pegar estrada com ele. Talvez eu não devesse fazer viagens assim, de jeito nenhum. De qualquer maneira, agora eu não posso descarregá-lo. Mas eu gosto de olhar terras. Isso me deixa um pouco mais no comando da situação e muito mais otimista. A única parte ruim é que sempre imagino uma casa, onde Cami e eu iremos morar um dia, com alguns filhos e um cachorro. E sabe Deus o que mais. Gostando tanto de animais como é o caso de Cami, provavelmente traria para casa cães abandonados o tempo todo.

O pensamento me faz sorrir.

Mas então tiro essa imagem da cabeça. Não há razão para ficar pensando num futuro com ela. Ela fez a sua escolha. Não tentou entrar em contato comigo de jeito nenhum. E por mais que eu queira vê-la, sei que não posso. Não devo. Não vou. Tenho que respeitar a sua decisão, por mais que eu a deteste e por mais absurda que seja. Talvez, no final das contas, tudo isso se resuma a uma coisa: ela não me amava. Talvez estivesse apenas bêbada.

Ainda consigo me lembrar da sua expressão, e não parecia estar sob efeito do álcool. Ela dava a impressão de estar sendo sincera. O que ela disse *parecia* sincero. Mas talvez seja apenas porque eu queria que fosse sincero. Eu admito que, no momento, aquilo me assustou um pouco. Pareceu cedo demais e assustador demais, sobretudo quando eu ainda tinha a impressão idiota que a minha atração por ela poderia ser algo puramente físico.

Babaca!

Bato no volante com raiva. Não posso fazer mais nada. E acho que isso só piora as coisas. Tive a minha chance. E botei tudo a perder. Cacete! Botei tudo a perder!

Vejo o sinal para estrada próxima e reduzo a velocidade para fazer a curva. Conforme passo pela enorme quantidade de buracos no percurso de cascalho, fico imaginando como ele ficaria pavimentado, com as árvores aparadas no topo e arqueadas no caminho.

A estrada termina em um canteiro circular de grama e ervas daninhas. Eu estaciono e desligo o motor. Posso ouvir apenas a natureza do outro lado da janela aberta.

Há alguns meses, alguém tinha limpado o terreno para construir uma casa, mas o banco executou a hipoteca antes que pudessem construir. Mas posso ver o que tinham em mente. Eu imagino uma enorme casa de estilo colonial, toda branca, com grandes colunas na volta toda da varanda. Vejo Cami plantando flores na entrada, embora não tenha ideia se ela curte esse tipo de coisa. Mas acho que curtiria.

Cami é toda menininha. E eu adoro essa característica dela. Ela fica à vontade em cima de um cavalo e pode usar chapéu e botas como qualquer outra pessoa. Mas, no fundo, é suave e feminina, delicada como seda.

Lembro do seu striptease diante de mim na noite em que fomos nadar, de ver aquelas peças íntimas pequenas, de renda, que ela usava. Ainda posso ver seu corpo com perfeita nitidez. E ainda posso me lembrar da sensação exata nas minhas mãos, nos meus lábios, no meu corpo. Começo a ficar excitado, então tenho que me ajeitar no banco do caminhão e pensar em outra coisa.

Em seguida, salto do caminhão e atravesso a clareira e a mata até chegar ao primeiro dos vários terrenos na propriedade. Fico imaginando os estábulos situados na extremidade, além do redondel e da cerca. Posso ver Cami e eu exercitando as crianças e parando para rolarmos no feno. Literalmente.

Então balanço a cabeça, desolado, e volto ao caminhão. Se eu pretendo esquecê-la, tenho que deixar de imaginá-la na minha vida ou como parte do meu futuro.

Mas, cacete, como eu faço isso?

41

Cami

Minha mãe saiu do meu quarto há mais de uma hora, mas as suas palavras e a nossa conversa ainda permanecem na minha cabeça. Agora eu sei que, acima de qualquer coisa, eu precisava saber que ela estava arrependida. Não precisava ouvir um pedido de desculpa, explicações ou justificativas. De jeito nenhum. Só precisava saber que ela sentia remorso. Um remorso profundo, sincero, do fundo do coração por ter feito o que fez e destruir as vidas de tantas pessoas.

E eu ouvi. Suas palavras foram simples.

— Cami, estou profundamente arrependida. Nunca pensei em magoar ninguém, muito menos você. Mas magoei. E, se eu pudesse voltar atrás, eu o faria. Só quero que você seja feliz.

Depois ela chorou. Eu chorei. E acho que nós duas curamos algumas feridas. Entretanto, ainda estou com dificuldade em me concentrar. Até agora, o meu coração e a minha mente estão desconexos.

— Está me ouvindo? — Jenna pergunta.

— O quê? — pergunto, tentando me concentrar na minha amiga.

— Cami, já se passaram quase dois meses. Você não pode se esconder para sempre. Vamos sair. Vai ser legal. Só nós duas. Podemos ir ao Lucky's e você vai poder afogar as mágoas na maior tranquilidade. Eu posso garantir que eles não estarão lá.

— Como você sabe?

— Eu perguntei ao Rusty.

— E por que ele infringiu as regras de não falar sobre nós, de não se meter na nossa vida?

— Eu usei alguns mecanismos de persuasão bem poderosos. Um dos quais quase me deixou com torcicolo.

Não consigo deixar de rir.

— Ah, Jenna. Você não tem jeito.

— É isso aí. Faz parte do meu charme.

E talvez seja verdade.

— Não sei. Não estou muito a fim de sair, principalmente de ir lá.

— Olhe, Cami, é assim que a coisa funciona, mais ou menos como ter sido envenenada. Às vezes, o veneno que te mata é o mesmo que te cura. Considere uma ida ao Lucky's o veneno para a cura. E é muito provável que haja vários venenos lá também. Exceto os do tipo que matam instantaneamente.

— Se é isso o que você acha, então por que quer ir?

— Bem, eu tenho Rusty, então não estou nem aí para os outros caras, desde que me ofereçam bebidas. O mais importante é tirá-la de casa. Estou realmente achando que você só anda tomando banho uma vez por semana e que não se depila, tipo, há um mês.

— Nossa, Jenna. Não estou num estado tão patético. Eu tomo banho duas vezes por semana.

— Cacete, espero que esteja brincando!

Rio baixinho.

— Claro que estou brincando. Há quanto tempo você me conhece? — Desde sempre.

— E durante a minha vida inteira, quantos dias fiquei sem tomar banho?

— Dois — diz ela em tom decisivo.

— O quê?

— Não sei. Só chutei. Não faz diferença. O que importa é que você precisa se divertir um pouco. E beber um pouco. Tomar uma dose para curar a dor e outras babaquices desse tipo. E como sou sua melhor amiga, é minha obrigação fazer isso, nem que tenha que carregá-la à força. Ou você vai comigo numa boa ou vou começar a armar um plano. E você sabe muito bem como isso acaba.

— Sei muito bem. Com alguém sem sobrancelha.

— Exatamente, então diga que vai sair e me poupe o trabalho.

Suspiro, cedendo a seu pedido.

— Tudo bem. Eu vou. Que horas você vai chegar aqui?

— Às nove. E use algo sexy. Sua autoconfiança precisa de uma incrementada.

Ela desliga, e eu fico me perguntando como ela sabe disso.

Volto a me sentar no banco do bar, tirando o cabelo do rosto. Deveria tê-lo prendido. Dançar me deixa com calor.

Quando faço um sinal ao garçom para que ele traga outra cerveja, Jenna se instala ao meu lado.

— Já parou?

— Só alguns minutos. Estou morrendo de calor.

— Uma cerveja e voltamos para lá.

— Qual é o seu plano? Morrer dançando?

— Não. Chama-se terapia. Estilo Jenna.

Ela pega a minha cerveja assim que o garçom pousa a caneca e toma um gole caprichado.

Então olha por cima do meu ombro e fica boquiaberta. Com um sorriso inocente, ela fala de repente:

— Tenho que fazer xixi. Volto rapidinho.

Sinto o coração acelerar quando me pergunto quem ela viu atrás de mim que a fez agir daquele jeito. Meu coração e minha alma, bem como várias partes do meu corpo, estão torcendo e rezando para que seja Trick. Embora eu saiba que vai ser muito difícil, especialmente se estiver com alguém, neste momento só quero vê-lo. Observá-lo enquanto caminha, admirar seu sorriso. Vê-lo passar os dedos pelo cabelo do jeito que ele costuma fazer.

Antes de me virar para trás, fecho os olhos. Tento me preparar, tento impedir que o frio na barriga me faça vomitar por todo o bar. Estou certa de que vou ver Trick.

Mas não vejo.

A terrível decepção, a arrasadora destruição daquela minúscula semente de esperança é quase insuportável. Minha garganta se fecha em um nó de frustração Tento engolir para me sentir melhor, mas não consigo.

A poucos metros de onde estou, me observando de pé, está Brent. Tento dar um sorriso, ao menos educado, mas meus lábios tremem, e eu sei que parece tão patético quanto imagino.

— Com licença — murmuro ao me levantar. Então vou ao banheiro, mas, em vez de entrar, continuo andando. Vou direto para a área do estacionamento e para o carro de Jenna. A noite está perdida e não há como recuperá-la.

Prefiro ir embora. É melhor dar a noite por encerrada.

42

Trick

Já se passaram quase três meses. Acho que pensei a mesma coisa todos os dias ao me levantar desde que deixei a casa de Cami: *É hoje. Hoje é o dia que ela vai mudar de ideia e nos dar outra chance.*

Agora, não sei se algum dia isso vai acontecer. Não sei se algum dia terei o futuro que eu havia começado a ver como realidade mais do que imaginação.

Hoje, isso parece menos provável do que antes.

E eu odeio essa sensação.

43

Cami

Meu pai não fala em outra coisa além do prêmio de uma das maiores corridas estaduais que está perto de acontecer, e o que planeja fazer com o dinheiro que ganhar.

Eu sei que deveria prestar mais atenção a isso, e realmente tento me concentrar no que ele diz. O problema é que, ultimamente, é como se eu tivesse perdido o interesse em quase tudo. Eu me sinto como se estivesse sendo sugada para um poço sem fundo. Um novo amanhecer, a esperança e a felicidade se tornam cada vez mais distantes a cada pôr do sol.

Acho que, de certa forma, eu esperava que Trick voltasse. Esperava que ele mudasse de ideia, ouvisse da sua mãe que eu tentei falar com ele e chegasse à conclusão de que não consegue viver sem mim.

Mas, pelo visto, isso nunca vai acontecer. E só me resta tentar construir uma espécie de vida sozinha, sem ele.

O problema é que eu não vejo interesse em uma vida sem ele. Em algum momento, quando eu estava distraída, Trick se tornou tudo que eu quero da vida. Sem ele, simplesmente não sei o que restou.

44
Trick

Desde quando as noites se tornaram tão longas? Provavelmente, quando comecei a perder o sono pensando em Cami. Toda vez que isso acontece, o que tem se repetido com mais frequência, não consigo voltar a dormir por causa desta terrível angústia que não me deixa em paz. Então fico deitado na cama, lembrando, desejando, xingando e me enfurecendo. Penso em todas as coisas que poderia ter dito, todas as coisas que poderiam ter feito a diferença. Mas, mesmo assim, não consigo voltar a dormir. E logo o ciclo se repete.

Pensei várias vezes em beber muito antes de ir para cama. Assim tiraria Cami da cabeça. Mas, por alguma razão, não consigo. Acho que o problema é que, no fundo, não *quero* tirá-la da cabeça. Só me restaram as lembranças e os desejos.

E eu ainda não estou pronto para abandoná-los. Se é que algum dia vou estar.

45
Cami

Não sei se a minha determinação é tão visível quanto o que eu sinto. Mas a expressão de Sooty me faz deduzir que, provavelmente, é isso que eu demonstro. Sem hesitar, passo direto por ele, desço o corredor principal do estábulo e paro em frente à baia de Lucky. Abro a porta e entro devagar. Mas paro imediatamente.

Meus olhos se enchem de lágrimas, como aconteceu nas outras vezes que o visitei. Eu me recosto na parede, cedo ao impulso de chorar como fiz nas outras vezes que dei uma passada no estábulo. Não consigo evitar. Eu bem que tentei. E muito. Mas o que sempre me vem à mente é o perfume de Trick, sua imagem, e a noite que passamos juntos quando Lucky nasceu.

Como é possível o melhor dia da sua vida também ser o pior? A tortura toma conta de mim ao lembrar de Trick cedendo ao impulso de me tomar nos braços e dos momentos que compartilhamos. Ainda assim, não consigo deixar de pensar nisso. Nem sequer o bastante para visitar Lucky sem começar a chorar.

46
Trick

O tempo está visivelmente mais fresco quando coloco Rags para testar suas habilidades. Ele fez mais progresso do que eu esperava. E eu me sinto satisfeito. Realmente satisfeito. No entanto, parece uma vitória mais sem sentido do que eu poderia imaginar. Tenho sonhado com este dia há muito tempo — o dia em que estaria domando e treinando meu próprio cavalo, assentando o alicerce do meu próprio futuro, finalmente recuperando algum controle da minha própria vida. E por que tudo isso não é como eu havia sonhado?

Antes de perdê-la, eu não fazia ideia do quanto havia incluído Cami nos meus pensamentos, nas minhas esperanças, nos meus planos. E nos meus sonhos mais felizes.

Embora no começo as coisas fossem diferentes, eu não levei muito tempo para imaginá-la como parte deste processo de domar cavalos selvagens, de vê-la me encorajando e de ficar sempre admirada diante da minha destreza em ganhar a confiança de um cavalo. Sorrio ao imaginá-la rindo e debochando do meu ego gigantesco em relação à confiança que eu tenho no potencial de Rags.

Meu sorriso desvanece no instante em que a imagem dela desaparece.

47

Cami

Normalmente, adoro quando o verão começa a dar lugar ao outono. Adoro as cores e o ar mais fresco, a empolgação da temporada de futebol americano que meu pai também sempre adorou. Durante a temporada de corridas, sempre há um intervalo se a fazenda tiver um cavalo participando das competições naquele ano. Se não for o caso, começa a temporada de compras de animais para os que querem participar das corridas no próximo ano.

Então chegam as férias. Logo depois, Ação de Graças e Natal, antes do Ano-Novo. Novos planos, novos cavalos. Mais treinamento, mais reprodução. É um ciclo que eu tenho presenciado durante grande parte da minha vida.

E sempre ansiei por isso.

Até este ano. Parece que até as melhores e mais excitantes coisas da vida perderam o brilho. Só posso esperar que esse brilho volte. Um dia.

48

Trick

— Não sei por que você não me deixou dirigir. Mesmo aquela merda que estou ajeitando agora seria melhor do que esta coisa.

Rusty não parou de reclamar desde que saímos da sua oficina.

— Como foi você que me ajudou a consertar este caminhão, está dizendo que o seu trabalho é uma merda. É isso?

— Eu faço um ótimo trabalho. Só estou dizendo que... é um caminhão. Não é tão confortável. Um carro seria muito melhor para uma viagem como esta.

— Primeiro, esta viagem não é tão longa assim. E, segundo, estou fazendo propaganda. Com logotipos magnéticos nas portas, é como se eu tivesse um anúncio ambulante do fantástico mundo da equitação.

Quando vendi o Mustang, me senti muito culpado. Foi como se tivesse traído o meu pai ou o tivesse desapontado, embora ele tenha feito isso primeiro. Ele realmente adorava aquele carro e queria que eu ficasse com ele. Mas, por questões financeiras, não havia justificativas para mantê-lo já que a sua venda ajudaria tanto.

Agora, o peso na consciência não é tão grande. Usei o logotipo do conjunto de ferrador que continham a ferradura e as minhas iniciais para o meu novo empreendimento, para minha nova vida. Mesmo não me sentindo o tempo todo um criador oficial de campeões quarto de milha, pelo menos posso começar a incorporar o tipo. Só falta o reboque para o caminhão que comprei, que também está equipado com o logotipo,.

— Essa viagem vai parecer longa pra cacete quando eu tentar saltar, com as pernas dormentes e a bunda com câimbra.

— Meu Deus, você é pior do que mulher. Pare de reclamar e vê se acha alguma música para a gente ouvir.

Nossa troca de farpa, em tom de brincadeira, continua durante os cento e oitenta quilômetros até a pista. A corrida que vamos assistir é uma das mais importantes antes da Colonial Cup, em novembro. Sei que todos os grandes criadores do sul têm pelo menos um cavalo competindo. Para colocar Rags em uma corrida no início do próximo ano, preciso dar uma olhada na competição.

Há centenas de anos, desde que cavalos da raça puro-sangue existem neste país, eles têm sido cruzados com os quarto de milha para produzirem cavalos mais resistentes e mais fortes, que são mais convenientes para corrida e corrida com obstáculos. Embora cavalos selvagens sejam todos quarto de milha, a linhagem dos primeiros vem dos puros-sangues que os colonizadores espanhóis trouxeram para este continente. Quando animais dessa raça são encontrados na floresta, como cavalos selvagens, são chamados de Mustangues. Estes cavalos selvagens possuem o perfil do campeão, a linhagem dos vencedores e só precisam ser domados...

E é aí que eu espero abrir caminho no mundo das corridas de cavalo. Até onde sei, ninguém jamais domou um cavalo selvagem e o colocou para competir. Nunca.

Mas estou prestes a mudar tudo isso.

Quando chegamos à pista, depois de estacionarmos, Rusty e eu vamos ao estábulo. Fiz questão de viajar cedo para circular por aquela área e dar uma olhada nos cavalos. E talvez até aprender algo útil ou importante. Não tinha planejado me jogar nisso às cegas. Achei que aprenderia muito mais sobre este assunto com Sooty e Jack, mas mesmo assim...

Ao longo do caminho, paro e me apresento a vários treinadores. Eles são bastante educados e a maioria não me vê como um oponente. Minha idade me favorece nesse aspecto. Eles não me temem nem se sentem ameaçados por mim, o que significa que estão mais dispostos a responderem às minhas perguntas e mais à vontade do que estariam em uma situação diferente. Pelo menos, esta é a minha teoria. E, por enquanto, parece que estou certo.

Depois de falar com um treinador vindo das regiões mais ao norte do estado, vejo as cores familiares da atividade de Jack — azul-acinzentado escuro e vermelho-telha. Não sei se é por não vê-lo há algum tempo ou porque ainda não consegui tirar Cami da cabeça, mas o tom de azul é como o dos seus olhos e o vermelho não é muito diferente do tom do seu cabelo. Pode ser minha imaginação, mas eu me pergunto se a aparência de Cherlynn tinha algo a ver com a escolha de Jack para as cores dos seus cavalos. Talvez, como eu, ele fosse tão apaixonado por ela que a via em todos os lugares, via seus olhos e seu cabelo em cada coisa azul ou vermelha.

Resolvo voltar. Não faz sentido tornar as coisas mais difíceis do que elas precisam ser. Não há razão para me torturar. Já se passaram meses desde que vi Cami, mas isso não tornou nada mais fácil. Na verdade, deve estar ficando ainda mais difícil a cada dia. Não tenho certeza. Às vezes, parece que não pode piorar. Mas, no dia seguinte, piora.

Rusty agarra meu braço.

— Aonde você vai, cara? Não o está reconhecendo?

Olho ao redor para ver a quem Rusty se refere. Então vejo Sooty na porta de um estábulo, olhando na minha direção. Nossos olhos se encontram, e ele acena para mim. Eu retribuo seu cumprimento. Então ele faz um gesto com a cabeça em direção ao estábulo e entra. Eu fico na dúvida se devo falar com ele.

Com certeza não deve doer, certo?

Então me viro e vou ao encontro de Sooty. De certa forma, espero que Cami esteja lá. Embora vê-la provavelmente me deixaria triste, quero isso. Só mais uma vez. De perto.

Mas ele está sozinho no estábulo. Só ele e Highland Runner.

Sei que a surpresa fica estampada no meu rosto.

— Tá de sacanagem comigo?

Sooty sorri daquele jeito todo seu. É um riso malicioso. E alegre.

— Não. Eu disse, você estava certo em relação a esse cavalo. Ele tem algo especial. É um vencedor.

— É a primeira corrida dele?

— Não, ele participou de algumas menos importantes. Não foi muito fácil convencer Jack. Mas quando ele o viu correr...

Um sentimento de orgulho e muitas coisas semelhantes transbordam dentro de mim. Tenho vontade de rir e gritar como uma criança. Porém me contenho. Apenas sorrio. Mas talvez seja um sorriso bem grande.

— Porra!

Sooty dá uma risada.

— Isso é tudo o que você tem a dizer?

— O que mais eu *deveria* dizer?

— Não sei, mas espero que esteja orgulhoso, filho. Jack tem selecionado e criado vencedores há muitos anos. Nunca o vi errar em relação a um cavalo, nunca o vi subestimar talento. O cara tem intuição. Mas você... você tem algo diferente, Trick. Você nasceu para domar estes cavalos. Está no seu sangue.

Eu respiro fundo. Sinto o peito encher de uma emoção que eu não quero que me domine. Sem saber o que fazer, estendo a mão. Sooty me cumprimenta.

— Obrigado, Sooty. Eu só... Não sei... Obrigado. Isso significa muito.

Ele entende a minha emoção.

— Eu sabia. — Sooty se inclina para trás e levanta a aba do chapéu. — O que traz você aqui?

— Só estou dando uma olhada na competição.

— Competição? É isso mesmo?

Respondo com um gesto afirmativo de cabeça.

— Peguei um cavalo agora. Estou apostando nele. Não sei exatamente como vai ser, mas tenho que tentar.

— Você está falando sobre aquele cavalo selvagem? Você finalmente conseguiu pegá-lo?

Não me lembro de ter falado com Sooty sobre os meus planos de pegar Rags.

— Sim, consegui. Há alguns meses. Como você ficou sabendo?

— Um passarinho me contou — ele diz com uma piscada. — Fico feliz em saber que você conseguiu.

Cami falava com Sooty sobre mim? Não sei como me sinto a respeito disso. Estimulado, com certeza. Curioso. Confuso.

Cacete! Não me dê esperança depois de todo esse tempo.

Mas é tarde demais. A esperança já começa a se formar dentro de mim. Talvez ela tenha mudado de ideia em algum momento, mas não teve coragem de ir ao meu encontro. Afinal de contas, eu nunca disse a ela o que sinto, mesmo depois de, acidentalmente, ela ter dito que me amava. Talvez eu devesse ter feito isso. Talvez tivesse feito toda a diferença.

Sooty e eu falamos um pouco mais sobre cavalos, porém a minha mente está distante da conversa. Só consigo pensar em Cami e se eu deveria achar um meio de ir ao seu encontro. Ao menos para ver se ela também está arrependida. Eu não seria mal educado ou a pressionaria em relação a isso. Posso fazê-lo de forma casual, apenas uma conversa franca para ver a sua reação.

Então nos despedimos, e Rusty e eu nos dirigimos à arquibancada para assistir à corrida. Volto a olhar para Jack, mas não o vejo.

Quando a corrida está prestes a começar, não é nenhuma surpresa que eu já esteja torcendo por Highland Runner. Acredito nele quase tanto quanto em Rags. Sinto como se ambos fossem meus, os meus projetos, os meus vencedores. Provas vivas de que estou no caminho certo.

É dada a largada e os portões se abrem. A corrida começa. Não consigo me imaginar ficando mais nervoso se o meu próprio cavalo estivesse competindo. Sinto cada músculo no meu corpo ficar tenso, ansioso. E quando Runner cruza a linha de chegada com uma cabeça de vantagem, eu me vejo de pé, comemorando a vitória sem pensar duas vezes.

— Ei, cara, calma. Parece até que o cavalo é seu — diz Rusty ao meu lado. — Esqueceu que ele é *seu* concorrente?

Não consigo parar de sorrir.

— Não, não esqueci. Mas esta vitória é prova de que eu posso ir em frente, que eu sei o que estou fazendo. Todos duvidaram de mim, mas agora eles conseguem enxergar. — Na minha cabeça, o rosto de Cami na praia, em Currituck, começa a flutuar. Ela não duvidou de mim. Acho que jamais duvidou. — Eu posso formar um campeão, Rusty — digo ao me virar e agarrar seus braços. Tenho o impulso ridículo de abraçá-lo e dar-lhe um tapa nas costas. Não faço isso, mas, na minha empolgação, bato no seu peito com o punho algumas vezes. Não consigo evitar. — Cacete! Puta que pariu, eu posso mesmo formar campeões!

Sinto-me aliviado. E empolgado. E aliviado por *estar* empolgado. Esta sensação tem se tornado cada vez mais ausente desde que briguei com Cami. Estou tão arrebatado pela emoção do momento que quase não presto atenção às pessoas à minha volta quando nos dirigimos ao local da premiação. Tenho que dar os parabéns a Sooty. E talvez deixá-lo me dar os parabéns. Isso seria muito bacana. Mais do que isso, quero olhar Jack Hines bem no olho, mesmo se for a distância, e deixá-lo ver que eu sei o que estou fazendo. Ele precisa ver que eu sabia que estava certo. E que ele estava errado.

Conforme me aproximo do local da premiação, a multidão aumenta. Ainda bem que sou alto, portanto posso ver acima da maioria das cabeças as pessoas que estou procurando.

Primeiro eu avisto Sooty. Ele parece um pai orgulhoso. Ao seu lado está Jack Hines, com o braço no ombro de Sooty como se fossem grandes amigos. Eu rio com desdém. Duvido que Jack seja amigo de alguém. Jack só presta atenção a si mesmo. Exceto, talvez, em Cami. E até disso eu não tenho certeza. Ele parece mais interessado em vê-la encontrando um bom partido do que sendo feliz.

Fico de olho nele até que ele me veja. Sua expressão muda discretamente quando os nossos olhos se encontram. Talvez seja minha imaginação. Não sei. Seu olhar diz tudo que eu preciso saber.

Jack Hines nunca irá achar que eu tenho habilidades suficientes com cavalos; mesmo diante das evidências, Jack Hines nunca me dará o devido crédito — em relação à sua filha, seus cavalos e seu respeito. Ele sempre verá o meu pai quando olhar para mim. E irá se sentir sempre desconfiado e em uma posição superior, difícil de agradar e esnobe.

Mas ele é o pai da pessoa que eu *quero* ao meu lado. Então o que eu devo fazer?

Talvez eu devesse me aproximar dele, tentar estabelecer um diálogo. Talvez isso me ajudasse a reconquistar Cami.

Estou me perguntando qual seria a melhor forma de lidar com a situação, de lidar com *Jack*, quando vejo um tom avermelhado se mover rapidamente atrás dele. É a cor que eu vejo em todos os lugares e, ao mesmo tempo, em lugar nenhum. Uma cor que frequenta os meus pensamentos todos os dias e os meus sonhos todas as noites.

Imediatamente, me esqueço de Jack quando ele se vira e puxa a filha entre ele e Sooty. Ela está linda com uma blusa roxa, que realça a discreta tonalidade violeta dos seus olhos. Seu cabelo está preso, de um jeito sexy no alto da cabeça, com algumas mechas onduladas em volta do rosto e do pescoço. Isso me faz ter vontade de ficar sozinho com ela em algum lugar e acariciá-lo. Despenteá-la de uma forma agradável.

Ela vira a cabeça para falar com alguém, e eu acompanho seu olhar. É o babaca do namorado que eu achei que ela havia dado o fora. Brent.

Meu desejo e a última gota de esperança vão para o espaço.

49

Cami

Brent me pergunta algo, mas eu não consigo ouvir por causa da multidão, então resolvo ignorá-lo. Desde o término do namoro, fomos basicamente forçados a manter uma espécie de amizade. Por ordem do meu pai, ele ainda ocupa uma posição na nossa família. Não sei se é porque meu pai só o quer por perto ou se é porque ele ainda está forçando a barra por uma reconciliação. Seja o que for, é algo... forçado. Pelo menos para mim. Brent parece não ter tido problema nenhum para se adaptar à situação. Seu comportamento reflete a intimidade que uma vez compartilhamos, intimidade que eu prefiro esquecer. Mas está claro que ele ficaria mais do que feliz em retomá-la.

Pelo visto, ele não estava mais apegado a mim do que eu estava a ele. Só o seu ego foi ferido. E, mesmo assim, temporariamente. Acho que era só uma transa com o potencial tremendo da "esposa troféu". Por essa razão, quando Brent viu que eu não estava com Trick, começou a agir sem cerimônia, de um jeito que me deixa desconfortável.

Homens!

Finalmente, quando sinto sua mão na minha cintura tentando chamar minha atenção, percebo que ele não vai ser ignorado. Então me viro para ouvi-lo.

— O que foi, Brent?

Odeio meu tom arrogante, mas ele está me deixando irritada por alguma razão. Provavelmente porque tenho Trick nos meus pensamentos (como de costume), e ele não é Trick, o que ele não pode mudar. Mas mesmo assim...

Seu sorriso não vacila.

— Acabei de receber uma ligação e tenho que voltar. Que tal ir comigo?

Eu me afasto dele, engolindo a minha frustração. Começo a responder, mas a minha resposta é interrompida de repente quando meus olhos colidem com os olhos cinza-esverdeado que frequentam meus pensamentos a cada minuto que estou acordada. E quando não estou acordada também.

É Trick.

Meu coração dispara e, por um segundo, perco o fôlego enquanto ele me olha. Mil imagens percorrem minha mente, a maioria delas dignas de um filme ou, no mínimo, de um comercial de refrigerante. Todas envolvem nós dois, correndo ao encontro um do outro de alguma forma.

Mas logo a sua expressão se entristece, como se ele não estivesse muito feliz em me ver e meus sonhos se dissipam como fumaça.

Seus lábios se contraem, ele se vira e vai embora. Sem dar nenhum outro tipo de cumprimento. Sem nem se preocupar com nenhuma espécie de sutileza. Apenas me lança um olhar desaprovador e se afasta.

Eu me sinto perdida. E desesperada. E sozinha. Profundamente sozinha. Uma solidão que me diz que eu nunca encontrarei alguém capaz de substituí-lo. Que vou passar o resto da vida sentindo sua falta, querendo estar ao seu lado, chorando por ele. E agora sei que não há nada que eu possa fazer para mudar isso. A mãe dele estava certa. Não houve equívoco. Trick me abandonou quando saiu da minha casa naquele dia. Todo este tempo, eu tenho me agarrado a um sonho, a uma ideia que não existe. Acho que jamais existiu. Eu apostei muito mais no nosso relacionamento do que ele. Eu me joguei de cabeça enquanto ele estava... ao sabor da maré, até começar a nadar novamente. Até começar a nadar para longe. Longe de mim.

Com os olhos cheios de lágrimas, vejo Trick desaparecer na multidão. Meu pai inclina a cabeça para falar no meu ouvido.

— Não se esqueça de que você é o centro das atenções.

Já percebi.

Pisco rapidamente para limpar a minha visão embaçada e abro um largo sorriso para todos aqueles que estão olhando. Então espero até que todos os flashes das câmeras tenham sido disparados e toda a comoção termine e arranjo uma desculpa para me afastar. Abro caminho por entre a multidão e vou até o carro de Brent o mais rápido possível. Tenho que sair daqui. Não sei quanto tempo mais posso conter o vulcão da angústia que se agita logo abaixo da superfície. É só uma questão de tempo antes que eu possa explodir e depois evaporar.

Então pego o telefone e mando uma mensagem para o meu pai avisando que vou voltar para casa com Brent. Sei que ele ficará muito feliz com essa bobeira e isso me irrita. Quase distraidamente mando uma mensagem para Brent.

Posso pegar uma carona para casa com você? Como amiga. Como a filha de Jack. Nada mais.

Em poucos minutos, eu o vejo caminhar na minha direção. Ele está sorrindo. Um sorriso presunçoso. Provavelmente muito parecido com o do meu pai. Eu não preciso vê-lo para saber que é assim. Conheço o meu pai muito bem.

Quando Brent se aproxima, ele aperta o botão para destrancar as portas, e eu entro no carro. Ele se vira para falar comigo, mas eu dou um corte sem nem olhar para ele. Não quero que ele veja o que está me perturbando. Só vou deixá-lo pensar que estou aborrecida por outra coisa.

— Por favor não faça perguntas, Brent. Não posso lidar com isto agora. Pode dirigir. Por favor.

Fecho os olhos e reclino a cabeça na esperança de que o gesto fale por si e ponha um fim na conversa. E consigo. Mas ainda posso sentir sua insatisfação. Acontece que, no momento, eu não dou a mínima.

Depois de ter que expulsar Brent quando chego em casa, só consigo pensar no passado, no presente e no futuro que nunca virá.

Os erros egoístas da minha mãe. A reação fria do meu pai. As coisas que esconderam de mim e como isso arruinou a minha vida com Trick. O tempo que eu perdi dando ouvido às pessoas que eu considerava confiáveis, pessoas que realmente eu não conhecia a fundo. E, naturalmente, o futuro que nunca terei com o homem que amo.

Algo me corrói mais do que qualquer outra coisa — a perda de Trick. O resto eu posso relevar. Esquecer. Superar. Mas isso, não. Trick, não. Ele é um caso à parte.

Fico perambulando pela casa, inquieta. Drogheda deve ter saído e a minha mãe ainda está no clube. Ou em algum outro lugar. Talvez correndo atrás de algum gostosão para o prazer da tarde. Quem sabe? Então estou sozinha. Com meus pensamentos. E todas as coisas que não posso resolver e das quais não consigo me livrar.

Ao sair do escritório do meu pai, passo pelo pequeno bar no canto da sala. Vejo uma garrafa de Patron pela metade na primeira prateleira laqueada. A bebida favorita de Trick.

Eu me pergunto se isso seria como o veneno que cura.

Então pego a garrafa e um copo de cristal antes de me servir uma dose. Tequila pura. Sem mistura. Tomo um gole. A bebida desce queimando. Exatamente como eu queria. Espero que queime o pensamento e a esperança e a angústia e o arrependimento e... tudo. E não deixe nada, exceto cicatrizes impenetráveis.

Acabo de beber e tomo outra dose. E mais outra. Até sentir a cabeça confusa demais para pensar direito. Mas, mesmo assim, não me sinto confusa o bastante para não pensar em Trick.

Então me sento na cadeira atrás da escrivaninha, tomando provavelmente o quinto copo de tequila quando o meu pai entra.

— Eis o idiota que sempre tentou controlar a minha vida inteira. E acabou por destruí-la. Como é bom ver você, *papai*!

Ele para na entrada e me lança um olhar furioso. Me esforço para ficar de pé e fico tão tonta que sou obrigada a me agarrar na borda da escrivaninha para permanecer de pé.

— O que você fez? — ele pergunta.

— Tomei uma bebida. Porque eu posso. E não há nada que você possa fazer para me impedir. Sou bem crescidinha para tomar as minhas próprias decisões. Não tenho mais que escutar o poderoso Jack Hines.

Embora ele se controle perfeitamente, vejo o seu mau humor aumentar. Vejo a contração reveladora no seu olho esquerdo.

— Enquanto estiver sob o meu teto, mocinha...

— Ah, pode parar! Não quero ouvir as suas ameaças. Você já causou danos o suficiente. Você é tão frio e impiedoso que levou sua esposa para os braços de outro homem. Não é o bastante? Não dá para, pelo menos, me deixar em paz? Me deixar encontrar a felicidade? Será que tudo tem que ser do seu jeito? Sob o seu controle? Tudo precisa ser de acordo com as suas especificações, suas expectativas? Porque isso não vai acontecer, papai. Ninguém na sua vida será bom o bastante. Mas não é assim que funciona com as outras pessoas.

— Cami, do que você está falando?

Fico furiosa ao sentir meus olhos se encherem de lágrimas. As lágrimas estão sempre prestes a eclodir. Pelo menos desde que Trick partiu.

— De Trick, papai. Foi você quem o fez ir embora. Primeiro porque foi tão injusto com ele e porque escondeu algo tão importante de mim. Eu cometi o erro imperdoável de partir para sua defesa e a da mamãe. Nunca me passou pela cabeça que algo assim poderia ser verdade e que eu não soubesse de nada. Briguei com ele, papai! Briguei com *ele*! Praticamente o chamei de mentiroso! E agora ele se foi, e nunca mais vai voltar.

Falar essas palavras em alto e bom som é como botar lenha na fogueira. Toda a ilusão que eu alimentava, o restinho de esperança que eu carregava, desaparece em chamas. E eu sinto o corpo arder de raiva. O meu peito, a minha cabeça, a minha alma — tudo dói, desde a superfície da minha pele ao interior do meu corpo. Não posso suportar ficar dentro da minha própria cabeça nem por mais um segundo.

Então saio correndo do escritório, desesperada para me afastar dali — das lembranças, das pessoas, do inevitável. Pego o celular e ligo para Jenna. Ela atende no primeiro toque. E ri.

— Cami! — ela diz toda expansiva.

— Vem me buscar.

— O quê?

— Vem me buscar.

Ela dá risadinhas.

— Não posso. Por que você não vem até aqui?

— Não posso dirigir, Jenna. Venha até a minha casa me buscar.

Ela fica um pouco mais contida. Pelo menos, sua voz adquire esse tom.

— Sério, Cam, não posso dirigir também. Bebi o dia todo. Aconteceu alguma coisa?

Eu começo a chorar. Não consigo evitar. É como se meu último suporte de esperança por solidariedade e apoio tivessem simplesmente desaparecido.

— Eu... Eu... — Estou chorando tanto que nem consigo falar.

— Aguenta firme, Cami. Chego aí em dez minutos.

Não faço perguntas. Apenas sinto-me aliviada por ela fazer alguma coisa.

— Tudo bem.

Ela desliga, e eu saio para me sentar à beira da piscina e esperar por ela. Na minha alucinação, vejo Trick lá, sorrindo enquanto tira a roupa. Então me levanto e começo a andar em direção ao estábulo. No caminho, fico repetindo para mim mesma para não ir em frente, que isso só irá piorar as coisas. Mas, pelo visto, sou masoquista. Já que vou chafurdar na lama, tenho que ir fundo.

Vou direto à baia de Lucky. Ele é alto o bastante para ficar acima do parapeito superior. Acaricio o seu nariz aveludado. E caio em prantos.

Começo a soluçar e quase não consigo ver nada. Estou colocando todas as sensações para fora, tudo o que eu mantinha guardado dentro de mim.

Meu corpo treme tanto que eu mal consigo ficar de pé, portanto deixo meus joelhos dobrarem e desabo na entrada do estábulo. É lá que Sooty me encontra.

Ele põe sua mão áspera sobre o meu ombro e pergunta:

— O que aconteceu, menina?

Balanço a cabeça. Estou chorando muito para conseguir falar. Então ele se agacha ao meu lado e me abraça. Eu me debruço no seu peito e choro ainda mais. Se, pelo menos, eu tivesse um pai que agisse assim, que se preocupasse assim e que demonstrasse tudo dessa forma, talvez eu não estivesse desse jeito.

Estou sentada no chão sujo do estábulo, encharcando a camisa de Sooty, quando Jenna me encontra. Ela corre e fica ao meu lado.

— Meu Deus, Cami, você está bem?

Seu olhar se alterna entre mim e Sooty. Seria cômico se não fosse trágico.

— Por favor, me tirem daqui — eu suplico.

Ela me ajuda a levantar, e eu sacudo a poeira da parte de trás da minha calça. Sooty também se levanta, e eu vejo a enorme parte molhada no seu ombro.

Olho em seus olhos. Quero agradecê-lo e pedir desculpas, mas as lágrimas começam novamente. Sooty sorri daquele jeito doce típico dele e belisca o meu queixo.

— Não permita que nada te impeça de fazer o que você quer. Nem mesmo orgulho.

Tenho o ímpeto de falar que o problema não é esse, explicar que não estou tentando me impedir de conseguir o que eu quero. E mostrar que o que eu quero simplesmente não me quer, mas Jenna começa a puxar meu braço.

— Obrigada por cuidar dela antes que eu conseguisse chegar — ela diz a Sooty e começa a me levar para as portas dos fundos da baia.

Procuro o seu carro, mas não o vejo.

— Como você chegou aqui?

Ela acena a cabeça para um lugar a meio caminho entre a casa e o estábulo. O carro de Rusty está ali parado, e Rusty olha na nossa direção pelo para-brisa com ar de curiosidade.

— Desculpe, Jenna! Sei que você queria ficar fora disto, você e Rusty. Desculpe.

As lágrimas começam a cair novamente.

— Shh, shh, shh — ela sussurra tentando me consolar. — Nenhum homem vai me afastar da minha melhor amiga quando ela precisa de mim. Mas ele nem se deu ao trabalho. Não desta vez. Sabia que era sério.

Ele não vai falar nada pro Trick, não é?

— Não. Nos últimos dias, ele não tem falado muito com Trick. Hoje foi a primeira vez que eles realmente se viram depois de um tempão.

Eu paro imediatamente.

— Ele esteve com Trick hoje? Na corrida?

Jenna confirma com um gesto de cabeça.

— Sim, voltaram cedo, e Rusty me surpreendeu.

— Mas ele está...

— Não. Fique tranquila. Vamos. Ele vai nos levar para a garagem por algum tempo. Quando tiver passado o efeito da bebida que eu tomei, podemos ir para a minha casa e você pode passar a noite lá.

— Ah... tudo bem.

Quando chegamos ao carro de Rusty, que eu imagino ser um GTO, mas que não pode ser identificado com certeza na luz fraca, Jenna abre a porta do carona. Em seguida, levanta o banco e eu me arrasto para a parte de trás. Jenna se senta no banco da frente e bate a porta. Como não saímos de imediato, começo a me perguntar a razão de permanecermos ali, mas então Rusty se vira para mim.

As luzes de fora que rodeiam o estábulo iluminam o interior do carro o suficiente para que eu possa ver a metade do seu rosto. Não vejo seu sorriso habitual, divertido e sua expressão descontraída. Agora, ela demonstra tensão.

Ele se estica e toca o meu joelho, mexendo a minha perna.

— Tudo bem, garota?

O toque de Rusty não é nem um pouco inapropriado ou malicioso; é o equivalente a um tapinha nas costas. Não tenho a menor dúvida de que ele está realmente preocupado comigo. Daqui para a frente, ele terá toda a minha simpatia. Será o irmão que eu nunca tive. E Jenna, a irmã.

Dou um sorriso fraco e faço um gesto afirmativo de cabeça. A minha segurança é uma farsa total, mas, se eu começar a falar com ele sobre Trick, vou perdê-la.

Ele dá tapinhas no meu joelho, assente, e se vira para dar ré. Ninguém fala nada a caminho da garagem. O silêncio mais o movimento do carro e os barulhos suaves da estrada são mais do que suficientes para me fazerem dormir imediatamente.

As vozes em tom baixo me despertam, mas, entre a tequila e a exaustão emocional, nem me preocupo em abrir os olhos. Prefiro a paz e a solidão do sono. Prefiro esquecer.

Não sei dizer se são alguns segundos, alguns minutos ou algumas horas quando ouço as vozes novamente. Desta vez, elas são acompanhadas de um clique e uma luz forte que brilha nos meus olhos. Então fecho os olhos bem apertados e viro o rosto para o outro lado. Minha vontade é de xingar, fazer escândalo e gritar para que me deixem em paz, mas não tenho energia. Prefiro dormir.

Porém isso se torna praticamente impossível quando sinto o toque de mãos fazendo um pequeno movimento sob meus ombros e joelhos. Então alguém dobra meu corpo como um guardanapo e me retira do banco do carro. Só quando estou a ponto de expressar minha insatisfação, de um modo bem grosseiro, sinto-me aninhada em braços fortes contra um peito firme. Algo no fundo da minha mente insiste em me fazer acordar e prestar atenção no que está acontecendo. Ignoro a intuição para me aconchegar ainda mais.

Mas então sinto o cheiro do seu sabonete. É inconfundível. Um aroma de limpeza e levemente perfumado. É Trick.

Abro os olhos embaçados, mantendo-os semicerrados para enxergar contra a luz. Não é uma luz muito forte, mas ainda assim, incomoda. Então pisco algumas vezes até poder focar a visão. Ambos ficamos paralisados quando ele olha para mim. Sua expressão é apática. Não sei se isso me causa tristeza ou não. Neste momento, estou apenas feliz demais por estar olhando para ele novamente de tão perto e por estar sendo carregada por ele. Nunca pensei que sentiria seus braços novamente.

Trick digo com a voz rouca.

— Shhh — ele sussurra ao começar a andar novamente.

Independentemente de todo o resto — toda a dor, decepção, dúvida e perda — me sinto satisfeita por estar com Trick até nesta situação. Não acho que as circunstâncias façam diferença. Só quero Trick. Fim de papo.

Coloco os braços em volta do seu pescoço e pouso a cabeça no seu ombro. Ele me puxa para junto de si por um segundo. Como em um abraço forte.

Isso realmente aconteceu? Ou estou imaginando coisas? Talvez ele estivesse apenas tentando uma forma melhor de me segurar.

Gosto muito mais do próximo pensamento que vem à minha cabeça.

Talvez não seja só isso.

A bebida me deixa corajosa. Sempre. Portanto, não é nenhuma surpresa que eu encontre coragem para apertar meus braços em volta dele e enfiar o rosto no seu pescoço. Ouço um barulho. Como um chiado. Será que é uma demonstração de repúdio? Ou decepção? Mas também pode ser outra coisa. Só há um modo de descobrir, então pressiono os lábios na sua pele.

— Como você veio parar aqui? — pergunto, mas realmente não me importo. Só penso que uma parte de mim acredita que isto é um sonho.

— Eu estava em casa. Vim para ver se Rusty poderia dar uma olhada no meu caminhão.

Minha cabeça ainda está girando, mas noto quando a luz desaparece. Está bem mais tranquilo agora, e eu sinto o cheiro de algo parecido com aroma cítrico.

— Seu caminhão?

— Sim. Comprei um caminhão. Volte a dormir, Cami.

Abro os olhos quando Trick me deita em uma superfície macia. Um sofá ou algum tipo de cama. Posso ver seu rosto na luz fraca, mas não está muito nítido.

— Por que você me carregou?

— Porque você não pode dormir no carro.

Não era essa a resposta que eu esperava ouvir.

— Por que está aqui?

— Eu já disse. Estava à procura de Rusty.

— Trick, eu...

Ele não me deixa completar a frase.

— Boa noite, Cami.

E com isso ele se afasta e fecha a porta atrás de si.

50
Trick

Permaneço do lado de fora da porta fechada durante alguns segundos. Por mais que pareça algo depravado, uma parte de mim quer voltar para lá e tirar proveito do estado levemente embriagado de Cami. Apenas para abraçá-la mais uma vez, sentir seu corpo quente contra o meu.

— Cacete — xingo baixinho, me forçando a ir para longe da porta.

— O que foi? — Rusty pergunta.

— Nada. Ela vai dormir. Obrigado por deixá-la descansar lá atrás, cara.

— Não tem problema. Você sabe disso.

— Eu sei que você deveria ter... outros planos para esta noite — digo, olhando Jenna que está sentada no capô de um Ford antigo bebendo uma cerveja.

Rusty sorri.

— Com certeza eu tinha, mas nada que eu não possa deixar para outro dia. Tem certeza que ela vai ficar bem?

— Claro. Vai passar mal pra cacete de manhã, mas vai encarar.

— Cara, essa garota está arrasada!

— Como assim?

— Ela estava num estado deplorável quando ligou. Ainda estava mal quando chegamos lá.

— Por quê?

— O que você acha, idiota? Por sua causa!

— Seja o que for que está causando o sofrimento dela, não tem nada a ver comigo. Ela voltou com aquele babaca do namorado.

— Não, não voltou. Pelo menos, de acordo com Jenna.

Meu coração bate tão rápido que parece que vai pular do peito.

— O que ela disse?

— Ela é louca por você, Trick. Pensei que você soubesse.

— Se alguma vez ela sentiu algo por mim, com certeza superou esse sentimento bem rápido.

— Ou você *pensa* que ela superou.

— Sem querer ofender, Rus, mas você não sabe do que está falando. Talvez seja melhor ficar fora disso.

— Foi exatamente o que eu disse à Jenna, mas... cacete, aquela garota me convenceu que Cami está apaixonada por você. Ela olha para mim com aquele olhar sensual, e eu desisto de pensar com esta cabeça — ele diz com um sorriso, batendo na testa.

— Tudo bem. Agradeço por você tentar ajudar, mas já era. Acabou.

— É uma pena, cara. Vocês dois faziam um bom par.

Suas palavras são como uma facada no peito. Tento sorrir da melhor forma possível.

— Eu sei. Mas... tanto faz.

Gostaria de fato de me *sentir* tão indiferente em relação a tudo isso. Mas não consigo. Me sinto despedaçado por dentro. Sou muito bom em esconder o que sinto.

Me viro e vou até a geladeira que fica no canto dos fundos da garagem. Vejo a garrafa de Patron que não foi aberta na parte de cima e penso em abri-la. Mas, em vez disso, abro a porta e pego uma cerveja gelada

Antes que eu consiga tomar mais que um gole, a porta do pequeno quarto nos fundos se abre, revelando uma Cami seriamente aborrecida na entrada.

Ela está linda. E gostosa. Seu cabelo está despenteado, livre de qualquer coisa que o manteve preso o dia todo. Sua blusa está amassada e caída em um dos ombros. Seu peito está erguido. Ela está descalça. Mas a coisa mais linda é o seu rosto maravilhoso. As maçãs estão avermelhadas, como um rubor permanente, e seus olhos estão espumando de raiva. Não sei o que a deixou tão furiosa, mas fico agradecido.

Ela olha em volta da garagem. Primeiro, seu olhar para em Rusty e Jenna, então prosseguem. Ela para quando me avista, e eu juro que chego a pensar que, realmente, ela fica três vezes mais bonita.

Seus lábios se abrem um pouco e, por um segundo apenas, há outra coisa além de raiva nos seus olhos. Quase como se estivesse contente de me ver, mas odiasse a sensação.

Será que Rusty e Jenna estão certos? Será que julguei e interpretei tão mal assim toda a situação?

Quando nos encaramos por não mais do que alguns segundos, decido que só há um modo de descobrir. Assim que ela começa a caminhar, furiosa na minha direção, vou ao seu encontro. Acho que isso a deixa um tanto confusa, porque ela para e olha para Rusty e Jenna novamente antes de voltar a atenção para mim.

Continuo andando até me ver quase em cima dela. Então mantenho meu olhar fixo e percebo que nunca na vida desejei tanto beijar alguém. Ela levanta a cabeça, com os olhos arregalados e confusos. Ela está linda e realmente não tenho outra escolha.

Eu a beijo.

51

Cami

De todas as coisas que eu esperava quando saí daquele quarto, isso não estava na lista.

As mãos de Trick acariciam meu rosto e sua boca devora a minha. Minha cabeça vacila entre a mistura de cerveja gelada e menta adocicada na sua língua.

Estou surpresa. E confusa. E emocionada. E esperançosa. Tudo ao mesmo tempo. Levo alguns segundos para me recuperar, para decidir o que fazer. Mas quando consigo, não há dúvida em relação ao meu próximo passo.

Deixo-me levar pelo momento.

Não me preocupo com as respostas que não tenho nem com as dúvidas que me afligem. Me preocupo com o fato de Trick estar me desejando agora. Isso é tudo que importa. Mesmo que seja a última vez, vou em frente

Então inclino a cabeça, beijo Trick mais apaixonadamente e pressiono meu corpo no dele. Seu gemido vibra na minha língua e estremece nos meus lábios. A excitação toma conta de mim.

Suas mãos descem pelo meu cabelo e o beijo se torna voraz. Como se ele sentisse o mesmo desejo ardente que eu sinto. Passo os braços em volta dele e coloco as mãos por baixo da sua camiseta, onde posso sentir a pele macia e quente das suas costas.

Trick mantém os lábios nos meus quando me toma nos braços. Meu pulso dispara, e eu o agarro com força para não deixá-lo se afastar.

Quando ele me leva para o quarto de onde acabei de sair, dá um pontapé na porta para fechá-la e me deixa ainda mais encorajada. Então eu o beijo com mais paixão, sem querer dar a ele um segundo para respirar, pensar ou mudar de ideia. Eu o quero tomado de empolgação, tomado de desejo, de impulso sexual. Não posso me arriscar a deixá-lo se lembrar de todas as razões que o impeçam a ir em frente.

Tiro a sua camisa e me inclino um pouco para trás, o suficiente para puxá-la pela cabeça. Ele também tira a minha blusa e logo estamos nos beijando novamente. Não me satisfaço em colar meu corpo ao dele, não me satisfaço com o contato da sua pele. Pressiono meu corpo ao seu enquanto abro o botão da sua calça. Seus dedos afastam os meus e fazem o trabalho mais rápido. Em seguida, Trick se livra da calça, me ergue nos braços e me carrega até a cama.

Como num passe de mágica, ele tira a minha roupa rapidamente. Então se afasta por um momento, e eu ouço a embalagem metálica sendo aberta. Depois volta para o meu lado. Passo os dedos pelo seu cabelo e o puxo para junto de mim, beijando-o com todo o amor e paixão que sinto por ele. Chego a estremecer quando ele se estica em cima de mim, cada centímetro do meu corpo coberto pelo seu.

Passo as pernas em volta do seu quadril com força e a ansiedade domina meus músculos. Eu perco o fôlego quando ele me penetra. Nada jamais pareceu mais natural. As palavras fluem do meu coração e dos meus lábios sem que eu pense nas consequências.

— Eu te amo — sussurro.

Trick fica calado. Ainda profundamente dentro de mim, ele levanta a cabeça e olha bem no meu rosto.

Mesmo sob a luz fraca, percebo seus olhos claros. Eu os encaro, guardando-os na memória junto com este momento. A característica efêmera desta amostra perfeita de felicidade toma conta de mim e me sufoca. As lágrimas transbordam, escorrendo pelo cabelo na testa. Fecho os olhos com força para que ele não veja a minha tristeza. Ou destrua a forte emoção do momento.

— O que foi que você disse?

Sua voz é tão baixa e tão suave que abro os olhos para me assegurar de que não estava imaginando coisas. Seus lábios não se movem.

— O que você disse? — ele repete.

O calor toma conta do meu rosto. Uma coisa é confessar algo assim no calor do momento, sem saber se vai haver rejeição da outra parte. Outra coisa é fazê-lo diante de um momento sério e lúcido como esse.

Mas eu respondo sua pergunta, em parte porque não quero me arrepender de *não* ter dito como me sinto, mesmo que ele não se sinta da mesma forma. Vou guardar no coração o tempo que passei com Trick pelo resto da minha vida. Também posso me arriscar.

— Eu disse que te amo.

Trick franze a testa.

— Mas e o tal do Brent? E o seu pai? E... todo o resto?

Não me importo com ninguém. Nem com *nada*. Tudo o que me importa é você.

— Quer dizer que você não voltou com Brent?

— Não.

— Se me ama, por que não me procurou? Por que ficou afastada?

É a minha vez de franzir a testa.

— Eu procurei por você. Fui à sua casa e falei com a sua mãe. Ela não disse?

Trick suspira e encosta a testa na minha.

— Não, ela não disse nada.

Uma espécie de esperança se abre no meu peito. Uma pergunta está na ponta da minha língua. Meu coração dispara quando resolvo falar. Mas eu preciso saber. E posso não ter outra chance.

— E isso teria feito alguma diferença?

Trick olha para mim.

— Claro que teria. Cami, estou apaixonado por você. Eu me mantive afastado porque pensei que você preferia assim.

Não ouço nada além da parte onde ele diz que está apaixonado por mim. As lágrimas escorrem pelo meu rosto como uma cachoeira.

— O que foi? — ele pergunta baixinho, secando uma lágrima que desliza pelo canto do meu olho. — Por que você está chorando?

— Eu pensei que você tivesse ido embora. Para sempre. Pensei que tinha perdido você.

— Eu pensei a mesma coisa — ele admite, beijando as minhas pálpebras e meu rosto. — Ah, meu Deus, Cami, não sabia como ia viver o resto da minha vida sem você.

Envolvo meus braços e minhas pernas com mais força em volta de Trick, um modo físico de expressar que nunca o deixarei ir embora. Nunca.

O gesto faz com que ele se movimente dentro de mim, e meu corpo reage, levando-o a me penetrar ainda mais. Ouço o chiado da sua respiração por entre os dentes.

— Porra, será que a gente pode falar sobre isso depois? Eu mal consigo pensar quando você faz isto, quem dirá conversar.

Eu rio. No meu coração, na minha cabeça, na minha alma, eu rio.

— Claro. Acho que já resolvemos as coisas mais importantes.

Ele sai de dentro de mim e me penetra mais uma vez. A sensação me deixa sem fôlego.

— Acho que restou uma coisinha que eu preciso resolver, se você não se importa.

Ele morde o meu queixo de brincadeira enquanto flexiona o quadril e me acaricia com os dedos.

— Cumpra sua obrigação — eu digo.

E o resto, como dizem, é história.

52

Trick

Estaciono o caminhão bem na extremidade da clareira, onde a casa será construída. Pelo menos, eu acho que este é o local onde ela ficará. Minha esposa terá a palavra final. Contanto que diga sim, claro.

Olho para Cami, que está quietinha ao meu lado com os olhos vendados e ansiosos.

— Tem certeza de que está pronta?

— Para ver o que comprou com todo aquele dinheiro do carro? Com certeza estou.

— Eu disse que uma parte foi para a minha mãe e uma parte será para construir o estábulo de Rags e deixá-lo apto para correr.

— Mas o resto você investiu. Você já disse. E agora vou ver qual é o grande segredo.

Cami esfrega as mãos, curiosa. Agora estou em dúvida. Ela está claramente ansiosa para saber o que é, mas não sei se ela tem alguma noção. E se ficar decepcionada?

Salto do caminhão e dou a volta até a porta do carona. Então a ajudo a descer, mas deixo seus olhos vendados.

— Vamos. Vou andar devagar. Basta segurar em mim.

Sempre corajosa, Cami faz um gesto afirmativo de cabeça e me deixa levá-la até a clareira. A distância, posso ver o estábulo que eu tinha construído na beira do terreno. Espero que Cami não se incomode em ficar no pequeno aposento, na metade da parte de cima até que a casa fique pronta. Desde que Rags venceu as suas duas primeiras corridas, eu ganhei dinheiro suficiente para comprar uma aliança e guardei mais algum para o sinal do empréstimo da construção. O banco só precisa da planta da casa.

E, para isso, eu só preciso de Cami.

Eu a seguro pelos ombros e a posiciono de frente para o local da casa e o estábulo nos fundos.

— Fique aqui. — Em seguida, fico de joelhos e pego a aliança no bolso. Depois de respirar fundo, eu digo: — Pode olhar.

Presto atenção ao seu rosto quando ela tira a gravata que eu tinha usado para vendá-la, e vejo que ela olha ao redor. Primeiro, ela observa a clareira e seus olhos pausam no estábulo antes de procurar por mim e me encontrar ajoelhado ao seu lado.

Quando entende o que está acontecendo, Cami leva as mãos ao rosto. Mais precisamente à boca e se vira para ficar de frente para mim. Meu coração vai parar na garganta.

— Eu sei a quanto você renunciou para ficar comigo. Tendo que ficar com a Jenna por causa de seu pai e tendo que abrir mão do seu último ano de faculdade durante um tempo até que ambos possamos voltar. E eu prometi que a compensaria. Este — eu digo, abrindo os braços para abranger toda a terra que agora chamo de minha — é o primeiro passo. Quero que aqui seja a nossa casa. Quero construir uma vida com você e uma operação comercial utilizando o potencial de Rags para administrarmos juntos. Quero escolher tapete e cortinas com você. Quero pegar novos cavalos com você. Quero escolher móveis para bebês com você. Quero envelhecer com você. Quero você. Para sempre. Espero que se puder ver esse futuro, o futuro que eu vejo, você possa esperar só mais um pouco para tudo isso se concretizar. Estou trabalhando para isso. Todos os dias, eu trabalho para isso. Para você. Para nós. Mas enquanto isso... — Faço uma pausa, para entregar-lhe a aliança. — Cami, quer casar comigo?

Eu nem consigo respirar. Meu peito está tão apertado que parece que vai estourar com a pressão.

Embora faça uma pausa de apenas alguns segundos, sinto como se fosse uma eternidade. Quando ela fica de joelhos diante de mim e toma as minhas mãos, sinto um suspiro de alívio se precipitando de forma vigorosa, levando embora todos os resquícios de dúvida que eu tinha.

Posso ver a resposta nos seus olhos antes mesmo que ela diga alguma coisa. E isso me faz querer festejar.

— Sim. Digo sim a tudo isso. Sem você, não tenho vida. Nunca tive. Nunca poderia ter. Você é tudo pra mim. É tudo o que eu sempre quis e tudo o que preciso. Eu nunca vou deixá-lo.

Quando ela aproxima os lábios dos meus, não posso deixar de sorrir. Sim, estou feliz — muito, muito feliz — com a sua resposta. Mas isso não é tudo. Consigo fazê-la ainda mais feliz depois, quando digo que finalmente consegui a bênção do seu pai.

Há aproximadamente duas semanas, quando comprei a aliança de Cami, fiz, por impulso, um desvio no caminho de volta da joalheria. Decidi dar uma passada na fazenda dos Hines. Sabia que Cami não estaria lá; ela já havia se instalado na casa de Jenna. O que eu não sabia era se Jack estaria. Mas sabia que valeria a pena uma tentativa. E foi uma boa tentativa. No final das contas, ele estava lá.

A governanta, Drogheda, sorriu quando atendeu à porta. Eu gostei dela logo de cara. Algo nos seus olhos me deu as boas-vindas, como o homem que faria Cami feliz. Eu não tinha noção do quanto precisava ver essa reação vindo de outra pessoa. Alguém que ama Cami quase tanto quanto eu.

Sem uma palavra, ela me levou ao escritório de Jack. Ele estava sentado atrás da escrivaninha, observando a tela do computador quando ela parou diante da porta aberta. Ele ergueu os olhos, sem demonstrar nenhuma surpresa. Pelo menos, foi o que pareceu. Em seguida, acenou para Drogheda, e ela foi embora, me deixando ali para ser examinado como um inseto sob um microscópio. Mas não me preocupei. Jack era a menor das minhas preocupações. Mas ele é importante para Cami, e é com ela que eu me preocupo, portanto resolvi encarar a situação.

Ele não me convidou para entrar, mas eu entrei e peguei uma cadeira. Ficamos em silêncio por um tempo terrivelmente longo até eu decidir encarar a fera — neste caso, o babaca.

— Sei que o senhor não me respeita. Sei que teria escolhido uma pessoa diferente para sua filha. Mas também sei que poderia procurar no mundo inteiro, pelo resto da sua vida e nunca encontraria alguém que a ama tanto quanto eu. Ela é uma das poucas coisas no mundo que realmente têm importância para mim, e não vou descansar até dar à Cami a vida que ela merece. Se for do seu interesse participar disso, só depende do senhor. Significaria muito para Cami se o senhor deixasse de ser tão teimoso. E, sem ofensas, mas os sentimentos dela são os únicos com os quais eu me preocupo. Você não tem que se importar comigo. Não tem que me respeitar. Caramba, você não precisa sequer gostar de mim. Se você se importar com Cami, já é o suficiente para mim. É tudo que eu preciso saber. No entanto, quanto você está disposto a se sacrificar por ela só depende de você.

Eu estava pronto para sair depois de dizer o que pretendia. Mas me senti obrigado a esperar sua resposta, então fiz isso. Me recostei na cadeira, entrelacei os dedos sobre a barriga e fiquei olhando para ele. Exatamente como ele olhava para mim.

Quando finalmente falou, eu me surpreendi. Realmente não esperava que o velho cretino cedesse. Mas cedeu. Desde o início, eu estava certo sobre isso também. Cami é o seu ponto fraco.

— Tudo bem.

— Tudo bem?

Ele assente.

— Tudo bem. Acredito em você. E vou te dar uma chance de não me decepcionar. Mas somente uma. Se você a magoar, eu vou te castrar. E você já vive no campo por tempo suficiente para saber o que algo assim significa. Entendeu o que eu quis dizer?

Não consigo evitar de rir.

— Sim, senhor. Tomara que isso nunca aconteça. Para o bem de todos nós. Eu amo a Cami. Mais do que a mim mesmo. Prefiro morrer a magoá-la.

— Nunca se esqueça do que está prometendo. Porque eu posso tomar providências em relação a isso também.

Eu assinto. Ele repete o gesto. Em seguida, volta sua atenção à tela do computador.

Isso foi o melhor que eu poderia esperar de Jack Hines. Mas era tudo o que eu precisava, portanto o resto não fez diferença.

As coisas foram muito melhores com ele do que com a minha mãe. Quando contei que iria tentar voltar com a Cami, ela deixou bem claro que Cami nunca seria bem-vinda na sua casa. Minha mãe caiu em prantos nesse dia. Mas eu a conheço. Embora possa estar amarga e magoada agora, ela me ama. E vai mudar de ideia. Um dia. Enquanto isso, vou me limitar a visitá-la sozinho. E, se ela for me visitar, terá que admitir que Cami é parte da minha vida. Que é *a* parte da minha vida — a mais importante. Eu gostaria de apagar o sofrimento, desfazer os danos, mas não posso. E não há razão para que todo mundo sofra até que ela consiga se livrar do ódio. Só vou esperar o momento certo. Ela vai cair em si. Tenho certeza.

Mas não me incomodo com isso agora. E não quero que Cami se preocupe também. Estou mais ansioso em dizer a ela que, finalmente, consegui fazer o seu pai ver as coisas com mais clareza, consegui fazê-lo admitir que sou capaz de realizar o melhor por ela, e que ninguém jamais a amará como eu. Só isso compensa tudo. Cami compensa qualquer coisa. Pelo menos agora, outra pessoa sabe que a minha missão na vida é proporcionar a esta garota tudo o que ela sempre quis. E talvez algumas coisas que ela não sabia que desejava.

Até me conhecer.

E VIVERAM FELIZES PARA SEMPRE.

NOTA FINAL

Poucas vezes na vida me vi recebendo tanto amor e gratidão. Dizer OBRIGADA parece trivial, como se não fosse o bastante. É assim que eu me encontro agora em relação a vocês, leitores. Vocês são os principais responsáveis por tornarem realidade o meu sonho de ser escritora. Eu sabia que seria gratificante e maravilhoso o fato de, finalmente, ter uma ocupação que tanto amava, mas não fazia a menor ideia do quanto isso seria superado e ofuscado pelo prazer inimaginável que sinto ao ouvir que vocês admiram o meu trabalho, que ele tocou vocês de alguma forma ou que a vida parece um pouco melhor por terem lido meus livros. Portanto, é do fundo da minha alma, do fundo do meu coração que digo que simplesmente não tenho como AGRADECER o bastante. Acrescentei esta nota a todas as minhas histórias, juntamente com o link para o blog, e realmente espero que vocês tirem um minutinho para acessar. Esse blog é uma expressão sincera e verdadeira da minha humilde gratidão. Amo todos vocês. Não podem imaginar quanto os inúmeros comentários e e-mails encorajadores significam para mim.

http://mleightonbooks.blogspot.com/2011/06/when-thanks-is-not-enough.html

Impresso no Brasil pelo Sistema Cameron da Divisão Gráfica da
DISTRIBUIDORA RECORD DE SERVIÇOS DE IMPRENSA S.A.